KURT LEHMKUHL

Kardinalspoker

DAUERRIVALEN Nach einem Fußballspiel zwischen den rheinischen Erzrivalen Alemannia Aachen und 1. FC Köln im neuen Tivoli-Stadion in Aachen wird ein FC-Fan tot aufgefunden. Es handelt sich um Wolfgang Kardinal, Vorsitzender der populistischen Wahlvereinigung »Kölner-Bürger-Gemeinschaft« (KGB) und Ratsherr im Kölner Stadtrat, der bei den anderen Ratsmitgliedern nicht sonderlich beliebt war. Für die Boulevardpresse am Rhein steht fest: Dies ist der Auftakt zu einem Fan-Krieg zwischen Aachen und Köln. Diese Vermutung erhärtet sich, als wenig später bei einem Pokalspiel zwischen den beiden Vereinen auch noch der FC-Fan »Fuzzy« Adamczik stirbt. Doch der pensionierte Kommissar Rudolf-Günther Böhnke sieht sich bald nicht nur in einem sportlichen, sondern auch in einem kommunalpolitischen Dschungel umherirren und wird während seiner Ermittlungen auch mit seiner eigenen Vergangenheit konfrontiert.

Kurt Lehmkuhl wurde 1952 in der Nähe von Aachen geboren, studierte Jura in Bonn und lebt heute in Erkelenz. Er ist als Redakteur beim Zeitungsverlag Aachen beschäftigt. Bislang sind 18 Kriminalromane sowie mehrere Kriminalgeschichten von ihm erschienen. Er ist Mitglied im SYNDIKAT, der Vereinigung deutschsprachiger Krimiautorinnen und -autoren.

Bisherige Veröffentlichungen im Gmeiner-Verlag:
Dreiländermord (2010)
Nürburghölle (2009)
Raffgier (2008)

KURT LEHMKUHL

Kardinalspoker

Kriminalroman

GMEINER *Original*

Besuchen Sie uns im Internet:
www.gmeiner-verlag.de

Im Ehnried 5, 88605 Meßkirch
Telefon 07575/2095-0
info@gmeiner-verlag.de

1. Auflage 2012

Lektorat: René Stein
Herstellung: Julia Franze
Umschlaggestaltung: U.O.R.G. Lutz Eberle, Stuttgart
unter Verwendung eines Fotos von © Matthias Krüttgen – Fotolia.com
Druck: Bercker Grapischer Betrieb GmbH & Co. KG, Kevelaer
Printed in Germany
ISBN 978-3-8392-1223-3

Personen und Handlung sind frei erfunden.
Ähnlichkeiten mit lebenden oder toten Personen
sind rein zufällig und nicht beabsichtigt.

1.

Der Alte, den er so nannte, obwohl dieser diese Bezeichnung überhaupt nicht mochte, der Alte würde mit ihm zufrieden sein. Ihr gemeinsam ausgeheckter Plan hatte reibungslos funktioniert. Der Plan B konnte für ein anderes Mal aufgespart werden. Andererseits: War es wirklich nötig gewesen, den Kerl zu töten? Verdient hatte der Typ den Tod zweifelsohne. Aber war es richtig gewesen, ihm die Kerze auszublasen? Doch jetzt war es zu spät. Er hatte den Wunsch des Alten erfüllt und jetzt konnte er darauf vertrauen, dass ihn der Alte schützen würde. Immerhin hatte er nichts anderes getan, als das, was er tun musste.

Er hatte richtig kalkuliert. Ihr Wagen war einer der ersten, die auf den Parkplatz direkt am neuen Tivoli eingewiesen wurden. Zügig fuhr er zur entferntesten Stelle des weitläufigen Geländes, bis kurz vor die Böschung am hinteren Ende. Der Parkwächter hatte nur kurz genickt, als er ihnen die fünf Euro Parkgebühren abknöpfte. Vier Männer in Trikots des 1. FC Köln, die es offenbar gar nicht erwarten konnten, zum Meisterschaftsspiel ihrer Geißböcke im neuen Aachener Fußballstadion gegen die heimische Alemannia zu kommen. Es war noch hell. Das Spiel unter Flutlicht würde erst in knapp drei Stunden beginnen.

Er blieb mit einem seiner Begleiter im durchaus auffälligen Fahrzeug, einer dunklen Limousine, sitzen. Der Mann auf dem Rücksitz hinter ihm schien ein Nickerchen zu machen; zumindest entstünde dieser Eindruck bei anderen Autofahrern, die ihn so da liegen sähen. Die beiden anderen FC-Fans hatten sich außen an den Wagen gelehnt, nippten gelegentlich an ihren Kölsch-Flaschen und beobachteten, wie sich der Parkplatz rasch füllte. Sie hatten Zeit. Sich schon früh ins supermoderne Stadion zu begeben, das vom alten, gerade einmal 300 Meter entfernten nur den Namen, nicht aber die Provinzialität übernommen hatte, kam ihnen nicht in den Sinn. Sie würden sich das immer wieder brisante, prickelnde Spiel zwischen den rheinischen Rivalen anschauen, aber sie würden sich nicht, eingeklemmt in der wartenden Menge, an diesem Dienstagabend die Beine in den Bauch stehen. Die beiden Männer, ebenso wie er Ende 30/Anfang 40, schauten gelangweilt auf das anwachsende Treiben der erwartungsvollen Fans. Er hingegen erging sich mehr in der Erinnerung an die Zeiten, in denen er regelmäßig zum Tivoli gegangen war. In diese alte Bruchbude an der Krefelder Straße, trotz allem eine Kultstätte des Fußballs. Eng, steil, laut, immer etwas anders als in anderen Stadien, und mit einem Heimatverein, der Alemannia, die auch immer etwas anders gewesen war als andere Vereine, und mit Fans, die gewissermaßen mit dem Hass auf den 1. FC Köln aufwuchsen. Immer noch fühlten sich die Öcher Fans betrogen, seitdem bei der Gründung der Fußball-Bundesliga 1962 und der Aufnahme des Spielbetriebs 1963 die Kicker vom Rhein in die neue Spielklasse aufgenommen wurden, die Alemannia aber, obwohl sportlich qualifiziert, aus dem Kreis der 16 Elitemannschaften gestrichen wurde. Das war für ihn jedoch, im Gegensatz zu vielen anderen, Schnee von gestern und er wusste auch nur vom Hörensagen davon. Obwohl nur wenige Schritte vom neuen Tivoli entfernt, lagen Welten zwischen beiden Bauten. Abbruchreif, von der bürgerlichen Nachbarschaft hinter der Haupttribüne argwöhnisch beäugt und bei jeder Sanierungsmaßnahme mit einem juristischen Protesthagel überschüttet, so hatte der alte Tivoli keine Zukunft mehr: Es kam zum Umzug der Alemannen in den auch optisch attraktiven Neubau unmittelbar neben dem gewaltigen Reitstadion in der Soers.

Er holte sich zurück in die Gegenwart, nachdem er noch einmal an das letzte Spiel zwischen Aachen und Köln gedacht hatte, das mit einem Sieg der Alemannia geendet hatte. Noch knapp 30 Minuten waren es bis zum Anstoß. Sie waren allein auf dem Parkplatz, der inzwischen restlos mit Autos gefüllt war.

»Packen wir's an!«, forderte er seine Begleiter auf. Er öffnete die Tür hinter seinem Sitz und fing den Körper auf, der langsam auf ihn zu kippte. Leicht hievte er den Mann an, die beiden anderen griffen die Beine. Zusammen trugen sie den Leichnam an die Böschung, in der sie ihn in den tiefer gelegenen Graben sacken ließen.

»Ruhe sanft!«, sagte er spöttisch. Er drehte sich um, riegelte den Wagen ab und eilte mit seinen Kumpanen zum hell erleuchteten Stadion, aus dem erstaunlicherweise trotz der Kulisse von über 30.000 Zuschauer nur wenige Geräusche ins Freie drangen.

Mit einem laut gegrölten »Eef Cee, Eef Cee« verschaffte er sich Gehör auf der rappelvollen Tribüne. Die grimmigen Blicke der größtenteils als Aachener Fans zu erkennenden Umstehenden störten ihn ebenso wenig wie das sinnfreie »Colon, Colon, die Scheiße vom Dom«, das ihm entgegen gebrüllt wurde. Niemand würde ihm gegenüber handgreiflich werden. Dazu war er zu groß, zu athletisch und zu selbstsicher. Er genoss es, die Zuschauer um ihn herum zu provozieren. Er und seine Begleiter trugen als

Einzige rot-weiße Trikots mit der Rückennummer 9 und dem Namenszug des ewigen Kölner Idols: Lukas Podolski.

Das Spiel der alten Rivalen konnte beginnen.

Das Derby endete mit einem knappen 2:1-Sieg für die Alemannia. Den Spott und die Häme der schwarz-gelben Aachenfans konnte er gelassen ertragen. Wenn es nach ihm gegangen wäre, hätte er sich das Spiel erst gar nicht angesehen. Aber der Alte hatte es so gewollt, es hatte zu dem Plan gehört.

Alleine fuhr er nach Köln zurück, seine beiden Begleiter sollten plangemäß mit dem Bus und der Bahn in ihre Heimatorte zurückkehren. Wie erwartet, hatte noch niemand den Leichnam hinter dem Parkplatz entdeckt. Zum einen verhüllte ihn die Dunkelheit, zum anderen wollte jeder schnell nach Hause und hatte keine Lust, noch lange durch die Gegend zu laufen. Er hingegen ließ sich Zeit, wartete im Wagen geduldig ab, bis sich der Stau auf dem Gelände auflöste, und überdachte noch einmal das Geschehene. Er hatte seine drei Mitfahrer an einer S-Bahn-Station an der Aachener Straße in Köln aufgelesen und jedem von ihnen sofort eine Bierflasche in die Hand gedrückt. Bedenkenlos hatten sie das Obergärige getrunken. Sein Hintermann hatte das von ihm präparierte Kölsch erhalten.

Schon wenige Minuten später, sie waren kaum auf der Autobahn in Richtung Aachen, wirkte das Mittel bereits, von dem er nicht viel mehr wusste, als dass es ein Teufelszeug war; irgendein Mix aus Schlaf- und Betäubungsmittel oder gar ein lähmendes Gift.

Ohne Zaudern stülpte der zweite Mann auf dem Rücksitz dem Dahindämmernden eine Plastiktüte über den

Kopf. Als er sich zwischen Düren und Weisweiler vom Ergebnis vergewisserte und die Tüte lupfte, war der Mann erstickt; genauso, wie es der Plan vorsah.

Anderenfalls hätte er nachgeholfen.

Die hektischen Autofahrer um ihn herum konnten ihn nicht aus der Ruhe bringen. Was sollte er sich jetzt noch Stress antun? Auf der Autobahn zurück zur Rheinmetropole rollte er auf dem rechten Fahrstreifen mit. Das entspannte und war weitaus weniger nervend als das permanente Überholen und Einscheren bei hoher Geschwindigkeit. Auf dem Parkplatz am Rasthof in Frechen legte er den beabsichtigten Zwischenstopp ein. Er suchte sich einen abgelegenen Stellplatz weit entfernt von Tankstelle und Raststätte, der zu dieser nächtlichen Zeit garantiert unbeobachtet war. Nachdem er sich vergewissert hatte, dass kein Mensch in der Nähe war, entfernte er die schwarzen und weißen Klebestreifen, mit denen er auf dem Nummernschild die Zahlen und Buchstaben verändert hatte, und warf sie in die erste Mülltonne. Das Trikot mit der Podolski-Aufschrift flog in die zweite. Es hätte ihm noch gefehlt, dass später jemand den Schluss ziehen würde, die Klebestreifen und das Trikot könnten zusammengehören, weil sie in einer Tonne gefunden wurden.

Niemand hatte ihn bei seinem Handeln gesehen. Da war er sich ziemlich sicher. Er fuhr weiter, ins Rheintal hinab in die Domstadt. Mal wieder verfranzte er sich, ehe er vom Konrad-Adenauer-Ufer hinter dem blauen Runddach des Musical-Domes linksseitig endlich hinter dem Hauptbahnhof die Jakordenstraße fand. Der Alte hatte ihm untersagt, das Navi zu benutzen. Wer wusste, mit welchem Trick jemand Daten früher eingegebener Routen darauf sichtbar machen konnte? Es waren Kleinigkeiten; aber der Alte legte darauf Wert, und er hielt sich daran.

Den modernen Wohnblock gegenüber der nicht sofort erkennbaren Verwaltungszentrale eines Lebensmittelkonzerns fand er auf Anhieb. Mit der Chipkarte öffnete er das Tor zur Tiefgarage und stellte den Wagen auf dem zugewiesenen Stellplatz ab. Es gehörte schon einiges Geschick dazu, die Limousine vernünftig einzuparken. Chipkarte und Autoschlüssel verstaute er in einem Papierumschlag, den er in den Briefkasten mit dem für Köln absolut unauffälligen Namenszug Schmitz warf.

Nach einem Blick auf die Armbanduhr machte er sich gemächlich auf den Weg zum Hauptbahnhof. Er lag vollkommen im Zeitplan. Die Telefonnummer, die er in sein Handy tippte, hatte er auswendig gelernt. Er würde die extra gekaufte Prepaid-Karte nach dem Anruf sofort wegwerfen.

»Vater«, sagte er, als die Verbindung stand, obwohl der Alte auch diese Bezeichnung überhaupt nicht mochte. »Vater, der Auftrag ist ohne besondere Vorkommnisse erledigt worden.«

Er suchte sich eine freie Bank auf dem Bahnsteig und wartete geduldig auf den Regionalexpress, der ihn nach Aachen zurückbringen würde.

2.

»Ruhe bitte! Ich möchte beginnen!« Doch trotz seiner durchdringenden Bassstimme gelang es dem Oberbürgermeister nicht, den Lärm im Sitzungssaal auf eine erträgliche Phonzahl herunterzudrücken. Die aufgeheizte Stimmung nicht nur unter den Kommunalpolitikern der verschiedenen Ratsfraktionen, sondern auch unter den zahlreichen Zuhörern, ließ einen ordnungsgemäßen Verlauf der Sitzung nicht zu. Viele der erzürnten Besucher machten deutlich, warum sie an diesem späten Mittwochnachmittag in den großen Sitzungssaal im Spanischen Bau des Kölner Rathauses gekommen waren. Die Plakate, die sie in die Höhe reckten, waren eindeutig: ›Keine Riesenmoschee am Rhein!‹ – ›Der Dom ist uns heilig!‹ – ›Wer is' ne echte Kölsche?‹ – ›Wer ist für Kölle?‹ stand auf den handgeschriebenen Schildern, die unübersehbar über den Köpfen der Demonstranten prangten. Die fotografierende Journaille wurde nicht müde, die Motive abzulichten.

Die Verweise auf den ›echten Kölsche‹ und ›für Kölle‹ waren eindeutig auf den Oberbürgermeister gemünzt. Werner Müller hatte mit seinem Wahlspruch: ›Echte Kölsche für Kölle‹ bei der letzten Bürgermeisterwahl als unabhängiger Kandidat die beiden Bewerber der großen Parteien aus dem Rennen geworfen. Ihm war das neue Wahlrecht gerade zupassgekommen, das denjenigen zum Sieger erklärte, der die meisten Stimmen erhielt, auch wenn er nicht die absolute Mehrheit für sich verbuchen konnte. Und Sieger war Werner Müller geworden. 32 Prozent hatten ihm gereicht.

Nun glaubten anscheinend die Demonstranten, von ihm ihre Rechte einfordern zu können, nämlich, den möglichen Bau einer weiteren Moschee in Köln zu verhindern. Dabei war nicht einmal sicher, ob es diesen Bau überhaupt geben würde. Es war ein Gerücht, das urplötzlich durch Köln schwirrte: Eine Riesenmoschee sollte gebaut werden. Direkt am Rhein! Vertreter türkischer Organisationen hatten zwar unverzüglich entsprechende Pläne dementiert, aber man wollte ihnen keinen Glauben schenken. Nach einigen krawallartigen Auseinandersetzungen in den letzten Monaten war die Stimmung am Rhein nicht gerade wohlwollend gegenüber den türkischen und türkischstämmigen Mitbürgern.

Müllers Blick fiel auf ein weiteres Plakat. ›Ja zum Antrag der KGB‹ forderte ein Pimpf, der es mit ausgestreckten Armen über seinem Kopf hielt. Es machte den Oberbürgermeister ärgerlich, dass die Demonstranten Kinder für ihre Zwecke einspannten. Der Junge wusste wahrscheinlich nicht einmal, wer diese KGB war.

Früher, vor seiner Wahl zum OB, war Müller einmal eine Nähe zur KBG, der ›Kölner Gemeinschaft aller Bürger‹ nachgesagt worden; ein Grund mehr, weshalb die aufgebrachten Sitzungsbesucher seinen Einsatz für ihre Belange verlangten.

Es konnte durchaus sein, dass bei der Fraktionsvielfalt im 90-köpfigen Stadtrat und den vielen unterschiedlichen politischen Interessen der Parteien und Wahlvereinigungen seine Stimme letztendlich den Ausschlag gab, ob dem KGB-Antrag stattgegeben würde. Rückendeckung von einzelnen Fraktionen konnte er nicht erwarten; er war keiner der ihren; und wenn er sich bei einer Entscheidung auf die Seite der CDU schlug, konnte er damit rechnen, dass die SPD allein deshalb gegen ihn stimmte. Und auch den umgekehrten Fall hatte es in den letzten Monaten gegeben.

Die KGB hatte beantragt, der Stadtrat möge sich definitiv gegen den Bau weiterer islamischer Bauten und besonders gegen den Bau von Moscheen und Gemeindehäusern aussprechen. Die kleine Gruppierung, ein eingetragener Verein und keinesfalls eine Partei, wie sie der Öffentlichkeit glauben machen wollte, setzte voll auf Stimmungsmache. Sie nannte ihr Handeln zwar Sachpolitik für Köln, aber tatsächlich war es reiner Populismus, den die KBG praktizierte, zumindest dieser Gerd-Wolfgang Kardinal, der zugleich Vorsitzender der vierköpfigen Ratsfraktion war.

»Ruhe bitte!« Erneut dröhnte Müllers Bass durch den großen Sitzungssaal. Unterstützt durch das laute Tönen einer Glocke gelang es ihm endlich, die Geräuschkulisse auf ein passables Niveau zu reduzieren. Mit dem formellen »Hiermit eröffne ich die 13. Sitzung des Stadtrates« gab er das Startzeichen, mit dem der Protokollant seine dokumentierende Arbeit aufnahm. Müllers Vorschlag, aus Gründen der Praktikabilität Sitzungen per Tonband mitschneiden zu lassen, war vom Rat vehement abgelehnt worden. Und das Risiko, wegen von ihm veranlasster heimlicher oder vermeintlich heimlicher Mitschnitte angegriffen zu werden, wollte er nicht eingehen. Da war ihm das negative Beispiel eines seiner Vorgänger im Zusammenhang mit dem tragischen Einsturz des Stadtarchivs Mahnung genug. Der hatte wegen eines Mitschnitts sogar ein Ermittlungsverfahren der Staatsanwaltschaft am Hals gehabt.

Der Blick auf die von den Politikern abgezeichnete Anwesenheitsliste ließ ihn kurz stutzen, ehe er fürs Protokoll erklärte: »Entschuldigt fehlen einmal Schmitz von der CDU sowie Schmitz von der SPD, Dummloch und Pfannenstiel. Abwesend ist ebenfalls Ratsherr Kardinal, der sich nicht abgemeldet hat.«

Das aufbrausende Gemurmel im Sitzungssaal ließ Müller verstummen. Entsetzen machte sich bei den Demonstranten breit, einige Ratsvertreter konnten sich ein breites Grinsen nicht verkneifen. Die KGB-Stadtverordneten schauten sich irritiert an. Ausgerechnet jetzt fehlte Kardinal! Er hatte den Antrag gestellt, sie hatten diesen Antrag abgenickt. Sie hatten sich nicht den Zorn ihres Vorsitzenden zuziehen wollen. Und jetzt war der Mann nicht im Sitzungssaal, der die Hauptrolle bei dieser Sitzung spielen wollte.

Da braute sich etwas zusammen.

»Hat er dir was gesagt?«, fragte Dormann seinen KGB-Kollegen Jansen verunsichert.

»Nein. Ich habe gestern Mittag das letzte Mal mit ihm telefoniert. Da hat er auf mich nicht den Eindruck gemacht, er würde heute kneifen. Im Gegenteil, er wollte vielmehr heute die Sau rauslassen.«

»Und jetzt?«

»Woher soll ich das wissen?« Jansen rieb sich die Augen. Als stellvertretender Fraktionsvorsitzender war er gefordert. »Hoffen wir mal, dass er noch kommt. Bei dem musst du mit allem rechnen.«

Was als Erstes passieren würde, damit konnte allerdings auch Jansen rechnen. Kaum hatte Müller die Anwesenheitsliste abgehandelt, da meldete sich schon der Vorsitzende der CDU-Fraktion zu Wort.

»Ich stelle einen Antrag zur Geschäftsordnung«, ließ sich Klaus Schlingenheim gewichtig vernehmen. »Angesichts der Zuhörer, die unübersehbar wegen des KGB-Antrages gekommen sind und denen ich keine lange Wartezeit zumuten möchte, bis wir der Tagesordnung folgend an diesen Punkt gelangen, möchte ich im Namen meiner Fraktion beantragen, den entsprechenden Tagesordnungspunkt vorzuziehen und als ersten zu behandeln.« Seine Absicht war durchschaubar, auch wenn er sie hinter seinem angeblichen Entgegenkommen für die Ratsbesucher versteckte: Ohne ihren Anführer würde die KGB nicht viel zu sagen haben. Die drei Typen hinter Kardinal waren in seinen Augen Nullnummern. Das konnte einer Ablehnung des KGB-Antrags, wie die meisten Mitglieder der CDU-Fraktion ohnehin forderten, nur förderlich sein.

Das Angebot zur Gegenrede musste Jansen annehmen. Zum CDU-Antrag zu schweigen, hätte den anderen Fraktionen nur Oberwasser gegeben. »Sicherlich ist es eine nette Geste gegenüber den Zuhörern, wenn wir den sie interessierenden Tagesordnungspunkt vorziehen würden. Aber die Zuhörer würden es nicht verstehen, wenn die KGB über ihren Antrag diskutieren ließe, ohne dass der Antragsteller selbst bei der Diskussion anwesend wäre. Da sich mein Kollege Kardinal nicht abgemeldet hat, gehen wir davon aus, dass er sich aus plausiblen Gründen verspätet. Ich schlage also vor, den Geschäftsordnungsantrag des verehrten Kollegen Schlingenheim abzulehnen, weil wir damit rechnen, dass mein Kollege Kardinal noch auftaucht. Die Besucher dieser Ratssitzung haben ein Recht darauf, dass über den Antrag meiner Fraktion in Anwesenheit von Kardinal beraten wird.«

Das zustimmende Nicken und die vereinzelten »Bravo!«-Rufe bescheinigten ihm, die richtigen Worte gefunden zu haben. Den Aufstand, den Kardinal machen würde, ginge der Antrag durch, wollte Jansen sich erst gar nicht ausmalen. Kardinal war nicht gerade der angenehmste Zeitgenosse, aber wenn er wütend wurde, war er unerträglich und unberechenbar.

Schlingenheim war gewieft genug, die Meinung der Zuhörerschar richtig zu deuten. Nachdem ihm auch der Vorsitzende der SPD-Fraktion auf der gegenüberliegenden Seite des riesigen Sitzungstisches mit einem Handzeichen signalisiert hatte, seine Fraktion würde dem CDU-Antrag nicht zustimmen, zog ihn Schlingenheim zurück.

Den daraufhin aufbrausenden Beifall der Besucher nahm Müller zum Anlass, eindringlich zu mahnen, Beifallsäußerungen oder Bekundungen des Missfallens tunlichst zu unterlassen. Würde der ordnungsgemäße Verlauf der Ratssitzung nicht gewährleistet sein, würde er von seinem Hausrecht Gebrauch machen und den Saal räumen lassen.

Den zornigen Zwischenruf aus der Menge »Und das nennt man dann Demokratie!« ließ er unkommentiert. Er hatte genug Mühe, den Rat im Zaum zu halten, da wollte er seine Kraft nicht auf Nebenkriegsschauplätzen vergeuden. Die Fraktionen ließen ihn oft genug spüren, dass sie nicht mit ihm einverstanden waren. Lediglich die Uneinigkeit zwischen den vielen Gruppierungen verhinderte seine Abwahl durch den Stadtrat. Weder CDU noch SPD, weder die Grünen noch die FDP als die vier großen Parteien im Rat und schon gar nicht die kleineren Abordnungen wie Unabhängige, KGB oder Rechtspartei wollten in den Verdacht geraten, den von der Bürgermehrheit gewählten Müller zu kippen, um einen ihrer Männer oder eine ihrer Frauen an die Spitze des Rathauses zu bringen.

Der Oberbürgermeister reagierte gelassen auf die immer wiederkehrende Diskussion über seine Abwahl. So lange er für die meisten Bürger ›ne echte Kölsche für Kölle‹ war, so lange würden die Parteien sich hüten, ihn abzuwählen. Müller war sich ziemlich sicher, bei einer eventuellen Neuwahl wieder als Sieger hervorzugehen. Und diese Blamage wollten sich die Parteistrategen nun auch nicht ankreiden lassen.

Müller vermutete richtig. Die Fraktionen drückten aufs Tempo, um so schnell wie möglich zum vermeintlichen Höhepunkt der Sitzung zu kommen. Mit jedem Tagesordnungspunkt, den er abhakte, wuchs die Unruhe bei der KGB und den Besuchern. Wo blieb Kardinal?

Mit allen möglichen Verfahrenstricks versuchte Jansen, den Sitzungsverlauf zu verzögern. Er beantragte geheime und persönliche Abstimmungen, bat um Sachvorträge, obwohl diese schon in den vorbereitenden Ausschusssitzungen vorgetragen worden waren, und scheute auch nicht vor Sitzungsunterbrechungen zurück, angeblich, um sich intern beraten zu wollen.

Es nutzte nichts, die Beratung über den KGB-Antrag rückte immer näher. Und immer noch fehlte vom KGB-Führer Kardinal jede Spur.

Endlich war es so weit. Die Beratung über den KGB-Antrag stand als letzter Punkt der öffentlichen Sitzung an. Der ältere Verwaltungsmitarbeiter, der mit blasser Miene in den Sitzungssaal stürmte, verhieß nichts Gutes. Er war von hinten an den Tisch getreten, an dem der Oberbürgermeister, die stellvertretenden Bürgermeister und die Dezernenten der Verwaltung saßen, und reichte dem außen sitzenden Beamten einen Zettel. Das Blatt lief durch viele Hände, bis es endlich bei Müller ankam. Die Dezernenten hatten derweil begonnen, intensiv zu tuscheln, was Müller mit einem mahnenden Blick missbilligte.

Auch er las die Information, schluckte und sprach dann mit betroffener Stimme ins Mikrofon: »Meine Damen und Herren, ich muss Sie davon in Kenntnis setzen, dass Ratsherr Kardinal nicht erreichbar ist. Ich habe versucht, ihn ausfindig zu machen. Aber er ist unauffindbar.« Müller räusperte sich kurz. »Ich würde gerne die Sitzung für fünf Minuten unterbrechen und die Fraktionsvorsitzenden beziehungsweise Stellvertreter zu mir bitten.«

Das lautstarke Diskutieren und Lamentieren unter den Zuhörern hinderte ihn nicht daran, seine Entscheidung durchzuführen. Mit den Politikern verschwand er kommentarlos hinter der Tür zum kleinen Besprechungszimmer.

Nach wenigen Minuten kehrten sie zurück. Jansen meldete sich zu Wort, nachdem Müller die Sitzung offiziell wieder eröffnet hatte. »In Anbetracht der Umstände, also wegen der unerklärlichen Abwesenheit unseres Fraktionsvorsitzenden, möchte die KGB ihren Antrag vorläufig zurücknehmen und zu einem späteren Zeitpunkt neu einreichen. Ich bitte um Vertagung. Es wäre bestimmt nicht im Sinne unseres Fraktionsvorsitzenden Kardinal«, er hüstelte, »wenn wir heute über seinen Antrag beraten würden.« Er verschwieg, dass er insgeheim froh war, diesen Antrag nicht begründen und verteidigen zu müssen. Er war dagegen gewesen, aber er hatte sich nicht getraut, gegen Kardinal zu stimmen. So war der unselige Antrag zunächst einmal vom Tisch.

Nach Jansen stimmten die Sprecher der anderen Fraktionen dem Vertagungsantrag der KBG zu. Der einstimmige Beschluss des Rates bedeutete zugleich das Ende der öffentlichen Sitzung. Müller bat die Zuhörer, den Saal zu verlassen.

Mit lautem Getöse leerte sich der große Raum. Zwischen Unzufriedenheit und Entsetzen schwankte die Stimmung der Besucher. Sie fühlten sich auf unerklärliche Weise ausgebremst, um den Lohn ihrer Bemühungen gebracht. Da waren sie so kurz vor dem Ziel und dann fehlte plötzlich Kardinal, der so engagiert ihre Interessen vertrat.

Das durfte nicht sein. Das konnte nicht sein. Aber es war so. Und es kam schnell die Ansicht auf: Da stimmt etwas nicht! Und bestimmt war gekungelt worden, eben, als Müller mit den Politikern im Geheimen beraten hatte.

Wenig emotional reagierte Schlingenheim, als er gemeinsam mit dem SPD-Mann Ringelzweig vor dem großen Aschenbecher im Raucherzimmer eine Zigarette rauchte.

»Siehste, Alphons«, sagte er mit großer Gelassenheit, »manche Dinge regeln sich von selbst.«

Ringelzweig drückte nachdenklich die Kippe im Sand aus. »Du bist gut. Ich bin gespannt, wie das ausgeht mit Kardinal. Was ist, wenn der sogar tot ist? Dann wird jetzt noch zum Heiligen erkoren. Und das ist das Schlimme.« Er lächelte verbittert. »Bisher ist er nur der Kardinal.«

»Pah, Kardinal, dass ich nicht lache!«, lästerte Schlingenheim. »Der Kardinal ist ein ganz mieser Schlammwerfer, ein Populist und ein Verbrecher.«

Ringelzweig schwieg zu dieser beleidigenden Behauptung und dachte sich seinen Teil.

3.

Die Frage verstörte ihn. Hatte er nicht einmal mehr in Huppenbroich seine Ruhe? Konnte er nicht einmal mehr an einem stinknormalen Mittwochnachmittag ungestört und unbehelligt durch das Dorf laufen?

»Sind Sie Kommissar Böhnke?«, hatte ihn der Mann gefragt, der offensichtlich vor der Einfahrt zum Haus an der Kapellenstraße auf ihn gewartet hatte. Die Frage war mehr Feststellung als tatsächlich Frage gewesen, und Böhnke neigte dazu, sie zu verneinen. Er war kein Kommissar mehr, er war pensioniert, demnach Kommissar außer Dienst, ein kranker Mann, der wenige Monate vor dem 60. Geburtstag stand und der aus gesundheitlichen Gründen in den vorzeitigen Ruhestand geschickt worden war.

Er musterte die rundliche, kleine Gestalt, die ihn mit einem betrübten Blick anschaute. Ein unauffälliger Typ, schätzungsweise 70 Jahre alt, wahrscheinlich Rentner. Die Kleidung ließ auf ein bescheidenes Dasein schließen. Ausgetretene braune Halbschuhe, abgewetzte Jeans, die viel von ihrem Blau verloren hatten, ein blauer Pullover mit durchgescheuerten Ärmeln im Bereich der Ellenbogen, unter dem ein ausgefranster Hemdkragen hervorlugte. Arm, traurig, hilfsbedürftig. Konnte er da Nein sagen?

Böhnke fuhr sich über sein kurz geschnittenes, graues Haar. »Was kann ich für Sie tun?«, antwortete er mit einer Gegenfrage und begann seinen tagtäglichen Spaziergang durch Huppenbroich. Der kleine Mann würde ihm sicher folgen.

Böhnke hatte sich für den Weg an der Kapelle vorbei und zum Friedhof entschieden, dort würde er entweder umkehren oder weiter hinaus in die freie Natur laufen. Er machte seine Entscheidung von seinem körperlichen Zustand abhängig, aber auch von dem Gesprächsverlauf. Vielleicht war die Unterhaltung ja interessanter, als er befürchtete.

»Sie kennen mich nicht«, meinte der Mann stockend. »Aber ich kenne Sie. Sie haben vor rund zehn Jahren meinen Sohn Josef überführt.«

»Und dafür wollen Sie sich heute bei mir bedanken?«

»Im Prinzip schon«, antwortete der Kleine zu Böhnkes Verblüffung. »Sie haben damals dafür gesorgt, dass mein Sohn nicht wegen Mordes angeklagt wurde, sondern nur wegen Totschlags.«

Böhnke grübelte. Ein derartiger Fall mit einem Täter namens Josef kam ihm nicht in den Sinn. War wohl eine unspektakuläre Sache gewesen, quasi ein Routinefall. Ein kleines Licht, das statt lebenslänglich ›nur‹ zehn Jahre in den Bau musste. »Und was habe ich heute damit zu tun?«, wollte er wissen.

»Sie sind damals sehr fair zu meinem Sohn gewesen und ich hoffe, Sie sind es jetzt wieder.«

Böhnke stoppte und schaute verblüfft auf seinen bereits schwitzenden Begleiter. Nur wegen der Herbstsonne konnte der Kleine nicht ins Schwitzen geraten sein.

»Verdammt noch mal, was wollen Sie?«, brauste er auf. Er gab sich zorniger, als er tatsächlich war.

»Ich glaube, mein Sohn hat noch einen Menschen umgebracht«, antwortete der Mann, »und ich möchte, dass Sie mir helfen.«

»Wie denn? Das ist Sache der Polizei. Ich habe damit

nichts zu tun. Wie kommen Sie ausgerechnet auf mich und woher wissen Sie, dass Sie mich hier in diesem abgelegenen Eifeldörfchen finden können?« Böhnke wollte sich nicht auf eine Geschichte einlassen, die ihn nichts anging. Er würde nach seiner Rückkehr die Kollegen in Aachen anrufen. Die sollten sich darum kümmern.

»Ein Herr Sümmerling hat mir heute Mittag gesagt, dass ich Sie hier finde«, antwortete der Mann zu Böhnkes Überraschung.

Wie kam der Reporter der ›Aachener Zeitung‹ bloß dazu, einem wildfremden Menschen den Rat zu geben, ihn in Huppenbroich zu belästigen? Das würde für den Schreiberling ein Nachspiel haben, nahm sich Böhnke grollend vor; er würde später einige Telefonate führen müssen.

»Ich glaube, es ist besser, wenn ich Ihnen die ganze Geschichte von Anfang an erzähle«, schlug der Mann schwer atmend vor. Er konnte dem von Böhnke eingeschlagenen Schritt nur mit Mühe folgen, obwohl Böhnke nicht gerade der Schnellste war.

»Ich wüsste nicht, was ich lieber hören würde«, knurrte der Pensionär voller Ironie. »Also, schießen Sie los! Am besten mit Ihrem Namen.«

»Ich heiße Walter Lipperich.«

Kaum hatte er den Namen gehört, da dämmerte es bei Böhnke. Lipperich, das war, wenn er sich richtig erinnerte, ein kräftiger Typ gewesen, der in einer Kneipe an der Pontstraße eine Schlägerei angezettelt hatte. Wohl wegen einer Frau. Mit bloßen Fäusten hatte er einen Studenten totgeschlagen. Für Böhnke hatte bei den Ermittlungen niemals der Gedanke im Raum gestanden, es könne sich dabei um Mord gehandelt haben. Aber wenn der Vater es so sah, sollte er es ruhig glauben. Böhnke war es egal, wenngleich ihm schwante, dass da noch etwas anderes im Spiel gewesen war. Etwas, das ihm garantiert irgendwann einfallen würde.

»Wie Sie vielleicht gehört haben, hat es gestern einen Toten auf dem Tivoli gegeben, beim Spiel gegen Köln.«

Woher sollte er es gehört haben?, fragte sich Böhnke, blieb aber stumm. In seiner Tageszeitung hatte nichts darüber gestanden, und auch die Lokalnachrichten im WDR hatten am Morgen keine Meldung gebracht.

»Der Tote ist heute Morgen nach dem Spiel in einem Gebüsch hinter dem großen Parkplatz gefunden worden. Ich war dabei. Ich gehöre nämlich zur Reinigungskolonne, die auf dem Tivoli und den Parkplätzen für Sauberkeit sorgt.« Lipperich schaute versonnen in die Luft. »Wir wollen doch nicht, dass unser schönes neues Stadion zur Müllkippe wird. Machen wir als Rentnerband alles ehrenamtlich.« Er atmete tief durch. »Ein Kumpel hat den Toten gefunden. Wir sind alle hin, als er rief. Ich habe den Typen gleich erkannt. Und Sie können mir glauben, auf eine Art kann ich es noch nicht einmal groß bedauern, dass er tot ist.«

»So?«, unterbrach ihn Böhnke leicht angesäuert. Er runzelte die Stirn. »Weshalb denn?«

»Das ist eine lange Geschichte, die ich Ihnen vielleicht später einmal erzähle«, wich Lipperich aus. Wieder trat ihm der Schweiß auf die Stirn. »Der Mistkerl hat es nicht anders verdient. Ich bin froh, dass er abgekratzt ist.«

»Und warum?«

Darauf komme er später zu sprechen, antwortete Lipperich. Er hatte ein anderes Ziel als Böhnke und das verfolgte er hartnäckig. »Ich habe ihn sofort erkannt.«

»Schön«, brummte Böhnke ungeduldig, »so weit waren

wir schon einmal. Sie stehlen mir nur meine Zeit. Sie haben also den Toten erkannt und Ihr Wissen der Polizei mitgeteilt?«

»Nein«, entgegnete Lipperich zu Böhnkes Erstaunen. »Ich habe geschwiegen. Man hat uns zwar gefragt, ob wir den Toten kennen würden, weil … er hatte keine Papiere dabei und auch keine Schlüssel. Aber ich habe nichts gesagt.«

»Muss ich das jetzt verstehen?« Böhnke schüttelte ungehalten den Kopf. »Sie nerven, wenn Sie nicht bald zu Potte kommen.« Er drehte sich auf dem Absatz um und trat den Rückweg an, Lipperich im Schlepptau.

»Ich konnte doch nicht sagen, dass ich ihn kenne. Die Polizei hätte schnell herausbekommen, dass mein Sohn mit dem Todesfall zu tun haben könnte. Josef hat schon vor 15 Jahren geschworen, den Kerl umzubringen. Als Josef jetzt aus dem Knast heimkam, zu mir nach Kornelimünster, hat er sich Gedanken gemacht, wie er den Scheißkerl umbringen könnte. Aber ich dachte, es wären nur Gedankenspielereien und nichts Ernsthaftes. Ich hätte nie geglaubt, dass Josef tatsächlich den Kerl anpackt. Aber er hat es getan. Josef ist in der Nacht nach dem Fußballspiel gegen Köln nicht nach Hause gekommen. Er ist verschwunden.« Lipperich hatte sichtlich Mühe, Böhnke zu folgen. »Warten Sie«, keuchte er, »mir wird schwindelig.« Er beugte sich vor und stützte sich auf den Knien ab. Aber er verlor das Gleichgewicht, fiel vornüber auf die Straße und rollte auf den Rücken.

»Suchen Sie meinen Sohn«, flüsterte er zitternd und nach Luft schnappend. »Der Tote heißt Kardinal und lebte in Köln.«

Dann verlor Lipperich das Bewusstsein.

»Was für einen Vogel haben Sie mir da auf den Hals gehetzt?«, schimpfte Böhnke, als er am Abend den Journalisten Sümmerling anrief. »Haben Sie noch alle Tassen im Schrank?«

»Ach, Sie meinen den Alten, den Typen vom Tivoli, der dabei war, als man die Leiche gefunden hat. Ich kenne ihn nur flüchtig aus der Alemannia-Kneipe, dem Klömpchensklub. Da haben wir uns heut beim Mittagessen getroffen. Er weiß wohl, dass ich bei der Zeitung bin und ich daher so ziemlich alle Welt kenne. Der wollte von mir wissen, ob ich ihm einen Privatdetektiv empfehlen könne. Nein, habe ich ihm gesagt, aber einen pensionierten Schnüffler.«

»Sind Sie noch bei Trost?«

»Natürlich«, antwortete Sümmerling gelassen. »Nachdem Sie mir letztens beim Mord auf dem Nürburgring keinen Tipp gegeben haben und stattdessen lieber mit meinen miesen Kollegen Bahn und Krupp zusammenarbeiteten, musste ich Ihnen doch eine verpassen. Oder glauben Sie etwa, ich lasse mir ungestraft von Kollegen, die noch nicht einmal aus Aachen stammen, eine Geschichte aus Aachen vorsetzen, bei der dann auch noch mein Lieblingskommissar eine Hauptrolle spielt?« Sümmerling lachte ins Telefon. »War denn der Mann tatsächlich bei Ihnen? Natürlich war er bei Ihnen«, gab er sich selbst zur Antwort, »sonst hätten Sie mich ja nicht belästigt. Was ist denn mit dem Kerl?«

»Das geht Sie gar nichts an«, entgegnete Böhnke brüsk. Er war angefressen. Erst tischte ihm Lipperich eine halb gare Geschichte auf, danach brach der Mann mit einem Kreislaufkollaps zusammen und musste ins Simmerather Krankenhaus gebracht werden, und jetzt erklärte ihm Sümmerling frank und frei, dass er ihm die Sache eingebrockt hatte.

Er solle sich nicht aufregen, riet ihm der Journalist. »Das

sollte doch nur ein Scherz sein. Kommt auch nicht wieder vor. Versprochen.«

So leicht solle er es sich nicht machen, befand Böhnke. »Sie haben massiv in mein Privatleben eingegriffen und meine Ruhe gestört. Ich bin froh, hier in Huppenbroich ruhig leben zu können. Das ist ja jetzt wohl vorbei dank Ihrer gekränkten Eitelkeit. Das wird Sie teuer zu stehen kommen, mein Freund. Ich glaube, ich werde Sie und Ihren Lebenswandel ein wenig unter die Lupe nehmen und Ihre Berichterstattung kritisch überprüfen lassen. Da finde ich bestimmt Anhaltspunkte, um juristisch gegen Sie vorzugehen«, drohte er nur im Spaß, aber mit ernster Stimme .

Dies verfehlte die Wirkung nicht.

»Nun schießen Sie bitte nicht mit Kanonen auf Spatzen«, sagte Sümmerling. Es täte ihm leid, wenn Lipperich Böhnke übermäßig belästigt hätte.

Das könne er wiedergutmachen, wenn er ihm schildere, was denn tatsächlich auf dem Tivoli, beziehungsweise bei dem Spiel, passiert wäre, schlug Böhnke versöhnlich vor.

Da gäbe es nicht viel zu berichten, meinte der Journalist. Nach den bisherigen Ermittlungen der Polizei sei bei dem Tod des Fans ein Fremdverschulden wohl ausgeschlossen. »Der wollte wohl im Gebüsch pinkeln und hat dabei eine Herzattacke erlitten. Da ihn niemand gesehen hat, ist er in der Nacht anscheinend elendig gestorben. Er hatte sogar noch seine Eintrittskarte in der Hosentasche. War vermutlich ein Unfall.« Sümmerling lachte in den Hörer. »Ich sag ja immer, die Kölner sollen am Rhein bleiben«, lästerte er ungeniert, »denen bekommt die gute Luft in der Aachener Soers nicht.«

»Wissen Sie denn, wie der Tote heißt?«

»Woher denn? Der hatte doch keine Papiere dabei.«

»Und das wundert Sie nicht?« Böhnke wunderte sich jedenfalls, wenn auch nur wegen der ungewohnten Begriffsstutzigkeit von Sümmerling.

»Wie kommt denn der Tote auf den Parkplatz am Tivoli? Ohne Papiere, ohne Autoschlüssel, ganz allein. Es spricht doch wohl viel dafür, dass er in Begleitung eines Autofahrers war. Und dieser Autofahrer ist ohne ihn weggefahren. Vielleicht ist der Tote mit dem Bus gekommen. Aber was macht er dann in einer Böschung am Parkplatz, zu der normalerweise gar kein Fußgänger hinkommt? Das ist doch nicht normal, oder?«

»Wenn Sie mich so fragen, natürlich nicht«, antwortete Sümmerling. »Aber das ändert nichts daran, dass die Polizei von einer natürlichen Todesursache ausgeht und Fremdverschulden ausschließt. Obwohl«, Sümmerling legte eine Denkpause ein, »warum hat dann die Staatsanwaltschaft eine Obduktion der Leiche angeordnet?«

Vielleicht, weil es sich bei dem Toten um eine bekannte Persönlichkeit handelte, gab Böhnke zu bedenken. Es bereitete ihm Spaß, mit Sümmerling zu spielen. Der schien wirklich nicht gut drauf zu sein.

»Kann nicht sein«, reagierte der Journalist spontan. »Wenn der prominent gewesen wäre, würde ich den kennen. Und es war garantiert nicht Lukas Podolski, auch wenn er dessen Trikot trug.«

»Sie kennen den Namen des Toten wirklich nicht?«

»Nein«, knurrte Sümmerling. »Jetzt sagen Sie mir bitte nicht, dass Sie den Namen auf der Pfanne haben.«

Selbstverständlich kenne er ihn, entgegnete Böhnke genüsslich. »Ihr Tivoli-Kneipen-Bekannter hat ihn mir gesagt. Er kennt ihn nämlich auch.«

»Wie heißt er denn?«

Lipperich, hätte Böhnke am liebsten gesagt, aber er verkniff sich diese Antwort. »Meinen Sie Ihren Aachener Freund oder den Toten aus Köln?«, feixte er. Sollte Sümmerling ruhig etwas zappeln. »Den Namen des Mannes aus Aachen werde ich Ihnen nicht nennen. Immerhin ist er ja dank Ihres Übereifers gewissermaßen jetzt mein Mandant. Und der Name des toten FC-Fans ist Kardinal.«

»Ach, du Scheiße!«, entfuhr es Sümmerling.

»Sie kennen ihn?«, fragte Böhnke verblüfft.

»Kennen ist zu viel gesagt. Es kann sich bei dem Typen im Prinzip nur um den Kölner Ratsherrn handeln, denn ein gewisser Kardinal ist bei der Ratssitzung nicht erschienen. Man nennt ihn einfach nur ›Kardinal‹. Weil er sich angeblich ebenso stark für die Kölner engagiert hat wie der legendäre Kardinal Frings. Das ist wohl eine dubiose Gestalt. Kollegen aus Köln haben mir schon Etliches und nicht gerade Ruhmreiches über ihn berichtet.« Der Journalist hatte es eilig, das Telefonat zu beenden.

»Ich habe noch zu tun. Ich muss doch berichten, dass es sich bei dem Toten vom Tivoli um einen Kommunalpolitiker aus Köln handelt.«

Das zweite Gespräch glaubte Böhnke sich sparen zu können. Da kein Fremdverschulden angenommen wurde, brauchte er seinen ehemaligen Kollegen im Aachener Polizeipräsidium keinen Hinweis zu geben.

Er war froh, dieses Wissen zu haben.

Lipperich würde morgen sicherlich erleichtert aufatmen.

4.

Der Blick in seine Tageszeitung am Frühstückstisch erstaunte ihn. Nicht im Regionalteil, sondern im Sportteil fand er den Bericht über den toten Fußballfan. Der Fußball schien bedeutender zu sein als die Kommunalpolitik. Sport ist Mord, fiel Böhnke spontan ein. War ein aus seiner Sicht unbedeutendes Fußballspiel zwischen Aachen und Köln eine derart todernste Angelegenheit, dass die Journalisten damit eine komplette Seite füllen mussten? Den Spielbericht und die Nachbetrachtung schenkte sich Böhnke. Ihn interessierte lediglich der Artikel von Sümmerling über Kardinal.

Der Bericht enthielt die Fakten, die der Journalist kannte: toter Fan in einem Kölner Trikot, vermutlich Herzinfarkt, Fremdverschulden ausgeschlossen. Die Nennung des Namens schien Sümmerling nicht geheuer. Offenbar war ihm die Information, die ihm Böhnke gegeben hatte, zu wenig gewesen oder er hatte keine Zeit mehr gefunden, vor Andruck der Ausgabe eine Bestätigung zu erhalten. Er sprach bei dem Toten von einem korpulenten Mann Mitte 40, bei dem es sich gerüchteweise um einen umstrittenen Kommunalpolitiker aus Köln handeln könnte.

Einen Aspekt hatte der AZ-Reporter nicht thematisiert: Warum hatte der Tote keine Ausweispapiere bei sich getragen? Es wäre doch normal gewesen, dass der Mann zumindest einen Personalausweis mit sich führte. Und wie war er zum Tivoli gekommen?

Noch eine Frage, die sich Böhnke stellte, während er durch das Tiefenbachtal nach Simmerath schlenderte. Er nannte seine langsame Gangart Schlenderschritt; wandern oder marschieren konnte er immer seltener. Da spielte sein körperlicher Zustand nicht mit. Warum sein Blut mehr und mehr die Fähigkeit verlor, Sauerstoff zu transportieren, war ein Rätsel, das die Mediziner nicht lösen konnten und das ihn irgendwann einmal ins Jenseits befördern würde – wenn nicht die Wissenschaft schneller war. Für ihn galt das schwache Prinzip Hoffnung. Mehr nicht. Und damit hatte er sich ergeben abgefunden.

Und so genoss er jeden Schritt, den er schlendern konnte; immerhin schon seit über einem Jahr, als die Krankheit entdeckt und er in den vorzeitigen Ruhestand geschickt worden war.

Im Tal beobachtete er Pfadfinder, die ihren Jugendzeltplatz winterfest machten. Nicht mehr lange, und die kalte Jahreszeit würde über die Eifel hereinbrechen, früher und schneller als im nördlich gelegenen Aachen, zugleich länger und kälter.

Warum es ihn ausgerechnet in diese Abgeschiedenheit getrieben hatte, hatten die wenigsten verstanden. Aber er liebte Huppenbroich, diesen 420-Seelen-Ort, in dem er gemeinsam mit seiner Lebensgefährtin einen umgebauten Hühnerstall als Ferienwohnung besaß. Mit seiner Pensionierung war diese komfortable Wohnung zu seinem Dauerwohnsitz geworden, derweil seine Partnerin als selbstständige Apothekerin in Aachen arbeitete und lebte. Ihr Verhältnis beschrieb er gerne als extensive Wochenendbeziehung mit zunehmender Tiefe.

Böhnke staunte über sich, als er ohne Atembeschwerden den steilen Anstieg nach Simmerath bewältigt hatte und er leichtfüßig den Eingangsbereich des Krankenhauses betrat. Vor sich hin pfeifend, wartete er, bis er am Empfang endlich an der Reihe war. Er wunderte sich immer wieder, wie ungeduldig die Menschen darauf warteten, endlich an dem Schalter abgefertigt zu werden. In der Mehrzahl waren es doch Kranke, die ohnehin viel Zeit mitbringen mussten, oder Besucher, bei denen es auf eine Minute mehr oder weniger auch nicht ankam. Obwohl, wenn er ehrlich zu sich war, hatte auch er nicht die Geduld gepachtet.

Er möge gerne die Nummer des Zimmers erfahren, in dem Walter Lipperich untergebracht sei, bat er höflich die junge Frau im Rollstuhl hinter dem Tresen.

Mit einer verkümmerten Hand tippte sie den Namen des Patienten in eine Tastatur. Nach einem Blick auf den Monitor schüttelte sie den Kopf.

»Lipperich, Walter? Den haben wir hier nicht. Da müssen Sie sich im Namen irren.«

Könne nicht sein, widersprach Böhnke. Er selbst habe gestern den Notarzt alarmiert, der Lipperich in das Krankenhaus eingewiesen habe.

»Also Notaufnahme?«

So sei es wohl, bestätigte Böhnke.

Nunmehr griff die Frau zum Telefon, wählte, redete in den Hörer, fragte nach Lipperich und legte nach einem »Okay« wieder auf.

Entschuldigend sah sie den Pensionär an. »Da haben Sie Pech. Lipperich ist heute am frühen Morgen auf eigene Verantwortung entlassen worden. Sein Sohn hat ihn abgeholt.«

Damit war für Böhnke die Angelegenheit erledigt. Er wollte sich nicht über den gescheiterten Besuch ärgern. War es etwa sein Problem, wenn sich Lipperich aus dem Staub machen wollte? Sicherlich nicht, auch wenn er sich ein wenig wunderte. Angeblich war der Sohn, so hatte

Lipperich gesagt, nach dem Tod von Kardinal verschwunden. Und jetzt hatte er seinen Vater aus dem Krankenhaus geholt. Aber das war nicht Böhnkes Sache.

Er wandte sich seinen Einkäufen zu. Bäcker, Metzger, Obstabteilung im Supermarkt, das waren die Stationen, die er anlaufen musste, um die Lebensmittel fürs Wochenende zu erstehen. Wenn Lieselotte am Abend kam, wollte er keine Zeit mehr mit Einkäufen verplempern. Die wenigen Stunden bis Montagmorgen wollten sie gemeinsam und sinnvoll verbringen.

Sein Blick fiel auf den Zeitungsständer vor der Buchhandlung an der Hauptstraße und blieb an einer Schlagzeile der Kölner Boulevardzeitung Blitz hängen.

›Der Kardinal ist verschwunden!‹, titelte das Blatt in großen, schwarzen Lettern. Größer hätten die Buchstaben auch nicht sein können bei der Abwahl eines Kanzlers oder dem Gewinn der Fußballweltmeisterschaft. An der oberen Ecke der Aufschlagseite fand Böhnke eine kleine, weiß gehaltene Überschrift: ›FC-Fan stirbt am Tivoli‹. Ob beide Überschriften etwas miteinander zu tun hatten, war für Böhnke nicht erkennbar. Neben dem Kölner Blitz befand sich in dem Zeitungsständer der Kölner Stadtanzeiger. Böhnke hatte sich längst abgewöhnt, darüber zu grübeln, warum in Simmerath Tageszeitungen aus Köln verkauft wurden. Immerhin lag der Ort nicht nur im Kreis Aachen, sondern auch im Einzugsgebiet der Großstadt und damit im Bereich der Aachener Zeitung und der Aachener Nachrichten. Aber wahrscheinlich hing dies mit den vielen Zweitwohnungsbesitzern zusammen, die am Wochenende vom Rhein zu ihren Ferienwohnungen in die Nordeifel und an den Rursee kamen.

Auf der Titelseite des Stadtanzeigers musste Böhnke lange suchen, bis er einen Hinweis auf den verschwundenen Ratsherrn aus Köln fand sowie eine Notiz über den Toten vom Tivoli. Er kaufte beide Zeitungen. Gelegentlich machte er sich das Vergnügen, verschiedene Berichte über ein Ereignis zu lesen. Es war schon erstaunlich, wie unterschiedlich Journalisten über ein und dieselbe Sache schrieben.

Der Stadtanzeiger hatte, so wirkte es jedenfalls auf Böhnke, den Text übernommen, den Sümmerling über den Toten geschrieben hatte. Lediglich die Vermutung, es könne sich um einen Kommunalpolitiker aus Köln handeln, hatte der Redakteur weggelassen. Weitaus mehr Platz widmete die Zeitung dem verschwundenen Ratsmitglied Gerd-Wolfgang Kardinal und der seinetwegen abgebrochenen Sitzung des Stadtrates. In einem sachlichen Stil wurde der Werdegang des Politikers skizziert: 45 Jahre alt, verheiratet, ein Sohn, seit acht Jahren Ratsherr als Mitglied der von ihm gegründeten KGB, von Beginn an Fraktionsvorsitzender. Die Angabe des Berufes fehlte ebenso wie die Bezeichnung Kardinal, die der Blitz genannt hatte. Auf ein Foto verzichtete das Blatt. In gewisser Weise wirkte der Bericht wie ein Nachruf.

Böhnke gewann nach der Lektüre des Berichts den Eindruck, als erfreute sich Kardinal nicht sonderlicher Beliebtheit in der Redaktion des Stadtanzeigers. Mit ein wenig bösem Willen konnte er interpretieren, Kardinal sei so etwas wie ein Floh im Pelz gewesen oder ein Schmarotzer, auch wenn dies nirgendwo geschrieben stand. Die kommunalpolitischen Erfolge von Kardinal seien überschaubar gewesen, sein Einfluss würde überschätzt, er sei in erster Linie durch unangebrachte, nicht realisierbare Anträge aufgefallen, wie just durch seinen letzten Antrag, in dem er den Stadtrat aufforderte, sich vorbeugend gegen den Bau einer möglicherweise geplanten Moschee auszusprechen. Mit einer in ihrer Nüchternheit eindeutigen Bemerkung des Oberbürgermeisters endete der Bericht: »Wir werden seinen Antrag zur gegebenen Zeit beraten«, sagte Müller.

Beim Blitz las sich der Bericht über das merkwürdige Verschwinden von Kardinal völlig anders. Für das Boulevardblatt war Kardinal ein Mann des Volkes, der es trotz aller negativen Umstände und vieler Widerstände zu etwas gebracht hatte. Er habe den Begriff ›Fringsen‹ mit neuem Leben erfüllt, behauptete das Blatt. ›Wie unser unvergessener und beliebter Kardinal Frings nach dem Krieg hat der Ratsherr Kardinal mit List und Raffinesse allen Widrigkeiten getrotzt und manchmal unter Umgehung der Obrigkeit seine Ziele erreicht. Und diese Ziele waren immer darauf gerichtet, uns Kölnern das Leben lebenswerter zu machen. Deshalb trug Kardinal zu Recht den Namen ›Der Kardinal‹. Als Beispiel nannte der Blitz die Anträge der KGB für eine kostenlose Benutzung des Öffentlichen Personennahverkehrs für Hartz-IV-Empfänger oder kostenlose Schulbücher für deren Kinder.

Aus einer ähnlichen politischen Diskussion, über die Sümmerling in Aachen berichtet hatte, wusste Böhnke, dass derartige Anträge von vornherein zum Scheitern verurteilt waren. Die Fahrpreise wurden von den Regionalverbünden festgelegt und nicht von den einzelnen Kommunen, und kostenlose Schulbücher bekamen die Kinder der Bedürftigen ohnehin. Worin die Parallelität zum Kölner Nachkriegs-Kardinal bestand, verstand Böhnke nicht. Kardinal Frings hatte tatsächlich das Überleben vor das

Leben nach Recht und Gesetz gestellt. Kohlenklau vom Eisenbahnwaggon oder Kartoffelklauben vom Feld – wer fror und Hunger litt, dem musste geholfen werden oder er musste sich selbst helfen, wenn ihm niemand helfen konnte. Da hatte sich der Kardinal immer auf die Seite der Schwächeren gestellt. Auch wenn er damit aneckte, bei seinen Schäfchen in Köln weckte er Zuversicht, Hoffnung, Lebensmut. Er erfand das ›Fringsen‹.

Aber galt dieses Handeln auch für diesen Ratsherrn? Nein, entschied Böhnke für sich. Kardinal war vielleicht ein gewiefter Politiker, aber er war kein Kardinal. Auch das Konterfei des Verschwundenen konnte ihn nicht zu einem Meinungswechsel bewegen. Er blickte in ein rundes, speckiges Gesicht mit einer wirren, zerzausten Langhaarfrisur und einem feisten Blick. Der Mann wirkte in seinen Augen wie ein unsympathischer Kotzbrocken.

Geschickt verstand es der Blitz, die Begleitumstände der Ratssitzung zu umschreiben, ohne direkt Position zu beziehen. Da war vom demokratischen Recht der Meinungsäußerung die Rede, von dem Recht jedes Mandatsträgers, Anträge zu stellen, und von dem Verständnis, dass der KGB-Antrag zurückgezogen wurde.

Nicht weniger spektakulär war der Bericht aus Aachen. Die Hinweise der Polizei und der Staatsanwaltschaft fanden sich nur versteckt wieder. Das Boulevardblatt sprach vom Opfer eines möglichen Fankrieges. Die Polizei tappe deswegen im Dunkeln. Es sei Schlimmes zu befürchten, denn die FC-Fans hätten Rache geschworen. ›Der Tod unseres Freundes bleibt nicht ungesühnt‹, zitierte der Blitz einen nicht genannten Fanvertreter, um zugleich darauf hinzuweisen, dass es keine gesicherten Erkenntnisse gäbe über die näheren Umstände, die zum Tode des Fans geführt hätten.

Einen kleinen Artikel am Rande zwischen großformatigen Anzeigen hätte Böhnke beinahe überlesen. ›Ist der Kardinal der Tote vom Tivoli?‹, fragte die Überschrift. Anscheinend hatte quasi schon im Laufe des Druckprozesses dieses Ausgabenteils jemand noch diesen Aspekt ins Blatt bringen wollen, aber nicht mehr die Zeit besessen, um das Thema genauer aufzugreifen.

Gerüchten zufolge könnte Kardinal der am Tivoli tot Aufgefundene worden sein, schrieb das Blatt. Kardinal sei FC-Fan gewesen, habe zum Spiel seines FC nach Aachen gewollt und sei am Tage nach dem Spiel nicht mehr gesehen worden. Der Tote habe das gleiche Alter wie Kardinal. ›Es könnte sich um Kardinal handeln‹, ließ der Blitz einen Experten vor Ort zu Wort kommen.

Ob es diesen Experten tatsächlich gab, bezweifelte Böhnke. Aber das spielte keine große Rolle. Heute würde die besorgte Öffentlichkeit die Wahrheit erfahren. Heute würde der Tote einwandfrei identifiziert und die Leiche obduziert werden.

Da wurde krampfhaft nach Aktualität gesucht, schmunzelte Böhnke. Anscheinend war er besser im Bilde als die Kölner Journalisten.

Kardinal schien ein merkwürdiges Früchtchen gewesen zu sein. Auf die vermeintliche Glorifizierung im Blitz gab Böhnke nicht viel. Heute hui, morgen pfui, war die Devise, heute König, morgen Bettelmann. Heute ließ der Boulevard Kardinal verkaufsfördernd hoch leben, um ihn morgen – ebenfalls verkaufsfördernd – umso tiefer fallen zu lassen, ganz so, wie es ins Stimmungsbild passte, nach dem sich der Leser seine angeblich unbeeinflusste Meinung bildete.

Der Name Kardinal gab dem Toten eine Volksnähe, die ihm so lange zugebilligt wurde, wie es den Journalisten opportun schien. Sollte sich Kardinal als Scharlatan erweisen, würden ihm diese Journalisten vorwerfen, mit der KGB die Beliebtheit und das Lebenswerk des unerreichten Kardinals Frings missbräuchlich und verabscheuungswürdig für sich in Anspruch genommen zu haben.

Aufschlussreicher als beim Blitz war für Böhnke die Berichterstattung im ›Stadtanstreicher‹, wie der Stadtanzeiger gerne bezeichnet wurde. Mit seinen Worten würde Böhnke Kardinal als ›Lutscher‹ bezeichnen, als Menschen, der alles mitnahm, was er auf Kosten anderer mitnehmen konnte, ohne zu einer Gegenleistung bereit zu sein.

Wurde er damit Kardinal wirklich gerecht? Er wusste es nicht, es war aber auch nicht von Belang. Er würde deswegen keine schlaflosen Nächte haben, allen Kardinälen und sonstigen Toten zum Trotz.

5.

Die kleine Runde, zu der Werner Müller eingeladen hatte, garantierte Vertraulichkeit, sofern bei Politikern verschiedener Parteien überhaupt Vertraulichkeit bestehen konnte. Allmonatlich oder nach Bedarf lud der Kölner Oberbürgermeister die Fraktionsvorsitzenden der großen Rathausparteien zu einem Gespräch ein. Was zwischen ihnen gesagt wurde, blieb auch unter ihnen; so war es die Regel dieses Gremiums, das es nach der Gemeindeordnung und den üblichen parlamentarischen Gepflogenheiten gar nicht gab. Es war eine der wenigen Möglichkeiten, um die kleinen Splittergruppierungen einigermaßen im Zaum zu halten. Wenn die vier etablierten Parteien bei Eckpunkten der Kommunalpolitik Einheit demonstrierten, bliesen die kleinen Fraktionen meistens schnell zum Rückzug. Nur die KGB machte da die Ausnahme. Sie wollte stets, ganz im Sinne des von ihr beanspruchten Bürgerwillens, ihre Anliegen durchboxen, mit Kardinal an vorderster Stelle. Da wurde öffentlichkeitswirksam der Verkauf eines städtischen Geländes an eine Supermarkt-Kette gefordert, obwohl das Gelände nach dem Flächennutzungsplan ausschließlich für eine Wohnbebauung vorgesehen war. Das wusste zwar auch die KGB, aber es hörte sich für den unbedarften, unwissenden Bürger immer gut an, wenn sie herausposaunte, sie setze sich für eine wohnortnahe Versorgung der Bürger mit preiswerten Lebensmitteln ein.

Nicht anders war es mit dem leidigen Thema der angeblich geplanten Moschee. Die KGB war dagegen. Sie war im Prinzip gegen ein Gespenst, das sie selbst aufgebaut hatte. Niemand, nicht einmal die Muslime, wollten eine neue Moschee in Köln, aber darüber ging die KGB kurzerhand hinweg. Sie machte öffentlich Stimmung gegen die Moschee und fand massenhaft Unterstützung, obwohl alle Medien immer wieder über die tatsächlichen Umstände informierten. Man glaubte den Medien und den etablierten Parteien nicht, man glaubte der KGB, die Emotionen schürte und Informationen manipulierte.

»Damit dürfte es ja wohl jetzt vorbei sein«, meinte

Schlingenheim, der CDU-Mann. »Ich glaube nicht, dass die KGB den Antrag noch einmal stellt.«

Das zustimmende Kopfnicken der anderen Gesprächsteilnehmer am runden Tisch im Bürgermeisterbüro bestätigte ihn in seiner Ansicht.

»Das ist doch wohl unser kleinstes Problem«, meldete sich der Oberbürgermeister zu Wort. »Was machen wir jetzt mit Kardinal?« Müller schaute fragend in die Runde. »Ehrlich gesagt, habe ich wenig Lust, ihm einen Festakt zuzugestehen. Denn ich vermute, er hat das Zeitliche gesegnet. Ab in den Ofen mit dem Kerl und die Asche auf einer Wiese verstreut. Das wäre das höchste der Gefühle.« Er war sicher, mit seiner despektierlichen Auffassung nicht anzuecken. Er wollte die anderen aus der Reserve locken und da musste er eine deutliche Vorleistung bringen.

»Wenn's nach mir ginge, würde ich sagen, von jeder Fraktion geht einer anstandshalber zur Beisetzung, außerdem einen Kranz der Stadt und notgedrungen einen Nachruf in der Zeitung«, meinte Ringelzweig. Das müsse reichen, fügte der SPD-Mann noch grimmig hinzu. »Falls er tatsächlich tot sein sollte.« Die Bemerkung ›Was ich hoffe‹, unterließ er tunlichst.

»Keine Bedenken«, erklärte der FDP-Mann Bückenfänger.

Die Grüne, Alexandra Pohlke, bestätigte seine Auffassung. »Der ist es nicht wert, dass wir uns länger mit ihm beschäftigen«, sagte sie mit ihrer hohen, leisen Stimme, die ihr in Ratskreisen den spöttischen Beinamen ›Vögelchen‹ eingebracht hatte.

»Wie sieht es denn eigentlich mit den Unterlagen Kardinals aus?« Endlich ließ Ringelzweig die Katze aus dem

Sack. Der Sozi würde nicht ohne Grund fragen, dachte sich Müller, der bei seinem Rundblick über den Sitzungstisch auf interessiert schauende Gesichter stieß.

»Hat er was im Computer?«, fragte Ringelzweig.

»Sie meinen sicherlich den Rechner der Fraktion?«, korrigierte ihn der Oberbürgermeister lächelnd. »Da kann ich Sie beruhigen. Jansen sagte mir, auf dem Rechner gibt es nur die übliche Rathauspost, Anträge und Mitteilungen. Also nur das, was Sie auch über das Intranet bekommen.«

Er wusste nur von seiner eigenen Geschichte mit Kardinal, und er hatte erleichtert festgestellt, dass es auf dem Fraktionsrechner keinen einzigen auch noch so kleinen Hinweis darauf gab. Ringelzweigs Vorstoß bestätigte ihn in seiner Vermutung, dass auch dieser mehr meinte als nur die übliche Rathauspost. Und bei Schlingenheim, Bückenfänger oder Pohlke dürfte es nicht anders sein. Alle hatten wohl vermutet oder wahrscheinlich sogar befürchtet, dass Kardinal mehr auf dem Rechner hatte, mehr Informationen über Parteien und Personen. Davon war Müller jedenfalls ausgegangen.

Dass er, selbstverständlich unter dem angeblichen Angebot der Mithilfe, einen seiner persönlichen Referenten gebeten hatte, den Rechner der KGB in Anwesenheit von Jansen zu inspizieren, verschwieg er. Es hatte ja auch keine verwertbaren Ergebnisse gegeben, mit denen er dem einen oder anderen hätte schaden oder aber ihn für sich hätte gewinnen können. Alles brauchte die vertraute Runde auch nicht zu wissen.

»Ich kann nur noch einmal wiederholen: Es gibt nichts Auffälliges, Unzulässiges oder Sonstiges auf dem Rechner im Zimmer der KGB. Selbst der E-Mail-Verkehr oder die Überprüfung gelöschter Dateien brachte nichts Erhellendes.« Unausgesprochen blieb sein Gedanke, Kardinal könnte auf seinem privaten Rechner andere Unterlagen haben. Müller traute es dem Kerl durchaus zu.

Kardinal hatte ihn unlängst verblüfft, als er in einem Gespräch unter vier Augen eine Notiz hervorkramte, die sich auf eine Begebenheit vor der Bürgermeisterwahl bezog. Wenn diese Notiz in falsche Hände geriet, würde der Oberbürgermeister Probleme bekommen. Das hatte Kardinal gewusst und das wusste Müller. Es war wohl doch nicht so gut gewesen, wenige Wochen vor der Wahl mit Kardinal einen Zug durch die Gemeinden zu machen, der in einem Bordell in Bad Münstereifel endete. Müller hatte die Rechnung mit seiner privaten Kreditkarte beglichen. Wie Kardinal an eine Kopie der Rechnung gekommen war, hatte er nicht verraten. Aber er besaß sie und Müller hatte damit rechnen müssen, dass Kardinal diesen Beleg irgendwann einmal präsentierte.

»Wenn ich wirklich einmal deine Hilfe brauche, dann werde ich dich an diese Liebesnacht erinnern«, hatte Kardinal kühl gesagt. »Deine Frau wird nicht begeistert sein.« Bisher hatte er die Hilfe nicht eingefordert, und er würde es jetzt auch nicht mehr tun können. Von den anderen Fettnäpfchen einmal ganz zu schweigen. Gott sei Dank war es vorbei.

Garantiert hatte Kardinal diesen verräterischen Beleg gebunkert oder eingescannt und als Datei abgespeichert. Wenn nicht auf dem auch für seine Fraktionskollegen zugänglichen Rechner, dann bestimmt auf einem privaten.

So war Kardinal, er war nur auf seinen eigenen Vorteil bedacht, entsann sich Müller. Das politische Gehabe war

Mittel zum Zweck. Es ging dem Kardinal nicht um politische Entscheidungen zum Wohle der Bürger, es ging ihm darum, seine eigenen finanziellen Vorteile zu sichern.

Der Oberbürgermeister war sich ziemlich sicher, nicht als Einziger eine Leiche im Keller liegen zu haben, von der Kardinal wusste. Es war nur sein Glück, dass die anderen vier an diesem Tisch nichts von seiner Leiche wussten. Schlimmstenfalls würde bei den Untersuchungen und Aufräumarbeiten nach Kardinals Tod sein Fehltritt publik werden. Aber er war jetzt in einer besseren Position. Er könnte behaupten, der Beleg sei gefälscht, und niemand könnte widersprechen. Insofern hatte der Tod des Kardinals für ihn durchaus Vorteile.

Müller wusste, er war nicht allein. Wenn er in die Runde blickte, fand er zumindest in Schlingenheim einen Kumpan, der ebenfalls dem Toten keine Träne nachweinen würde. Der CDU-Chef hatte schon mehrfach mit dem KGB-Politiker im juristischen Clinch gelegen, aber stets den Kürzeren gezogen. Kardinal war zwar mehrfach wegen übler Nachrede und Verleumdung vorbestraft, bei seinen beleidigenden Behauptungen und Unterstellungen im politischen Bereich konnte er sich aber immer wieder auf die Freiheit der Meinungsäußerung berufen. So sahen es jedenfalls die Richter, die bei Politikern nicht so strenge Maßstäbe anlegten wie bei Privatpersonen. Als ›abgehalfterten Politdino‹ durfte Kardinal mit richterlichem Segen den CDU-Sprecher bezeichnen, als ›Mann, dessen Reden nicht immer der Wahrheit entsprechen‹ oder als ›politischer Wichtigtuer, der sich mehr und mehr dem Zustand der Vergreisung‹ nähere. Es verging fast keine Ausschusssitzung oder Versammlung des Stadtrates, in der Kardinal nicht geradezu genüsslich an diese Gerichtsverhandlungen erinnerte und damit Schlingenheim zur Weißglut trieb. Zuletzt hatte er seinen konservativen Gegenspieler vor aller Öffentlichkeit bei einer Sitzung lauthals als ›Dummschwätzer‹ bezeichnet und die daraufhin erfolgte Rüge von Müller triumphierend zurückgewiesen mit einem Urteil, nach dem eine derartige Bezeichnung im politischen Raum nicht als Beleidigung, sondern als vertretbare Meinungsäußerung gelte.

Diese unverschämten Beleidigungen und Pöbeleien würden jetzt ein Ende haben. Jansen als Kardinal-Vertreter in der KGB-Fraktion würde nicht auf dieser Dauerfehde zwischen Kardinal und Schlingenheim herumreiten. Er war wie seine Fraktionskollegen nur ein Mitläufer gewesen, der jetzt wahrscheinlich orientierungslos durch den Rest der Wahlperiode taumeln würde. Ohne Kardinal war die KGB, die seine Idee und seine Tat war, im Prinzip jetzt schon Vergangenheit. Die KGB war seine Konstruktion, sein Weg gewesen, um auf Kosten anderer als Kommunalpolitiker ohne geregelte Arbeit durchs Leben zu kommen.

Was genau zwischen Schlingenheim und Kardinal vorgefallen war, wusste Müller nicht, aber es war ausreichend dafür gewesen, dass der CDU-Mann dem verhassten KGB-Menschen die Pest an den Hals gewünscht hatte.

Sympathie für Kardinal hegte gewiss auch das Vögelchen nicht. Auch Pohlke hatte mit dem Kardinal einen juristischen Streit ausgefochten. Bei einer Informationsfahrt des Stadtrates vor vier Jahren sollte Kardinal zudringlich geworden sein, hatte Müller gehört. Als sie sich gegen seine Annäherungsversuche zur Wehr setzte, soll er sie als ›frigide Schnepfe‹ bezeichnet haben. Der von ihr angestrengte Beleidigungsprozess endete mit einem Freispruch für Kardinal, weil es keine beweiskräftigen Zeugenaussagen gab. Entweder hatten die mitgereisten Politiker keine Erinnerung mehr an den Vorfall oder gaben an, nicht dabei gewesen zu sein, als Kardinal seine grüne Ratskollegin beleidigt haben soll. Der Hauptbelastungszeuge von Pohlke musste bei seiner Anhörung einräumen, ziemlich betrunken gewesen zu sein und sich vielleicht nicht mehr an den genauen Wortlaut erinnern zu können.

Da blieben noch SPD und FDP, Ringelzweig und Bückenfänger. Müller konnte sich nicht vorstellen, dass diese beiden Parteien nicht im Streit mit dem KGB-Mann gestanden hatten. Wozu sonst sollte Ringelzweig die Frage gestellt und Bückenfänger eifrig dazu genickt haben? Aber eigentlich war es Kardinal gar nicht wert, länger über ihn nachzudenken. Der Mann war wahrscheinlich tot und eine Träne würden ihm allenfalls seine Angehörigen nachweinen. Wenn es denn überhaupt Angehörige gab. Müller wusste im Prinzip nicht viel von Kardinal, außer dass er vorbestraft war und mehr durch Pöbeleien und Nörgeleien als durch konstruktive Mitarbeit auffiel.

Der minderjährige Sohn von Kardinal sowie seine Frau lebten jedenfalls nicht mehr unter der von Kardinal angegebenen Adresse. Vielleicht wussten sie noch nicht einmal von seinem Ableben. Müller hatte einen Referenten beauftragt, Kontakt zur Familie von Kardinal herzustellen. Er hoffte, heute noch eine belastbare Anschrift zu erhalten.

»Lassen Sie uns festhalten, meine Dame, meine Herren«, das Duzen verkniff sich Müller in Gegenwart von Bückenfänger und Pohlke, »der KGB-Rechner ist ohne besondere Vorkommnisse. Sollte Kardinal noch andere, den Rat betreffende Unterlagen besitzen, müsste er sie privat gespeichert haben.« Abstrakter hätte er Kardinals Leichen-im-Keller-Sammlung nicht umschreiben können. »Im Rathaus können wir jedenfalls die Akte Kardinal schließen.«

»Wenn er tatsächlich verschwunden bleibt und ein KGB-Nachfolger im Rat vereidigt ist«, piepste das Vögelchen in belehrender Pädagogenmanier.

Die politische Korrektheit gebot es, auf diese Bemerkung zu antworten. »Das ist ja wohl selbstverständlich«, brummte der Oberbürgermeister.

Das Telefon vor Müller störte schrillend die eingetretene Ruhe. Man war schon bereit für den Abgang. Ungehalten griff Müller zum Hörer.

»Ich hatte doch gesagt, ich möchte bei dieser Besprechung nicht gestört werden«, bellte er in die Muschel. Er gab sich gewichtig, hörte aber dennoch konzentriert zu, als seine Sekretärin redete. »Gut, dann verbinden Sie mich bitte«, sagte er schließlich ausgesprochen höflich. Mit einer Handbewegung bat er seine Gesprächsteilnehmer zu schweigen.

Seine Miene verfinsterte sich zusehends während des Telefonats, das offensichtlich ein langer Monolog war, den Müller nur gelegentlich mit einem »Ja« oder »Aha« unterbrach.

»Da braut sich was zusammen«, raunte Schlingenheim seinem Nachbarn Ringelzweig zu und nahm dabei den funkelnden Blick von Müller ungerührt in Kauf.

»Vielen Dank. Selbstverständlich werde ich Ihre Informationen vertraulich behandeln«, versicherte Müller seinem Telefonpartner. Bedächtig legt er den Hörer auf. Nur mit Mühe unterdrückte er das Zittern der Hand.

»Meine Herren«, in seiner Erregung unterließ er die Nennung des Vögelchens, »ich glaube, die Akte Kardinal ist längst noch nicht geschlossen. Das wird wohl noch einige Zeit dauern. Ich möchte Sie bitten, sogar inständig bitten, Ihr Wissen für sich zu behalten.« Der Oberbürgermeister sah verstört in die Runde der staunenden Gesichter. Was ist?, fragten sie stumm.

»Das war gerade ein Sprecher der Staatsanwaltschaft Köln. Dort geht man davon aus, dass Kardinal nicht eines natürlichen Todes gestorben ist.«

»Ermordet!«, piepste Pohlke erschrocken. Ob Frage oder Feststellung, das blieb dabei offen.

Müller hörte über ihre Bemerkung hinweg.

»Der Tote, der in Aachen am Fußballplatz gefunden wurde, ist in der Tat Kardinal. Er wurde heute einwandfrei identifiziert. Ich weiß nicht, von wem. Das hat mir die Staatsanwaltschaft nicht gesagt. Aber wir können davon ausgehen, dass es stimmt. Kardinal wurde in der Gerichtsmedizin obduziert. Und dabei fand man Spuren eines starken Betäubungsmittels. Jetzt stellt sich für die Staatsanwaltschaft nur die Frage: Hatte er sich das Mittel selbst, oder wurde es ihm ohne sein Wissen zugefügt, um es im Juristendeutsch zu sagen. Außerdem fand der Gerichtsmediziner auf dem Gesicht des Toten Partikel, die von einer Plastiktüte stammen könnten. Daraus lässt sich als Todesursache schließen, Kardinal sei zunächst betäubt und anschließend erstickt worden. Danach haben der oder die Täter den Leichnam im Gebüsch versteckt.«

»Also Mord«, staunte Bückenfänger.

»Sogar Raubmord«, bestätigte der Oberbürgermeister. »Es fehlen alle persönlichen Gegenstände, Geldbörse ebenso wie Papiere oder Schlüssel.«

»Und wie ist er dahin gekommen, nach Aachen?« Schlingenheim hakte nach. »Zu Fuß, per Bus und Bahn, mit dem Auto?«

»Darüber gibt es noch keine Erkenntnisse«, antwortete Müller, der sich wieder gefasst hatte. »Bislang weiß niemand, ob Kardinal allein oder in Begleitung zu dem Fußballspiel wollte.«

»Und ob er überhaupt wollte«, glaubte Ringelzweig sagen zu müssen. »Vielleicht wurde er ja aus Ablenkungsgründen nach Aachen verschleppt.«

»Davon können Sie eher nicht ausgehen, Herr Kollege«, meinte Schlingenheim besserwisserisch. »Der war eingefleischter FC-Fan und wollte zu dem Spiel auf dem Tivoli. Der war nicht wegen eines Ablenkungsmanövers dort.«

Müller räusperte sich. »Bevor wir uns jetzt in Spekulationen verheddern, bleiben wir bitte bei den Fakten, und die besagen, dass Kardinal keines natürlichen Todes gestorben ist.«

Der Oberbürgermeister sah streng in die Runde. »Ich möchte Sie noch einmal eindringlich bitten, dieses Wissen zunächst für sich zu behalten. Ich versichere Ihnen, ich werde Sie auf dem Laufenden halten. Die Staatsanwaltschaft will die Öffentlichkeit, sprich die Medien, erst morgen oder übermorgen informieren, wenn der Obduktionsbericht schriftlich vorliegt. Sie hofft, bis dahin den Todesfall geklärt zu haben.« Müller legte eine Atempause ein. »Ich verlasse mich auf Sie und auf Ihre Verschwiegenheit, meine Dame, meine Herren.«

Schnell zerstreute sich die Gruppe im Rathaus. Jeder ging zu seinen Fraktionsräumen. Noch auf dem Weg über die langen Flure tippte einer der Gesprächsteilnehmer eine Nummer in sein Handy. »Laut Staatsanwaltschaft ist Kardinal ermordet worden«, sagte er.

Der Mann am anderen Ende der Leitung hatte ihn in der Hand. Noch. Der Scheißkerl war als Journalist auch nicht besser als Kardinal, aber zugleich auch ein ganz Lieber.

6.

Der Tod von Kardinal war der AZ nur eine Randnotiz wert. »In der Tat handelt es sich bei dem Toten vom Tivoli um den Kölner Kommunalpolitiker Gerd-Wolfgang Kardinal«, schrieb Sümmerling mit Verweis auf seine in der letzten Ausgabe geäußerte Vermutung. Nach seinem Artikel hatte die Staatsanwaltschaft noch keine Ergebnisse des weiteren Ermittlungsverfahrens mitgeteilt. Nach wie vor gelte die Annahme, der Kardinal sei eines natürlichen Todes gestorben.

Na also, dachte sich Böhnke und machte sich nach der Zeitungslektüre während des Frühstücks auf seinen Morgenspaziergang. So war halt das Leben: Es endete immer tödlich. Er reckte sein Gesicht in die Sonnenstrahlen, die wärmend durch die noch belaubten Buchen fielen. Wie so oft, ließ er sich bei seinem Spaziergang treiben, diesmal in Richtung Dedenborn. Vom Nachbarort aus würde er wahrscheinlich mit dem Linienbus nach Huppenbroich zurückkehren. Am Abend hätte seine Einsamkeit ein Ende, dann würde seine Liebste zu seiner Freude die Wochenendbeziehung beleben.

Er steuerte sein Stammcafé in Dedenborn an, in dem die Serviererin schon ungefragt den gedeckten Apfel mit Sahne und das Kännchen koffeinfreien Kaffee vorbereitete, als sie ihn auf der Suche nach einem freien Einzeltisch erblickte. Er hatte sich kaum ausgebreitet, da erklang auch schon, alle Geräusche übertönend, der Radetzky-Marsch aus seiner Jackentasche. Schnell erhob er sich, fingerte in der Garderobe in der Jacke und fand endlich das kleine Gerät, amüsiert beobachtet von den anderen Café-Besuchern. Den Radetzky-Marsch hörten sie nicht allzu oft als Handymelodie – und dann noch in dieser Lautstärke.

Böhnke schimpfte mit sich. Warum bloß hatte er das Ding nicht in seiner Jeans deponiert, dann wäre ihm diese ungewollte Aufmerksamkeit erspart geblieben. Am liebsten hätte er völlig auf ein mobiles Telefon verzichtet, aber er trug es auf Lieselottes Bitten immer bei sich. Es konnte ihm schließlich etwas zustoßen, wenn er alleine unterwegs war. Es musste ja dann nicht ausgerechnet ein Funkloch geben, wenn er eine Verbindung benötigte.

In diesem Café war offensichtlich und deutlich hörbar kein Funkloch vorhanden.

Böhnke beeilte sich und lächelte verlegen, als er mit dem Handy am Ohr zu seinem Tisch zurückkehrte, auf dem das nicht bestellte, aber dennoch gewünschte Gedeck stand.

Das Display zeigte einen Unbekannten als Gesprächspartner an, was Böhnke zu einem knurrenden »Ich höre« als Begrüßung veranlasste.

»Hallo, ich bin es, Walter Lipperich. Spreche ich mit Kommissar Böhnke?«

»Wenn Sie diese Nummer absichtlich gewählt haben, werden Sie wohl auch mit ihm sprechen«, antwortete Böhnke unhöflich. Er musste nicht lange überlegen, um zu ahnen, von wem Lipperich diese Telefonnummer erhalten hatte. Das würde ein Nachspiel haben, nahm er sich grimmig vor.

»Was machen Sie denn für Sachen, Herr Lipperich. Erst klappen Sie mir mitten in meinem schönen Huppenbroich mir nichts, dir nichts zusammen, dann kommen Sie in unser kleines, wunderbares Krankenhaus nach Simmerath und dann verduften Sie heimlich still und leise. Finde ich, ehrlich gesagt, nicht gerade gut. Wo sind Sie jetzt?«

»Ich bin in Holland an der Nordsee. Hier kann ich mich besser erholen. Ich hatte doch nur einen Kreislaufzusammenbruch. Ist ja nichts Schlimmes. Ich habe gestern Abend noch meinen Sohn Josef angerufen. Der hat mich heute am frühen Morgen schon abgeholt und nach Holland gebracht.«

»Warum sind Sie denn nicht nach Aachen zurück?« Der Typ kam Böhnke immer merkwürdiger vor. Was spielte der für ein Spiel?

»Was soll ich denn in Aachen?«, entgegnete Lipperich mit einer Gegenfrage. »Nein, hier in Holland ist das Klima viel besser. Außerdem muss ich unser Ferienhäuschen mal wieder auf Vordermann bringen.«

Erneut so eine Merkwürdigkeit, dachte sich Böhnke. Wie

konnte sich so ein ärmlich gekleideter alter Mann ein Ferienhaus an der niederländischen Nordseeküste leisten?

»Soll ich Ihnen bei der Reinigung oder Renovierung helfen?«, fragte er höflich.

»Bloß nicht!«, lachte Lipperich. »Ich brauche meine Ruhe und außerdem brauchen Sie nicht zu wissen, wo genau ich bin.«

Böhnke schüttelte ungehalten den Kopf. »Und nur, um mir das zu sagen, rufen Sie mich an?«

»Nein, natürlich nicht«, antwortete Lipperich schnell. »Ich wollte von Ihnen nur wissen, ob Sie was über Kardinal herausbekommen haben.«

»Das wollte ich Ihnen heute im Krankenhaus berichten, aber Sie wollten ja lieber Meeresklima statt Krankenhausatmosphäre schnuppern.« Definitiv die bessere Alternative, wie sich Böhnke eingestand. »Es ist wohl tatsächlich so, dass Kardinal ohne Fremdverschulden aus dem Leben schied.«

»Und das glauben Sie?«, fragte Lipperich schnell.

»Warum sollte ich es nicht glauben. Immerhin ist das eine offizielle Stellungnahme der Staatsanwaltschaft und der Polizei. Ihr Freund Sümmerling hat es heute so in der AZ geschrieben.« Böhnke hustete kurz. »Sie können also beruhigt sein. Ihr Sohn hat Kardinal nicht umgebracht.«

»Das kann ich nicht glauben«, erwiderte Lipperich langsam.

»Haben Sie denn nicht mit ihm über Kardinal gesprochen? Er wird Ihnen doch bestimmt auch gesagt haben, dass er nichts damit zu tun hat.«

»Ich habe ihn zwar gefragt, aber er hat nicht direkt geantwortet. Jedenfalls habe ich den Eindruck, als habe Josef den Kardinal gekillt.«

Böhnke fiel es schwer, Verständnis zu zeigen. »Ihnen wäre es wohl gar nicht so unlieb, wenn Ihr Sohn Kardinal getötet hätte, was?«

Lipperich schwieg lange. »Ich hätte nichts dagegen, wenn ich ehrlich bin.« Bevor Böhnke reagieren konnte, fuhr er fort: »Und deshalb wollte ich Sie ja bitten zu ermitteln, weil Sie ein fairer Mann sind.«

»Und als fairer Ermittler teile ich Ihnen mit«, unterbrach Böhnke ihn erzürnt, »dass Kardinal nicht durch ein Fremdverschulden ums Leben kam.«

»Das kann ich einfach nicht glauben«, wiederholte sich Lipperich schwer atmend. »Kardinal ist kein Typ, der so aus dem Leben scheidet. Das passt mit Sicherheit nicht zu ihm und das hat der nicht verdient.« Damit beendete er das Telefonat.

Musste er sich das antun? Böhnke verneinte diese Frage für sich, während er gedankenvoll im kalt gewordenen Kaffee rührte. Warum sollte er sich mit Verrückten beschäftigen? Sollte Lipperich doch glauben, was er wollte. Die Fakten waren eindeutig. Ein wenig ärgerte er sich. Warum war Lipperich so zufrieden damit, dass Kardinal tot war? Der Alte hatte eindeutig nicht zugelassen, dass er die Frage stellen konnte.

Die Fakten waren eindeutig zweideutig, musste Böhnke zugeben, als er den Blitz aus der Hand legte. Ein Gast am Nachbartisch hatte das Boulevardblatt zurückgelassen und Böhnke hatte nach dem herrenlosen Gut gegriffen.

›Warum musste der Kardinal sterben?‹, prangte es übergroß auf der Titelseite. ›War es Mord? Wer wollte seinen Tod?‹

Böhnke bemühte sich, die neuen Fakten aus den verschiedenen Texten herauszuklauben, was nicht ganz einfach war, weil Tatsachen, Vermutungen, Behauptungen und Erklärungen oft geschickt miteinander vermischt waren. War die Bemerkung, Kardinal sei ein engagierter Verfechter der Belange von Bürgern gewesen, eine Übertreibung, eine politische Bewertung oder eine Tatsachenbehauptung? Böhnke war deswegen ebenso unschlüssig wie wegen der Andeutung, der ›Kollege‹ Kardinal habe häufig zu spektakulären Methoden gegriffen. Insofern warfen die Berichte wieder mehr Fragen auf, als sie Antworten gaben. Fakt war nur, die Staatsanwaltschaft hatte eingeräumt, dass ein Fremdverschulden doch nicht ausgeschlossen werden konnte. Zu einer weitergehenden Erklärung wollte sich die Behörde aus ermittlungstechnischen Gründen nicht durchringen.

›War es Mord?‹, fragte das Boulevardblatt noch einmal im Innenteil und zitierte den Sprecher der Staatsanwaltschaft: ›Wir schließen nichts aus.‹ Damit war der Spekulation Tür und Tor geöffnet. ›Wer tötete den Kardinal? Starb er, weil er als Politiker unbequem war? Oder starb er, weil er in den Fankrieg zwischen den Alemannen- und den FC-Fans geraten war?‹ Immer wieder neue Fragen stellte das Blatt. Und immer wieder blieb es bei den Antworten die handfesten Fakten schuldig: Es könnte sein, dass politische Feinde den Tod veranlassten. ›Jedenfalls kommt ihnen der Tod gerade recht in der Diskussion um die Riesenmoschee‹, antwortete sich der Blitz selbst. Wieder durfte Oberbürgermeister Müller sein Bedauern äußern und sein Mitgefühl für die Angehörigen versichern. Seine Stellungnahme warf prompt die nächste Frage auf: ›Wo sind die Frau und der Sohn von Kardinal? Wissen sie von seinem Tod?‹ Politische Feinde wurden als mögliche Drahtzieher ins Feld geführt, aber auch verfeindete Fangruppen der Fußballvereine. ›Der Tod des FC-Fans Kardinal wird nicht ohne Folgen bleiben‹, vermittelte das Blatt, um schon im nächsten Satz zu beteuern, es dürfe nicht dazu kommen, dass ein neuer Krieg zwischen den Fans ausbräche. ›Sollte der Kardinal Opfer einer Fanfehde geworden sein, so ist jetzt Zurückhaltung gefordert‹, ließ sich der Sprecher eines Fanprojektes zitieren. Prompt kam die nächste Frage: ›Aber können die FC-Fans jetzt Ruhe geben?‹ Immerhin sei einer der ihren auf dem Tivoli ums Leben gekommen. In finsterer Vorahnung wurde auf die nächste Auseinandersetzung zwischen der Alemannia und dem 1. FC Köln hingewiesen. Wie es das Fußballschicksal wollte, sollten die Kartoffelkäfer und die Geißböcke schon in der nächsten Woche im Rahmen des DFB-Pokals wieder auf dem Tivoli aufeinandertreffen. ›Bleibt es friedlich oder gibt es Krawalle?‹

Die Böhnke brennend interessierenden Fragen, warum etwa ein Fremdverschulden nicht mehr ausgeschlossen wurde und in welche Richtungen die Staatsanwaltschaft ermittelte, blieben unbeantwortet; ein zweiter Grund, Sümmerling am Abend anzurufen.

7.

Einen besseren Zeitpunkt für sein Telefonat hätte er sich wohl nicht aussuchen können, schnaubte Sümmerling ironisch, als ihn Böhnke am frühen Abend in der Redaktion anrief. »Ich muss noch einen komplizierten Artikel schreiben und die Druckmaschinen warten nicht auf mich. Ich stehe unter Zeitdruck.«

Ich auch, hätte Böhnke am liebsten gesagt. Er wollte das Gespräch beendet haben, bevor Lieselotte ankam. Ihre gemeinsame Zeit war ihnen heilig, da sollte und wollte er sich nicht mit seinen kriminalistischen Nebenbeschäftigungen aufhalten. Seine Apothekerin mochte es nicht sonderlich, wenn er am Wochenende in sein altes, früheres Lebensschema zurückfiel; es sei denn, sie wurde selbst mit einer interessanten Rolle betraut.

»Nehmen Sie etwa Rücksicht auf meine Belange, Herr Sümmerling?«, entgegnete Böhnke. »Sie hetzen mir Lipperich auf den Hals und sind sogar so unverfroren, ihm meine Handynummer zu geben. Ich meine, das reicht. Oder?«

»Ich wollte doch nur helfen«, rechtfertigte sich der Journalist. Meinte er es ernst oder heuchelte er? Böhnke konnte keinen Unterton aus dessen Stimme herausfiltern.

»Er vertraut Ihnen doch und ich vertraue ihm. Er ist doch ebenso Alemannen-Fan wie ich. Und Alemannen-Fans sind per se gute Menschen.«

»Gilt das dann auch für Lipperichs Sohn?« Böhnke hatte keine Lust, sich mit Nebensächlichkeiten abzugeben, die ohnehin nichts ändern würden. Er kam lieber sofort zu seinem Anliegen.

»Wieso?« Sümmerling reagierte verblüfft. »Keine Ahnung. Die Familiengeschichte des Mannes kenne ich nicht. Ich weiß jetzt erst, dass er Lipperich heißt. Ohne Sie hätte ich selbst das nicht erfahren.« Er log nach Böhnkes Ansicht mit einer Selbstverständlichkeit, die ihn fast schon faszinierte. Der Kommissar konnte sich nicht vorstellen, dass der Journalist am Morgen die Telefonnummer herausgerückt hatte, ohne im Gegenzug den Namen und andere Informationen zu erhalten. Aber es war müßig, darauf einzugehen.

»Von Ihnen erfahre ich überhaupt nichts.« Böhnke griff schnell den Faden auf, den Sümmerling, wahrscheinlich unbeabsichtigt, gesponnen hatte. »Sie schreiben etwas Unsinniges über Kardinals Tod und im Blitz lese ich, dass jemand bei dessen Tod nachgeholfen haben soll«, lästerte er. »Was und wie recherchieren Sie eigentlich?«

»Können Sie morgen alles lesen«, antwortete Sümmerling eingeschnappt.

»Morgen kann ich schon tot sein«, konterte Böhnke ehrlich und frech. »Dann will ich doch wenigstens noch wissen, was ich für meine Abo-Gebühren bekommen würde.«

Sümmerling lachte. »Na gut. Weil Sie es sind. Aber nur, wenn Sie versprechen, erstens: mit niemandem darüber zu reden, und zweitens, wenn Sie mir behilflich sind. Aber dazu später.« Er räusperte sich. »Also, aus welchen Gründen auch immer, hat ein Kollege vom Blitz aus Köln die Info gesteckt bekommen, dass die Obduktion von Kardinal einen positiven Befund gebracht hat. Er hat die Staatsanwaltschaft mit seinem Wissen konfrontiert und die konnte nicht dementieren. Heute gab es dann die Pressemitteilung, dass in Kardinal ein Mittelchen gefunden wurde. Nun ermittelt man in alle Richtungen, wie es so schön heißt.«

Alle Richtungen, das konnte alles oder nichts bedeuten, konnte auf eine Selbsttötung von Kardinal ebenso hindeuten wie auf das Handeln eines anderen.

»Wer könnte denn ein Motiv haben, Kardinal zu töten? Oder hat er sich doch selbst umgebracht?«, fragte Böhnke nachdenklich.

Wieder lachte Sümmerling ins Telefon. »Das mit dem Selbstmord, das ist dem Kerl durchaus zuzutrauen, und auch, dass er seinen eigenen Selbstmord noch als Mord tarnt. Der war durch und durch gerissen, frech und brutal. Der hat wahrscheinlich mehr Feinde in seinem Umkreis als es Sandkörner an einem Strand gibt.«

»Ich kenne ihn nicht«, warf Böhnke ein. »Der Mann ist mir gänzlich fremd.«

»Ich kenne ihn auch nicht«, sagte Sümmerling. »Ich habe nur von einem befreundeten Kollegen aus Köln einige Informationen bekommen, beziehungsweise, er will mir am Montag einmal seine Handakte über Kardinal als Kopie zukommen lassen. Aber eigentlich interessiert uns das in Aachen nur am Rande.«

»Es sei denn, es ist ein Fan auf dem Tivoli gestorben oder es gibt einen kriminellen Hintergrund, der nach Aachen reicht«, warf Böhnke dazwischen.

»Richtig.« Sümmerling stockte für einen Augenblick. »Wenn jemand anderes diese Bemerkung gemacht hätte, hätte ich sie so hingenommen. Wenn Sie, der ehemaligen Leiter der Mordkommission, diesen Einwurf machen, werde ich stutzig. Haben Sie etwa eine Ahnung, Herr Kommissar?«

»Nein«, antwortete Böhnke kurz angebunden. Er

sah keine Veranlassung, Walter *und* Josef Lipperich ins Gespräch zu bringen. »Was vermuten Sie denn?«

Sein Versuch, das Gespräch wieder zu führen, gelang. Wer fragt, der führt.

Und Sümmerling antwortete. »Ich vermute irgendeinen Zoff zwischen Fans. In Aachen interessiert es doch keinen Hosenknopf, was ein Kölner Ratsherr lokalpolitisch macht. Der war als Fan der Geißböcke auf dem Tivoli und hat den Besuch nicht überlebt. Ich gebe zu, wie und wer dazu beigetragen hat, ist völlig unklar. Aber alles andere als ein Streit zwischen Fans macht meines Erachtens keinen Sinn. So dreist sind selbst die Dummbacken vom Rhein nicht, dass sie ihre lokalpolitischen Leichen gewissermaßen vor der Haustür von Karl dem Großen ablegen. Blöd ist nur, dass die vermeintlichen Mörder dem Kardinal alles Zeug abnahmen. So wird daraus möglicherweise ein Raubmord gemacht. Oder was meinen Sie?«

Böhnke verzichtete auf eine Antwort. »Und am Mittwoch gibt es dann den nächsten Toten auf dem Tivoli? Quasi aus Rache?«

»Glaube ich nicht. Hier wird wahrscheinlich vom Boulevard etwas hochgepusht, was es tatsächlich nicht gibt. Einen Fankrieg halte ich für ausgeschlossen. Das sehen übrigens Ihre Kollegen aus dem Polizeipräsidium genauso. Es wird wohl ein Einzelfall bleiben, bei dem momentan nicht viel dafür spricht, dass er schnell aufgeklärt wird. Man weiß ja noch nicht einmal, wie Kardinal zum Tivoli gekommen ist, ob er alleine war und ob es vielleicht doch noch Zeugen gibt, die ihn gesehen haben.« Sümmerling räusperte sich erneut. »Das sind alles Aspekte, die ich in der morgigen Ausgabe thematisieren werde. Und es wäre schön, wenn Sie mir behilflich sein könnten.«

»Wie denn das?«, fragte Böhnke, der nicht zu Unrecht annahm, dass Sümmerling zum zweiten Teil ihres Telefonats kam.

»Ich hatte bereits erwähnt, dass man bei der Obduktion von Kardinal ein Mittel gefunden hat«, fuhr Sümmerling fort, »genauer gesagt, einige Spuren eines schnell wirkenden Betäubungs- oder Schlafmittels, je nach Dosis. Es soll – in Verbindung mit Alkohol – unter Umständen tödlich sein. Bevor Sie mich jetzt fragen, woher ich das weiß: Eine Assistentin in der Gerichtsmedizin in Köln ist mit einem Kollegen von mir befreundet, mit dem ich mich gelegentlich austausche. Also, bei dem Mittel handelt es sich um ein in Deutschland nicht zugelassenes Produkt mit dem Namen ›Permanticus spontanus‹. Soll Lateinisch sein und sagt mir überhaupt nichts. Ihnen wird es aber nicht anders gehen, Herr Böhnke. Aber ich weiß, dass Sie eine kluge und charmante bessere Hälfte haben, die in Apothekerkreisen höchstes Ansehen genießt.«

Er solle endlich mit der elenden Lobhudelei aufhören, raunzte Böhnke den Journalisten an. »Ich werde Frau Kleinereich gleich fragen und Ihnen danach sofort Auskunft geben«, sagte er übertrieben höflich.

»Aber heute nicht mehr. Sie wissen, mein Artikel«, sagte Sümmerling schnell. »Und grüßen Sie bitte Ihre Apothekerin von mir. Übrigens, ehe ich es vergesse, ich habe heute Ihren Freund Tobias Grundler im Städtchen getroffen.«

»Kann nicht sein«, entfuhr es Böhnke spontan. Grundler hatte sich abgeseilt und turnte nach der leidigen Trennung von seiner Partnerin irgendwo in der Weltgeschichte herum.

»Wohl wahr«, maulte Sümmerling zurück. »Ich habe ihn in einem Café am Dom getroffen. Er saß da mit einem

Typen zusammen, der mir irgendwie bekannt vorkam. Aber ich weiß nicht, woher.«

Lieselotte kam, wie gewohnt, pünktlich. Sie war kaum umgezogen und aus dem Kostüm in die von ihm so geliebten Jeans und Bluse geschlüpft, da hatte er auch schon den Tisch in der kleinen Küche gedeckt und den bunten, selbst angerichteten Salat serviert. Heute gab es ihn mit Eiervierteln, das nächste Mal war wieder Thunfisch dran. Der Salat am Freitagabend gehörte in ihrem Leben als Auftakt zum gemeinsamen Wochenende im ehemaligen Hühnerstall dazu, den sie zur Ferienwohnung umgebaut hatten, die früher als geplant zu seinem Dauerwohnsitz geworden war.

»Neues vom Tivoli-Mord?«, fragte Lieselotte kauend.

Böhnke schaute sie staunend an. »Du interessierst dich für einen Mord?«

»Nicht unbedingt«, bekannte sie auf seine Nachfrage und tupfte sich mit einer Serviette den Mund ab. Diese kleinen eleganten Bewegungen mochte Böhnke an ihr. Er war stolz auf seine Partnerin, seine Lebensgefährtin, die ihm auch ohne Trauschein die Treue geschworen hatte. »Wir schaffen's ohnehin nicht mehr bis zur silbernen Hochzeit«, hatte sie unlängst noch einmal gesagt, als in einer kleinen Runde das Gespräch zufällig auf das Thema Heiraten auf den Tisch gekommen war. Na ja, räumte Böhnke insgeheim ein. Er würde – im Falle einer Heirat – das silberne Ehejubiläum mit größter Wahrscheinlichkeit nicht mehr erreichen. Aber Lieselotte? Bestimmt. Sie sah trotz ihrer kurz geschnittenen grauen Haare jünger aus als 55 Jahre, die sie nach ihrer Geburtsurkunde schon gelebt hatte. So schlank und sportlich, wie sie war, würde sie bestimmt 100, da war er überzeugt, und er war froh darüber, dass sie einen Großteil ihres Lebens und den Rest seines Lebens mit ihm teilen wollte.

»Nicht unbedingt«, sagte sie noch einmal, als sie die Serviette ablegte und wieder zur Gabel griff. »Aber ich interessiere mich für den neuen Tivoli, wenigstens dann, wenn es gegen die Kölner geht.«

Das habe etwas mit der Familiengeschichte zu tun, klärte sie den verblüfften Böhnke auf. Als waschechte Öcherin mit einem lupenreinen Stammbaum, über die französischen Zeiten hinausgehend, müsse sie einfach gegen alles sein, was aus dem hochnäsigen Köln ins Dreiländereck schwappe.

»Die haben uns alles genommen«, übertrieb sie. »Erst den Sitz der Bezirksregierung, dann das Startrecht in der Bundesliga und unsere Degraa-Brauerei und so weiter und so fort. Am liebsten würden die uns auch noch den CHIO nehmen in ihrer Maßlosigkeit.«

Diese Behauptung empfand Böhnke nun doch maßlos übertrieben. Das bekannte Reitturnier in Aachen würde das größte und beliebteste Turnier weltweit bleiben. Davon war er selbst als wenig interessierter Zugezogener nach über 30-jähriger Arbeitszeit in Aachen überzeugt.

Viel Neues gebe es nicht über das hinaus, was in der Zeitung stehe und morgen stehen werde, meinte er gedehnt, während er versuchte, eine schwarze Olive auf die Gabel zu bugsieren, ohne in sie hineinzustechen. »Allerdings könnte bei dem Todesfall ein bestimmtes Arzneimittel eine Rolle spielen.« Prompt misslang der Balanceakt mit der Olive. Sie fiel zu Boden, was ihm einen mild tadelnden Blick von Lieselotte einbrachte.

»Sümmerling hat mich übrigens gebeten, dich zu fragen, ob du mir und damit ihm etwas über …«, Böhnke suchte nach dem Zettel, auf dem er sich den Namen notiert hatte, den er auf die Fensterbank gelegt hatte und der dort in einem Haufen anderer Papiere verschwunden war.

»… Permanenticus spontanus – so soll das Zeug heißen – sagen kannst«, vollendete er nach der erfolgreichen Suche.

Erschrocken ließ Liselotte das Besteck sinken. »Willst du dich umbringen? Das ist das reinste Teufelszeug. Das hat nicht ohne Grund keine Zulassung in Deutschland bekommen.«

»Wieso?«

»Das ist ein unausgegorenes Mittel, wenn ich der deutschen Zulassungsstelle für Medikamente glauben kann. Niemand weiß genau, welche Dosierung bei welchen Bedingungen wie anschlagen. Damit kannst du ein Pferd betäuben oder einen Elefanten töten. Da gibt es eine unendliche Bandbreite bei den Auswirkungen. Ein Tropfen kann reichen, um ein Schwergewicht aus der Bahn zu werfen. Ein Hänfling kann einen Teelöffel zu sich nehmen und wird noch nicht einmal müde. Aber eines ist bei beiden sicher: Wenn du eine ganze Ampulle schluckst, und dann noch in Verbindung mit Alkohol, bist du mit absoluter Sicherheit tot. Zu allem Überfluss ist das Zeug auch noch absolut geschmacksneutral. Du merkst nicht, wenn du es versehentlich zu dir nimmst.«

»Und um derartige Folgen zu vermeiden, ist das Produkt nicht auf dem allgemeinen Markt erhältlich«, folgerte Böhnke.

»Nicht nur das«, antwortete die Apothekerin. »Nicht nur auf dem allgemeinen Markt, sondern auch nicht in

Kliniken, Sanatorien oder Versuchsanstalten. Das große Risiko eines Todes bei Einnahme des Mittels ist eine«, sie lächelte ironisch, »unerwünschte Nebenwirkung.«

»Du kennst also das Zeug? Ist es denn überhaupt zu bekommen?«

»Legal in Deutschland mit Sicherheit nicht. Du wirst es auch in keinem Giftschrank einer deutschen Apotheke finden oder in deutschen Internetapotheken beziehungsweise im Versand. Wohl aber«, Lieselotte kaute und schluckte, »wohl aber bei unseren Pommes-Freunden jenseits der Grenze. Bei denen kannst du das Zeug bekommen, allerdings nur als Medikament für Tiere. Dafür brauchst du dann noch nicht einmal ein Rezept.«

»Geht das so einfach?«, fragte Böhnke verblüfft.

»Und ob das so einfach geht. Europa, europäischer Binnenmarkt, Handelsbeschränkungen und Medikamentenhandel, das ist eines von vielen Feldern im Apothekenwesen, über das ich dir stundenlang die abenteuerlichsten Dinge erzählen könnte. Darüber kannst du verdammt dicke Bücher schreiben.« Sie schaute ihn resignierend an. »Aber auch dadurch würdest du nicht viel ändern. Was haben wir in Deutschland schon so alles übernommen, um dieses angebliche Medikament vom Markt fernzuhalten und aus dem Verkehr zu ziehen. Aber das entsprechende Verfahren dauert bestimmt noch zehn, wenn nicht sogar noch 20 Jahre, bis es einmal dazu kommt in unserem vereinten Europa.«

Das Gespräch driftete mehr und mehr ab. Böhnke hatte die Information, die er für Sümmerling besorgen sollte. Aber brachte ihn dieses Wissen weiter? Wieso war das Teufelszeug in Kardinals Körper gefunden worden?

»Damit ist die medizinische Sprechstunde von Frau

Lieselotte Kleinereich für heute geschlossen«, bestimmte seine Liebste. »Ich habe Lust auf eine gute Flasche Rotwein und einen blutigen Krimi.«

Während sie den Tisch abräumten, fiel es ihr ein: »Übrigens, ich habe heute Tobias Grundler gesehen. Er ist wieder in Aachen. Vielleicht solltest du ihn mal anrufen. Ich wollte ihn ansprechen, aber er war in ein intensives Gespräch in einem Eiscafé am Markt mit einem anderen Mann verwickelt. Ich glaube, das war der Oberbürgermeister von Köln, wenn ich mich richtig an das Gesicht erinnere. Der ist ja oft genug im Fernsehen gewesen bei den vielen Interviews, die er nach der Kommunalwahl gegeben hat.«

8.

Der Alte hatte wirklich nicht mehr alle Nadeln auf der Tanne, schimpfte er bei der Rückfahrt nach Aachen. Er war sich keiner Schuld bewusst. Er hatte den gemeinsam ausgetüftelten Plan punktgenau umgesetzt und Kardinal in die ewigen Jagdgründe geschickt. Und jetzt war alles nicht in seinem Sinne und vollkommen dilettantisch gewesen, hatte der Alte gemeckert. Er hätte ihm gerne widersprochen, aber er hütete sich. Was der Alte sagte, war Gesetz. Daran hielt er sich. Wenn er eines im Knast gelernt hatte, dann war es das Prinzip von Kommen und Gehen, basierend auf der Regel von Befehl und Gehorsam. Wer nicht mitkam, wenn es ihm befohlen wurde, der musste gehen, den verweigerten Gehorsam aber im äußersten Falle mit dem Leben bezahlen. Da wurde nicht lange diskutiert. Er wusste, er hatte dem Alten viel zu verdanken. Als er nach der langen Haftstrafe in die Freiheit entlassen wurde, hatte sich der Alte wie selbstverständlich wieder um ihn gekümmert, ihm die Wohnung in Aachen besorgt und ein Konto eingerichtet, auf dem regelmäßig Geld einging. Er fragte nicht danach, woher das Geld kam, der Alte stellte es zur Verfügung. Dennoch hatte er, dem Rat des Alten folgend, auf dem Arbeitsamt nach Arbeit nachgefragt. Die paar Kröten und das Wohngeld flossen auf sein zweites Konto, von dem pro forma auch die Miete abgezogen wurde, die der Alte auf dem anderen Konto wieder einzahlte. So galt er als einer der vielen Hartz-IV-Empfänger, der nebenher ein erträgliches Einkommen hatte, von dem die Arge nichts wusste. Ob es Schwarzgeld war? Vielleicht war es ja auch redlich erworbenes Geld. Doch darüber machte er sich keine Gedanken. Da vertraute er dem Alten, wie auch der Alte ihm vertrauen konnte.

Nur in einem Punkt musste er ihm Recht geben. Es war nicht richtig gewesen, dass sein Kumpel Fuzzy dem toten Kardinal die Papiere, die Geldbörse und auch noch den Schlüsselbund abgenommen hatte. Das gehörte sich einfach nicht. Fuzzy hatte sich damit gerechtfertigt, es sei ihm nicht verboten worden. Wenn er gewusst hätte, dass es nicht erwünscht wäre, hätte er die Sachen nicht mitgenommen, behauptete er.

Jetzt hatten sie das Problem an der Backe. Die Bullenköppe wunderten sich natürlich, wieso Kardinal blank war. Das brachte sie vielleicht auf Gedanken, die nicht notwendig gewesen waren. Fuzzy hatte ein Problem in die Welt gesetzt, das so überflüssig war wie eine Tiefkühltruhe in der Antarktis. Aber was konnte man auch von Fuzzy erwarten? Er war halt ein wenig aus der Spur, ein bisschen zu dumm, ein Mitläufer und Befehlsempfänger, der meinte, schlauer zu sein, als er in Wirklichkeit war, und der stets das Falsche dachte, wenn er einmal glaubte zu denken. Er kannte Fuzzy nur unter dessen Spitznamen, den eigentlichen Namen nannte niemand. Fuzzy hieß Winfried Adamczik, wurde aber überall nur Fuzzy genannt. Er hatte zum Freundeskreis von Kardinal gehört, wenn es den überhaupt gab. Er war dann aber umgeschwenkt und hatte sich von ihm distanziert. Vielleicht war es ja auch umgekehrt gewesen. Das wusste er nicht, es war ihm aber auch einerlei. Jedenfalls waren Kardinal und Fuzzy nur noch gute Bekannte gewesen, die sich höchstens zwei Mal im Jahr in einer Kölner Kneipe trafen und eine Gemeinsamkeit teilten: die Liebe zum FC. So hatte es auch nicht vieler Worte gebraucht, um beide für die Fahrt zum Auswärtsspiel auf dem Tivoli zu gewinnen, zumal keinerlei Kosten damit für sie verbunden waren. Er hatte sich über Fuzzys Abgebrühtheit gewundert, mit der dieser Kardinal die Plastiktüte über den Kopf gestülpt hatte. So gesehen, war die Mitnahme von Kardinals Sachen ja eine Art Henkerslohn gewesen.

Doch da ließ der Alte nicht mit sich spaßen. Fuzzy hatte ein Fass aufgemacht, das besser verschlossen geblieben wäre. Das schaffte nur überflüssige Fragestellungen. Dafür musste Fuzzy bezahlen, hatte der Alte gemeint und ihm aufgetragen, den Schwachkopf zu beseitigen. Er sagte ausdrücklich ›zu beseitigen‹ und meinte selbstverständlich

›zu töten‹. Und der Alte hatte auch schon den Plan ausgearbeitet, den er umsetzen würde.

Bereitwillig würde er den Befehl des Alten ausführen. Es tat ihm nicht leid um Fuzzy. Der Schwachkopf hatte falsch gehandelt und konnte dadurch dem Alten Schaden zufügen. »Wehret den Anfängen«, hatte der Alte gesagt. »So eigenmächtiges Handeln darf keine Schule machen.«

Er würde den Plan umsetzen, keine Frage. Es blieb ihm nichts anderes übrig, gestand er sich ein. Der Alte hätte wahrscheinlich keine Skrupel, auch ihn ans Messer zu liefern, wenn er nicht spurte. Dann wäre es vorbei mit der eigentlich sorgenfreien Zeit, die er genoss, wenn er nicht gerade für den Alten unangenehme Arbeiten erledigen musste; solche Arbeiten, wie das Entsorgen von Kardinal und von Fuzzy. Sie hatten es nicht anders verdient. Es musste sein.

In der gemieteten Wohnung des Alten in der Jakordenstraße wartete er auf Fuzzy. Sie gefiel ihm nicht sonderlich. Sie war zwar modern, hatte aber ungewohnt hohe Räume. Was sich die Architekten dabei gedacht hatten, war ihm nicht klar. Auch war der Ausblick auf die Straße nicht besonders attraktiv. Er sah aus dem Sessel durch die gardinenlosen Fenster auf die gegenüberliegende Häuserzeile, die ebenso anonym und nüchtern war wie die Zeile, zu der dieses Gebäude gehörte. Nur auf den zweiten Blick war erkennbar, dass gegenüber ein gewaltiger Verwaltungskomplex stand, als Wohnblock getarnt. Er schaltete den Fernseher aus, als endlich die Klingel an der Haustür anschlug.

Fuzzy war pünktlich. Er schwenkte den Schlüsselbund

und die Geldbörse von Kardinal wie Trophäen vor sich her. »Ich han se mitjebraat. Ooch die Papiere.«

Er ließ Fuzzy eintreten. Fuzzy war unscheinbar. Hätte er nicht ein billiges FC-Trikot über seinem T-Shirt getragen, wäre er wohl als kleiner Angestellter oder Arbeiter durchgegangen. Als jemand, den man nicht kannte und den man nicht vermisste. Obwohl auch schon über 40, wirkte er wegen seines noch vollen braunen Haares jünger. Fuzzy reichte dem Hünen gerade einmal bis zur Schulter. Was Fuzzy tat, ob er einen Beruf hatte oder ob er lediglich untergeordneter Handlanger des Alten war, wusste er nicht, es kümmerte ihn aber auch nicht sonderlich.

Der Blick auf die Armbanduhr mahnte zum Aufbruch. Der Alte hatte es geschafft, noch Eintrittskarten für das Pokalspiel in Aachen zu besorgen. Sie lagen ebenso auf dem Wohnzimmertisch wie die Autoschlüssel und die Steckkarte für die Tiefgarage. Warum nicht?, hatte der Alte auf seine Frage erwidert, warum sollten wir nicht ein zweites Mal auf dem Tivoli zuschlagen? Das kann für uns nur von Vorteil sein.

Der Leihwagen stand erwartungsgemäß auf dem Stellplatz im Keller. Das Nummernschild hatte er mit den Klebestreifen manipuliert. Warum es wieder diese schwarze Limousine sein musste, wunderte er sich. Das war so eine Marotte des Alten. Es musste immer dieser seltene Rolls aus England sein, den der Alte ihm zur Verfügung stellte und den er heute Abend ausnahmsweise in Aachen Brand in der Geschäftsstelle eines Autoverleihers abgeben sollte. Ihm war es nur recht, so sparte er sich die abendliche Rückfahrt vom Rhein an die Pau.

Jedes zweite Auto, das er auf der Autobahn nach Aachen überholte, schien auf dem Weg zum Tivoli zu sein. Zunächst baumelten nur rot-weiße Fanschals aus den Seitenfenstern, ab Düren stieg die Zahl der schwarzgelben unaufhörlich an. Das Pokalspiel elektrisierte die Anhänger beider Vereine. Revanche nach dem verlorenen Meisterschaftsspiel in der vergangenen Woche forderten die Kölner Fans. Eine zweite Schlappe für die Geißböcke beschworen die Freunde der Alemannia. Und vornehmlich in der Boulevardpresse wurde die Stimmung vor dem Spiel weiter angeheizt. Von einer Schlacht war die Rede, von einer Blamage für den Verlierer und von einem Triumph für den Sieger. Der Kommentar des Aachener Trainers, es wäre doch nur ein Spiel, wurde als belanglos abgetan und nur am Rande erwähnt. Es wurde ein Pokal-Krimi oder sogar ein Pokal-Fight bis zum Umfallen herbeigerufen und es fehlte auch nicht die Verbindung zum toten Kardinal. Für den Boulevard war sein Tod der ›Tivoli-Mord‹. Geradezu zwangsläufig schürten die Blätter die Befürchtung, es könnte den nächsten Tivoli-Mord geben bei diesem brisanten Kampf bis zum letzten Schweißtropfen. Die Polizei würde alle Hände voll zu tun haben, um eine Rache der FC-Fans zu verhindern, hieß es unverblümt, als freue man sich, mit dem Grauen zu spielen. ›Ob Appelle an die Vernunft Erfolg haben?‹, fragte der Blitz scheinheilig, um selbst eine ausweichende Antwort zu geben, die Raum für Interpretationen ließ. ›Es ist nicht leicht, daran zu glauben‹.

Den Wagen hatte er auf einem der Parkplätze abgestellt, gerade noch rechtzeitig, um nach den langen Staus an der Autobahnabfahrt pünktlich zum Anpfiff auf dem Tivoli zu sein. Er fühlte die spöttischen Blicke der vielen Fans, als er mit Fuzzy zum Stadion ging. Er hatte sich das Alemannen-Trikot übergezogen, das ihm persönlich weitaus mehr zusagte als das des FC. Mit Fuzzy in den Kölner Farben an seiner Seite wirkte er wie ein Symbol der Verbindung zwischen den beiden rivalisierenden Fußballklubs. Im Fanshop am Stadion hatte es nur noch ein einziges Alemannen-Trikot in Größe XXL gegeben. Es trug ausgerechnet die Nummer und den Namen des neuen Aachener Hoffnungsträgers, ein Floh von vielleicht 60 Kilogramm und damit nur halb so schwer wie er. Und ausgerechnet er, dieser austrainierte, muskelbepackte Riese mit weitaus mehr als zwei Zentnern Lebendgewicht schlüpfte in das Trikot mit dem Namenszug des schmächtigen Teenagers, der Lewis Holtby bei den Fans vergessen lassen konnte. Dass sich so mancher Tribünengast ein Schmunzeln nicht verkneifen konnte, lag auf der Hand. Er sah darüber hinweg. Er freute sich, dass der Alte zwei Sitzplatzkarten auf der Sparkassen-Tribüne besorgt hatte; wie auch immer. Es würde auf jeden Fall sichergestellt sein, dass niemand nachverfolgen konnte, wer diese Karten erstanden hatte.

Das Fußballspiel hielt, was es versprochen hatte. Es war rassig, mit vielen Strafraumszenen, etlichen Torchancen und strittigen Entscheidungen, Kampf und Tempo und zahlreichen Hakeleien auf dem Platz, die sich auf die Zuschauer übertrugen. Der Tivoli brodelte, erinnerte endlich einmal an den alten Tivoli mit den letzten legendären Pokalschlachten, als der damalige Zweitligist hintereinander den deutschen Rekordmeister Bayern München und den niederrheinischen Erzrivalen Borussia Mönchengladbach aus dem Pokalrennen geworfen hatte. Der begeisternde Siegeszug der Alemannia hatte erst im Pokalfinale im Berliner Olympiastadion mit der Niederlage gegen Werder Bremen geendet, dem Verein aber erstmals die

Teilnahme an einem europäischen Wettbewerb eingebracht. Da war es schon eine Ironie des Schicksals gewesen, dass die Alemannia ihre Heimspiele im UEFA-Cup nicht auf dem veralteten Tivoli, sondern in dem WM-tauglichen Stadion in Köln-Müngersdorf austragen musste. Jetzt war das Pokalfinale noch in weiter Ferne, gab es ein Spiel in einer der ersten Runden. Beide Mannschaften kämpften mit letztem Einsatz. Als kurz vor dem Abpfiff ausgerechnet der Kölner Superstar ›Prinz Poldi‹, Lukas Podolski, den Führungstreffer für die Geißböcke erzielte, schien das Spiel gelaufen.

In der hereinbrechenden Nacht bereitete er im Geiste schon den Abschied vom Tivoli und das Ende von Fuzzy vor, als in der Nachspielzeit nach einer nicht geahndeten Abseitsstellung Aachens Nachwuchsstar noch der Ausgleich gelang. Das Stadion tobte, die Alemannen-Fans johlten, grölten, fielen sich freudetrunken um die Hälse. Die Kölner Fans waren geschockt und gaben ihrem Frust mit ›Betrüger‹-Rufen Ausdruck. Es kam zu Handgreiflichkeiten auf den Rängen. Der Ordnungsdienst musste einschreiten. Als auch noch bengalische Feuer entzündet wurden, Leuchtraketen aus dem Kölner Fanblock aufs Spielfeld flogen und dichte Qualmwolken verursachten, schickte der Schiedsrichter die Spieler vor der Verlängerung in die Kabinen. Eine Viertelstunde gewährte er den Verantwortlichen, um die Sicherheit und Ruhe wiederherzustellen. Sollte es dann immer noch Krawalle geben, werde er das Spiel nicht wieder anpfeifen, ließ er den Stadionsprecher mitteilen. Der Beifall für diese Entscheidung mischte sich mit Buhrufen, Schmähungen und Gekreische. Doch gelang es, die Fans oder diejenigen, die glaubten, sich alles erlauben zu können, unter Kontrolle zu bringen.

Er beobachtete, wie einige Typen abtransportiert wurden. Diese Entwicklung passte ihm durchaus in den Plan. Die Polizei und die Sicherheitskräfte der Alemannia würden nach dem Ende des Spiels ihre Aufmerksamkeit ganz auf die Krawallbrüder aus dem Kölner Block richten und zugleich verhindern müssen, dass sie mit anderen, dem Aachener Fanblock zuzurechnenden Anhängern, aneinandergerieten. In der Verlängerung belauerten sich beide Mannschaften und warteten auf einen Fehler der anderen. Da die Teams sich in kontrollierter Defensive übten, blieb es beim Gleichstand. Ein Elfmeterschießen musste die Entscheidung bringen.

Ob er noch ein Bier wolle, fragte er Fuzzy und machte sich, ohne dessen Antwort abzuwarten, zu einem Getränkestand auf, an dem er sich rücksichtslos vordrängte. Die Beschwerden und Beleidigungen wegen seines rüpelhaften Benehmens prallten an ihm ab. Für sich beließ er es bei einem Mineralwasser, für Fuzzy orderte er das Bier. Der bittere Biergeschmack würde einen möglichen Geschmack des Mittelchens überdecken, das er, in der Menge unbeachtet, auf dem Rückweg zu seinem Platz aus der Ampulle in den Pappbecher träufelte. Ob es tatsächlich geschmacksneutral war, wie behauptet wurde, wollte er lieber nicht austesten. In rund zehn Minuten würde das Zeug seine Wirkung entfalten, hatte ihm der Alte gesagt, und somit ungefähr zu dem Zeitpunkt, an dem sie sich nach dem Spiel in der Zuschauerschar zum Ausgang wälzen würden.

Beim Elfmeterschießen hatte Aachen das bessere Ende für sich. Prinz Poldi setzte den letzten Elfmeter an den Innenpfosten, von dort trudelte der Ball die Torlinie entlang zum anderen Pfosten, von dem er ins Spielfeld zurücksprang.

Nur langsam kamen sie in der heftig diskutierenden Menschenmenge vorwärts, die sich nach dem spektakulären Ende hinter den Tribünen zum Ausgang schob. Er wurde langsam unruhig. Wenn es so weiterging, würde er noch mit Fuzzy wieder im Wagen sitzen. Und dann? Dann musste wohl Plan B ausgepackt werden.

»He, pass auf, du Arsch! Lass deine Finger bei dir!«, keifte ein junger Mann in seiner Nähe.

Fuzzy hatte sich an ihn gelehnt. Er verlor den Halt, als der Mann zur Seite wich. Unkontrolliert sackte er zu Boden. Sofort bildete sich um ihn eine freie Fläche. Erschrocken und neugierig blieben einige Menschen stehen.

Ebenso wie die große Masse ging er weiter, als hätte er nichts mitbekommen. Sollten sich andere um Fuzzy kümmern oder um dessen Leiche. Es würde dauern, bis Sanitäter vor Ort waren. Und es würde noch länger dauern, bis die Polizei ermitteln würde, nachdem die Sanitäter Fuzzys Tod festgestellt hatten. Er befand sich schon fast am Ausgang, als ihm endlich zwei DRK-Helfer ohne Ausrüstung entgegenkamen. »Platz da! Notfall!«, schrien sie bei ihren Bemühungen, sich gegen den Menschenstrom einen Weg zu bahnen. Ein Rettungswagen stand mit drehendem Blaulicht weit entfernt vor einer Sanitätsstation.

Das war's dann, sagte er sich zufrieden. Geduldig wartete er, bis er den Parkplatz verlassen konnte. Vom Autofluss auf der Krefelder Straße ließ er sich Richtung Innenstadt treiben. Als er eine Stunde später den Leihwagen aufgeräumt und gesäubert abgeliefert und zu Fuß seine Wohnung erreicht hatte, war sein Tagwerk verrichtet. Selbst das Trikot hatte er weisungsgemäß wieder in einem Kleidercontainer entsorgt.

Nur eines fehlte noch zur Abrundung des Tages. Er griff zum Handy, wählte die Nummer und sagte nüchtern: »Vater, der Auftrag ist erledigt.«

Da war es schon weit nach Mitternacht.

9.

Falls er die deutsche Übersetzung wörtlich nahm, war die Cashew-Frucht ein gutes Mittel gegen Kühlschränke. Aber er wusste, dass er die deutschen Übersetzungen von Beschreibungen nicht immer wörtlich nehmen durfte. Diese Erfahrung hatte Böhnke schon häufiger gemacht, wenn er seinem Hobby nachging, Gebrauchsanweisungen und andere Beschreibungen in ein lesbares Deutsch zu übertragen, statt es bei den holprigen Versuchen der angeblichen Übersetzer zu belassen. So manche Anleitung für einen Toaster aus Asien hatte sich auf dem Weg durch die englische, gefolgt von einer weiteren Übertragung ins Deutsche, fast schon ins Gegenteil gekehrt oder hatte jeglichen Sinn verloren.

Von einem Urlaub auf Teneriffa hatte ihm ein Nachbar einen vermeintlich deutschsprachigen Prospekt mitgebracht, der geradezu nach einer Überarbeitung schrie. Das Informationsblatt enthielt einen Überblick über Obstsorten aus Brasilien. Dabei war die Cashew-Frucht beileibe keine Nuss. Im Original hieß die Frucht Cajou, warum der Übersetzer daraus ›Cashew-Frucht‹ gemacht hatte, war wohl eines seiner Geheimnisse. ›Die Cashew-Frucht ist eine typisch brasilianische, ihr Fleisch ist sehr schmackhaft, erfrischend und einzigartig, ist reich an Vitamin C und E. Es ist ideal zur Abkühlung der heißen Tage im Sommer und Winter erhöht den Schutz gegen Grippe und Kühlschrank bei Kindern und Erwachsenen.‹ Wahrscheinlich hatte der Übersetzer aus dem Portugiesischen ›Erkältung‹ gemeint, aber er hatte es nicht geschrieben.

Darin unterschied sich der Übersetzer nicht sonderlich von manchen Zeitungsreportern, dachte sich Böhnke. Die schrieben auch nicht immer das, was sie meinten, obwohl sie glaubten, sie würden es schreiben. Einen entsprechenden Beleg für seine These konnte er allerdings bei der Lektüre der aktuellen AZ nicht finden. Den Bericht über den ›nervenzerfetzenden Pokalfight auf dem Tivoli‹, so hatte der Schreiber wortwörtlich getextet, nahm er nur deshalb zur Kenntnis, weil es während des Spiels Randale gegeben hatte. Bei den Schlägereien während des Spiels und danach sei es aber bei vergleichsweise harmlosen Blessuren geblieben, berichtete der Journalist. ›Der herbeibeschworene Fan-Krieg hat nicht stattgefunden‹, wurde der Einsatzleiter der Polizei zitiert. ›Das war für uns ein Einsatz, der im Rahmen des Üblichen blieb.‹

Na ja, es musste nicht jedes Spiel auf dem Tivoli mit einem Toten enden, hatte sich Böhnke gedacht. Den Anruf auf dem Festnetztelefon nahm er in der Erwartung entgegen, seine Apothekerin wollte ihm etwas mitteilen. Doch er hatte sich gewaltig geirrt.

»Na, du alter Mann«, meldete sich eine ihm sehr vertraute Stimme, die er lange nicht mehr gehört hatte. »Schön, dass du noch lebst.«

Bei jedem anderen Anrufer wäre Böhnke angesäuert gewesen. Er ließ sich nicht gerne als ›alter Mann‹ bezeichnen, er betrachtete das Altsein als letzte Stufe vor dem Sterben, und daran wollte er keine Gedanken verschwenden. Bei diesem Anrufer überwog aber die Freude, ihn an der Strippe zu haben.

»Ich habe gedacht, du lebst nicht mehr, Tobias«, antwortete er trocken. »Ist ja fast ein Jahr her, dass du von der Bildfläche verschwunden bist.« Über den Grund brauchte er seinen jüngeren Freund nicht zu befragen. Grundler hatte alle Zelte in Aachen abgebrochen, nachdem ihn seine Partnerin verlassen hatte und nach Düsseldorf gezogen war. Die Pflege eines vermögenden Erbonkels war für sie ebenso ausschlaggebend gewesen wie die Unart von Tobias, seine Interessen immer über die ihren zu stellen. Grundler sah das naturgemäß anders, aber Böhnke hatte sich aus dieser unsachlichen Diskussion zuletzt herausgehalten. Er hatte sich nur über die überzogene Reaktion des Freundes gewundert, der als überaus erfolgreicher Strafverteidiger und Mitinhaber einer renommierten Anwaltskanzlei in Aachen zu Geld und Anerkennung gekommen war. Dennoch hatte Grundler alles aufgegeben, war, nur mit einem Rucksack bepackt, in einen Zug gestiegen und verschwunden.

»Aber jetzt bin ich wieder hier«, entgegnete er Böhnke.

»Was willst du denn nun tun?«

»Ich werde wieder als Rechtsanwalt arbeiten. Aber ganz bescheiden und allein, ohne Kompagnon und ohne Angestellte. Nur für mich. Etwas muss ich ja machen.« Damit war das Thema Vergangenheitsbewältigung für Grundler abgehandelt. »Deine Liebste und unser gemeinsamer Freund Sümmerling haben mich übrigens gestern gesehen und ich vermute, du bist schon im Bilde.«

»Ich bin ja nicht aus der Welt«, brummte Böhnke bestätigend. »Ich verfüge über meine eigenen Buschtrommeln. Und ich habe den Eindruck, du bist schon wieder ganz gut im Geschäft. Du sollst sehr angeregt mit dem Oberbürgermeister von Köln geplaudert haben.«

»Frau Kleinereich hat ihre Augen auch überall und nicht nur in ihren Pillendosen«, stöhnte Grundler. »Aber so ist es in der Tat. Werner Müller ist ein ehemaliger Studienkollege von mir. Ich habe ihm damals bei einer Hausarbeit im Strafprozessrecht geholfen, sonst hätte er sein Studium nicht geschafft. Aus Dankbarkeit, die mir natürlich bei meinem Wiedereinstieg in die Gesellschaft zugutekommt, und vielleicht auch aus Verpflichtung hilft er jetzt mir«, sagte er frohlockend.

Langsam sträubten sich bei Böhnke die Nackenhaare. Was führte der Kerl bloß im Schilde? »Tobias Grundler, du rufst mich doch nicht an, nur weil dich Lieselotte zufällig gesehen hat, als du mit einem ehemaligen Kommilitonen in einem Eiscafé am Markt geplaudert hast. Was willst du?« Er kannte Grundler zu Genüge, daran konnte auch die mehrmonatige Unterbrechung ihrer Beziehung nichts ändern. Immerhin hatten sie zu seiner aktiven Zeit als Chef der Abteilung für Tötungsdelikte im Polizeipräsidium Aachen etliche Verbrechen gemeinsam geklärt. Es gab eine Art Seelenverwandtschaft zwischen ihnen: Grundler war so, wie sein Sohn wohl gewesen wäre, wenn er denn je einen Sohn gehabt hätte.

»Ich will gar nichts von dir. Ich wollte dir nur sagen, dass du heute oder morgen einen Anruf von Müller bekommen wirst. Er braucht jemanden, der unauffällig für ihn ermitteln kann. Und da fielst du mir spontan ein. Dann kommst du wenigstens mal aus Huppenbroich raus, alter Mann.«

»Lass das!«, fauchte Böhnke. »Warum hilfst du denn deinem Freund nicht?«

»Weil es kein juristisches Problem gibt, bei dem er anwaltlichen Rat bräuchte«, antwortete Grundler. »Du hast doch von Ermittlungsarbeit mehr Ahnung als ich. Und da es keinen kriminellen Hintergrund gibt, ist es auch keine Sache der Polizei.«

»Es ist also rein privat?« Böhnke traute dem Braten nicht. Warum engagierte Müller nicht einen Privatdetektiv, wenn es sich um eine vermeintlich belanglose Privatangelegenheit handelte?

»Das nicht gerade«, räumte Grundler bedächtig ein. »Es ist vielleicht privat, vielleicht beruflich.«

»Also politisch?«

Grundler ging auf die Zwischenfrage nicht ein. »Das kann dir Müller besser erklären als ich.« Ob Böhnke etwas dagegen hätte, wenn er am Sonntag nach Huppenbroich käme. »Ich habe gehört, in der Alten Post soll es einen tollen Sonntagsbrunch geben. Ich lade dich und deine bessere Hälfte ein. Abgemacht?«

Das sei kein Brunch, sondern ein Büfett, wollte Böhnke mäkeln, aber dann hakte er diese Besserwisserei ab. »Von mir aus«, sagte Böhnke ohne Begeisterung, obwohl er sich sehr freute. Aber das wollte er seinem jüngeren Freund nicht zeigen. »Ich gehe gleich los, um drei Plätze zu reservieren.«

Böhnke sah für sich keine Veranlassung, in der Wohnung auf einen Anruf von Müller zu warten. Immerhin wollte der etwas von ihm und nicht er etwas von Müller, sagte er sich auf seinem Spaziergang durch den Ort. Er hatte Glück. Die junge Wirtin in der einzigen Gaststätte von Huppenbroich hatte zwar nur noch einen Tisch für zwei Personen frei. Sie würde einen dritten Stuhl beistellen, versicherte sie. Mit dem Brunch hatte sie einen geschickten geschäftlichen Griff gemacht. Als Büffet gehalten, war das Essen zu einer Art Geheimtipp geworden und inzwischen ebenso beliebt wie die Kutschfahrten, die von der Gaststätte aus in einer großen Runde durch den Ort und die harmonische, wellige Landschaft führten. Dadurch war es zu einem überschaubaren Tourismus in Huppenbroich gekommen, der den dörflichen Charakter nicht beeinträchtigte. Im Prinzip blieben die Huppenbroicher die Woche über unter sich, am Wochenende öffneten sie sich den wanderfreudigen oder schaulustigen Touristen. Weniger begeistert waren sie von den Zweitwohnungsinhabern, die sich nur gelegentlich blicken ließen und mit den verschlossenen Fensterläden ihrer Häuser den Eindruck erweckten, Huppenbroich sei ein verschlafenes Nest. Das Dorf hatte einige Attraktionen und einige Persönlichkeiten, die weit über die Eifel hinaus bekannt waren. Aber damit machte Huppenbroich keine Werbung. Der Ort setzte auf einen unübertrefflichen Trumpf: Ruhe in der idyllischen Natur.

Müller schien ein geduldiger Mensch zu sein. Er habe bestimmt ein Dutzend Mal zum Telefon gegriffen, sagte er mit seiner tiefen Stimme, als er Böhnke endlich erwischte. Dessen ausgedehnter Spaziergang war länger, als er ursprünglich beabsichtigt hatte, ehe er in seine Wohnung zurückkehrte.

Er sorgte immer wieder für Heiterkeit, wenn er anderen erzählte, dass er in einem ›Hühnerstall‹ lebte. Die meisten glaubten ihm nicht. Aber so war es. Vor einigen Jahrzehnten hatten die Mauern für einige Zeit einen Hühnerstall beherbergt, bevor er im Schlepptau der umtriebigen Lieselotte das heruntergekommene, ungenutzte Gebäude umgestaltet hatte.

»Tobias Grundler hat Sie informiert?«, wollte Müller wissen.

»Ja und nein«, antwortete Böhnke, der den fordernden Ton seines Gesprächspartners unangebracht fand. »Er hat mir lediglich gesagt, dass Sie mit mir sprechen wollen. Er hat mir aber nicht gesagt, worum es geht.«

»Das ist auch kein Thema fürs Telefon«, entgegnete Müller. »Da ist es besser, wenn wir uns treffen. Können Sie nach Köln kommen?«

Das ging Böhnke eindeutig zu schnell. Wer war er denn, dass er auf Kommando an den Rhein reiste? Und wer war schon Müller? Oberbürgermeister von Köln, na und?

»Können schon, aber nicht wollen«, antwortete Böhnke energisch. »Wir können gerne einmal miteinander reden«, fuhr er bedächtig fort. »Aber nicht in Köln. Das ist organisatorisch für mich zu umständlich. Da müssten Sie schon zu mir kommen.«

»Okay«, willigte Müller sofort ein. »Morgen komme ich. Wo finde ich Sie?«

»In Huppenbroich.« Aber nicht morgen, wollte er hinzufügen, aber Müller hatte ihn schon unterbrochen.

»Wo?« Müllers Unkenntnis war unüberhörbar.

»In Huppenbroich in der schönen Nordeifel. Wenn Sie in den Ort reinkommen, vierte Einfahrt links auf der Kapellenstraße.«

»Finde ich das mit dem Navi?«

»Wenn das Gerät gut ist, dann ja, wenn es schlecht ist, landen Sie vielleicht im Rursee.«

»Okay«, sagte Müller wieder. »Ich bin morgen gegen 15 Uhr bei Ihnen. Ist ja vielleicht ganz gut, wenn man uns nicht zusammen in Köln sieht.«

Morgen, am Freitag, sei es sehr schlecht, gab Böhnke zu bedenken, da könne er nicht. Am Abend würde Lieselotte vor der Tür stehen. Da brauchte ein Herr Müller aus Köln nicht in ihre Zweisamkeit einzubrechen. »Vielleicht am kommenden Montag?«, schlug er daher vor.

»Nein, dann machen wir es ganz anders«, entschied Müller. »Ich mache mich sofort auf den Weg. In einer halben Stunde bin ich bei Ihnen.« Er ließ Böhnke gar keine Zeit für Bedenken, sondern hatte schon aufgelegt.

Das konnte ja heiter werden.

Mit der halben Stunde kam Müller nicht aus, wie Böhnke richtig vermutet hatte. Eine knappe Stunde nach dem Telefonat stand Müllers Wagen mit dem Kölner Kennzeichen in der Zufahrt zu Böhnkes Wohnhaus. Der Kommissar hatte erwartet, dass Müller einem dunklen Mercedes der S-Klasse entsteigen würde, quasi einem angemessenen Dienstwagen für den Ersten Bürger der Rheinmetropole. Aber Müller schwang sich aus einer schwarzen Limousine einer englischen Luxusmarke, die wahrscheinlich auch einiges mehr gekostet hatte als ein normales Reihenhaus.

»Ich bin heute mit meinem Privatwagen unterwegs.

Also ohne Chauffeur, ganz alleine, in echt und in Farbe«, lachte er gewinnend, als er auf Böhnke zutrat, der am Straßenrand gewartet hatte. »Ich bin ja in gewisser Weise auch nicht beruflich, sondern privat unterwegs.«

Böhnke erkannte seinen Besucher sofort wieder. Er hatte das Bild des Oberbürgermeisters schon mehrmals in der Aktuellen Stunde im WDR-Fernsehen und auch in der Zeitung gesehen. Müller war größer und schlanker, als es nach den Darstellungen den Anschein hatte. Der Mann war fast zwei Meter groß und gertenschlank. In einem eleganten, dunkelgrauen Anzug pflanzte er sich vor Böhnke auf. Er trug über dem weißen Hemd eine mehrfarbige Fliege; sein Markenzeichen, das auch auf den Bildern immer wieder auffiel. Das leicht gewellte braune Haar umrahmte ein sommergebräuntes Gesicht mit hellen, blaugrünen Augen.

»Sie sehen, ich habe Huppenbroich auf Anhieb gefunden.« Er schüttelte Böhnke herzlich die Hand. Dann hielt er inne und schaute sich lauschend um.

»Hören Sie?«, fragte er fast schon andächtig.

Was sollte Böhnke hören? Hier gab es nichts zu hören.

»Die Stille«, antwortete Müller sich selbst. »Hier ist es absolut still. Ist das schön.«

Wenn er wolle, könnten sie einen kleinen Spaziergang durch Huppenbroich machen, schlug Böhnke vor. »Hier interessiert sich garantiert niemand sonderlich für Sie, und die Umgebung ist für Sie sicherlich anregender als meine bescheidene Behausung.« Böhnke schlug den Weg ins Tal und am Bach entlang in Richtung Dedenborn vor und von dort über die Weiden und durch den Wald zurück nach Huppenbroich.

»Ich begebe mich voll und ganz in Ihre Hand«, sagte Müller. »Wenn Sie mich unterwegs verlassen, bin ich wahrscheinlich hoffnungslos verloren. Hier verirre ich mich garantiert, hier ist es ja nicht so übersichtlich wie in meinem Köln«, meinte er mit einem schallenden Lachen, das ihn sympathisch machte. Die tiefe Stimme passte nicht zu dem Mann. Nach der Stimme am Telefon hätte Böhnke auf einen voluminösen, stämmigen Mann in der Art von Ivan Rebroff getippt.

Böhnke ließ sich nicht auf ein Vorgeplänkel ein. Sie hatten kaum den Weg zum Löschteich beschritten, da kam er schon zur Sache. »Was wollen Sie von mir?«

»Sie sind aber fix«, staunte Müller. Wieder lachte er. »Aber Grundler hat mich vorgewarnt: Sie mögen kein Herumeiern.« Er streckte sich. »Ist das schön ruhig. Na gut. Zur Sache. Sie haben bestimmt mitbekommen, dass der Kölner Ratsherr Gerd-Wolfgang Kardinal auf dem Tivoli in Aachen gestorben ist. Vermutlich hat jemand nachgeholfen, wenn ich den Berichten in den Zeitungen glauben darf.«

»Das ist ja wohl eine Sache der Kripo und der Staatsanwaltschaft«, fiel ihm Böhnke ins Wort.

»Richtig. Aber darum geht es mir gar nicht. Mir geht es um etwas anderes. Ich möchte festgestellt wissen, dass dieser Tod nichts mit der kommunalpolitischen Tätigkeit von Kardinal zu tun hat.«

»Und wenn doch?«

»Das darf einfach nicht sein.« Müller schüttelte seinen Kopf. »Und wenn es sich doch herausstellt, wäre es gut, wenn ich es weiß, bevor es in alle Welt hinausposaunt wird.«

Böhnke verstand das Anliegen, das Müller verfolgte,

nicht. »Wo ist denn der Unterschied? Das kann doch die Staatsanwaltschaft besser herausbekommen als ich.«

»Es gibt Dinge, die wird die Staatsanwaltschaft nie erfahren, Herr Böhnke«, antwortete Müller. Er war ernst geworden. »Der Kardinal war alles, aber eben kein Heiliger, hat sich trotzdem frevelhafterweise einen Heiligenschein aufgesetzt. Und diesen Heiligenschein sollen Sie zerstören.«

»Warum ich?«

»Weil mein Freund Tobias Grundler meint, Sie seien der einzige Mensch, der loyal eine Aufgabe erfüllt, wenn er sie angenommen hat. Und auf meinen Freund Grundler kann ich mich verlassen.«

»Wie damals bei Ihrer Hausarbeit.«

Müller zuckte kurz. »Hat er Ihnen das gesagt?«

»Ja. Wir haben keine Geheimnisse. Und wenn Sie Geheimnisse haben, die ich verbergen soll oder die ich nicht erfahren soll, dann können wir unser Gespräch sofort beenden. So viel zur Loyalität.« Müller sollte wissen, woran er war, wenn er sich mit ihm einließ.

Lange Zeit lief Müller nachdenklich neben Böhnke her. Er räusperte sich schließlich. »Ich mache Ihnen einen Vorschlag. Ich lasse Ihnen alles zukommen, was es im Rathaus über Kardinal gibt. Danach können Sie mir ja Bescheid geben, ob Sie für mich tätig werden. Einverstanden?«

Böhnke wunderte sich über nichts mehr. Das war bereits der Zweite, der ihm Informationen über Kardinal fast schon aufnötigte. Der musste wirklich ein komischer Heiliger gewesen sein. Er spürte, wie er langsam Gefallen daran fand, in dieser Geschichte mitzumischen; wenn auch nur am Rande und wenn auch nur unverbindlich und rein interessehalber. Irgendetwas musste er ja in seiner Abgeschiedenheit tun und es brauchte ihn ja nicht immer persönlich zu betreffen.

Als Müller sich endlich verabschiedete, wurde es schon allmählich kühler. »Ist das schön hier«, schwärmte der Oberbürgermeister zum wiederholten Male. »Und diese Ruhe. Ich komme garantiert bald wieder nach Huppenbroich. Das verspreche ich Ihnen, Herr Böhnke.«

Was sollte er von dem Alten halten? Müller konnte Böhnke nicht einschätzen. War der so gutmütig, wie er vom Äußeren her wirkte? War der so grimmig, wie er manchmal sprach? War der wirklich so gut und loyal, wie ihm Grundler vorgeschwärmt hatte? Außerdem zweifelte er, ob er sich richtig verhalten hatte. Wie würde Böhnke reagieren, wenn er herausfand, dass er mit Kardinal mehr zu tun hatte, als es den Anschein hatte? Hätte er Böhnke auf die verräterische Rechnung aus dem Bordell hinweisen müssen? Er machte sich seine Gedanken, als er während der Heimfahrt das Telefon aktivierte.

10.

Dieser Anruf aus Aachen kam für Böhnke keineswegs unerwartet. Müller hatte während der Rückfahrt zum

Rhein mit Grundler telefoniert und ihn informiert, wie der Anwalt Böhnke sofort berichtete.

»Was hältst du von dem Mann?«, fragte er.

»Weder Fleisch noch Fisch«, antwortete der pensionierte Kommissar. »Der glaubt wohl, ich könne ihm das Fell waschen, ohne ihn nass zu machen.«

Grundler schmunzelte. »Das ist eine typische Eigenschaft von Politikern. Die rücken nicht immer sofort mit dem raus, was sie eigentlich wollen, und sie geben dir immer nur die Informationen, die gerade nötig sind, aber nicht mehr. Die wollen sich bei jeder ihrer Entscheidungen ein Hintertürchen offen halten. Das erlebst du doch in der Bundespolitik ständig. Warum sollte es in Köln oder Aachen anders sein?«

»Super«, knurrte Böhnke. »Und um mir diese Binsenwahrheit in ihrer Pauschalität mitzuteilen, störst du meine Abendruhe.«

»Nein. Ich wollte dir nur sagen, dass Müller von dir enttäuscht ist. Er hatte sich einen dynamischen Frührentner vorgestellt und nicht einen lustlosen Pensionär, der immer nur durch Huppenbroich spazieren geht. Der dachte wohl, in der Eifel wimmele es nur so von energiegeladenen Athleten im besten Lebensalter, und dann findet er einen maladen Sesselfurzer in abgewetzten Jeans und ausgeleiertem Flanellhemd vor.«

Böhnke grämte sich keineswegs über diese Einschätzung. Er war Grundlers bisweilen drastische Wortwahl gewöhnt. Sollte Müller ihn ruhig als alt und abgearbeitet einschätzen. Zugleich stachelte ihn das wenig schmeichelhafte Urteil des Oberbürgermeisters an. Dem würde er es zeigen!

»Er hat nur von böhmischen Dörfern gesprochen und

von diesem toten Ratsmitglied Kardinal. Ich vermute ganz stark, der Müller steckt irgendwie ganz tief in der Sache drin. Warum sonst hätte er mich mit Kardinals Tod konfrontieren sollen? Aber er hat es mir nicht gesagt. Ich bekomme es aber garantiert heraus, wenn ich will. Und dann wird der Herr Jurist, der nur mit Hilfe eines anderen abgewrackten Juristen sein Studium überhaupt auf die Reihe gekriegt hat, sich warm anziehen müssen.« So, jetzt hatte auch Grundler sein Fett weg, sagte sich Böhnke zufrieden. Ein bisschen Provokation musste ab und an sein.

»Der Müller kann doch nicht wirklich glauben, ich finde nur heraus, ob Kardinal nicht aus politischen Motiven sterben musste. Das ganze Leben ist politisch. So«, er schwenkte bildlich von seinem allgemeinen Gerede um in eine konkrete Frage, »was weißt du über die Beziehung zwischen Kardinal und Müller? Denn da gibt es garantiert eine Beziehung, die nicht an die Öffentlichkeit kommen soll.«

»Commissario, du bist und bleibst hintertrieben«, wollte Grundler abschweifen.

Doch bremste ihn Böhnke sofort aus. »Fakten, mein Freund, kein Gelaber.«

Nach dem Versprechen, sein Wissen nicht weiterzugeben, berichtete Grundler über den gemeinsamen Bordellbesuch von Müller und Kardinal. »Der Werner will jetzt natürlich unter allen Umständen verhindern, dass diese ärgerliche Geschichte publik wird. Der hat Angst, das könnte seine Ehe beenden und seiner politischen Karriere mehr schaden, als er vertragen könnte.«

»Und ich soll jetzt herausfinden, ob es überhaupt Belege für den gemeinsamen Besuch gibt, und beweisen, dass diese Männergeschichte ohne Bedeutung für Kardinals Tod ist? Verstehe ich das richtig?«

»Du bist ein Schnelldenker.«

»Und wie stellt ihr euch das vor?«

»Bin ich der Schnelldenker oder du?« Der Anwalt lachte kurz auf. Das Einfachste wäre wohl, Böhnke käme zu dem Ergebnis, dass Kardinal aus einer anderen Motivation heraus ums Leben kam. »Alles darfst du herausfinden. Nur keinen politischen Hintergrund. Den musst du ausschließen.«

»Könnte es denn auch einen anderen politischen Hintergrund geben als den von Müller?«, fragte der Pensionär zweifelnd.

»Im Prinzip schon. Am liebsten wäre Müller wahrscheinlich, wenn tatsächlich Fußball-Randalierer dahinterstecken würden. Dann wäre er aus dem Schneider und hätte nichts mit dem Tod zu tun.«

»Und was wäre dann?«

»Das soll dir gegebenenfalls Müller sagen. Ich werde mit ihm reden. Er soll dir reinen Wein einschenken. Andernfalls würdest du aussteigen und auf dessen Tagessätze verzichten.«

»Wessen Tagessätze?«, fragte Böhnke verblüfft.

»Der zahlt mir für jeden Tag, an dem du für ihn recherchierst, 1.800 Euro. 1.000 Euro davon sind für dich, der bescheidene Rest die Provision für mich.«

Böhnke ließ die dreiste Bemerkung im Raum stehen. Über diese Art der aufgezwängten Beschäftigung und die Verteilung eines Honorars würde bei passender Gelegenheit zu reden sein.

»Und was ist mit der Presse? Weiß die von dem Bordellbesuch oder weiß sie nicht. Es kann ja durchaus sein, dass jemand davon Kenntnis hat, diese aber aus strategischen Gründen zurückhält.«

Wie gut, dass er oft genug mit Journalisten zusammengearbeitet hatte, dachte sich Böhnke. Da hatte er so manchen Kniff gelernt und von so mancher Tücke erfahren.

»Wahrscheinlich weiß niemand davon, außer Kardinal und Müller. Für die Pressefuzzis wäre das ein gefundenes Fressen. Da könnte so mancher scheinheilige Moralapostel wieder über den Verfall der guten Sitten lästern.« Grundlers Verhältnis zur Journaille schien nicht das beste zu sein. »Ich kann diese Typen nicht ab, die sich als Betroffenheitsjournalisten im Leid anderer suhlen. Da steckt so mancher Alki drin, der Wasser predigt, aber Wein säuft.«

»Zählst du Sümmerling und seine Kollegen aus Aachen etwa auch dazu?«

»Natürlich nicht. Die sind durch die Bank in Ordnung. Aber du kannst Sümmerling ja mal bei Gelegenheit über die Verhältnisse, speziell beim Boulevard, fragen. Du wirst Bauklötze staunen, mein Lieber.«

Die Frage konnte Böhnke kurze Zeit später stellen. Er staunte nicht schlecht, als sich Sümmerling telefonisch bei ihm meldete.

»Bevor ich's vergesse«, sagte der AZ-Reporter schnell, »die Unterlagen über Kardinal aus Köln habe ich noch nicht bekommen. Die kriegen Sie sofort von mir, wenn ich sie habe. Die Post ist wohl mal wieder im Bummelstreik.«

»So, Sie haben's nicht vergessen«, sagte Böhnke schroff. »Und jetzt verraten Sie mir, warum Sie mich zu dieser nachtschlafenden Zeit um meinen Gesundheitsschlaf bringen.«

»Sitzen Sie gut, Herr Böhnke?«

»Nein. Ich liege auf der Couch«, antwortete er flapsig.

»Umso besser, dann können Sie wenigstens nicht vom Stuhl kippen.« Bevor Böhnke mürrisch reagieren konnte, platzte Sümmerling mit seiner Information heraus.

»Es gibt wieder einen Toten auf dem Tivoli nach dem Pokalspiel gestern Abend gegen Köln. Nach der ersten Diagnose wie bei Kardinal ein Herzversagen. Aber durch Kardinals Tod aufmerksam geworden, hat die Staatsanwaltschaft eine Obduktion veranlasst. Das Ergebnis ist eindeutig und wirft viele Fragen auf. Auch bei diesem Toten wurden Spuren dieses komischen Medikamentes gefunden, dieses Permanticus spontanus. Wissen Sie, was das bedeutet?«

Er wisse, was es bedeuten könnte, wisse aber nicht definitiv, was es bedeute, relativierte Böhnke nachdenklich.

»Nicht so vorsichtig, Herr Kommissar«, fuhr Sümmerling fort. »Hier ist zum zweiten Mal ein FC-Fan auf dem Tivoli umgebracht worden. Man kennt sogar seinen Namen. Es ist Winfried Adamczik aus Köln-Nippes.«

»Gab es eine Verbindung zwischen den Opfern?«, fragte Böhnke. Vielleicht klärte sich die Sache im Sinne von Müller schneller, als sie alle angenommen hatten.

Das werde noch geprüft, antwortete Sümmerling. »Ist doch schon merkwürdig, dass zwei Männer aus Köln auf dem Tivoli im Prinzip auf die gleiche Weise sterben mussten. In dem Punkt können Sie mir wohl nicht widersprechen.«

Da sei er wohl mit seiner heutigen Berichterstattung etwas voreilig gewesen, wich Böhnke einer Antwort aus.

»Ich habe das berichtet, was bei Andruck unserer Zeitung aktueller Stand der Dinge war«, reagierte der AZ-Reporter eingeschnappt. »Und zu diesem Zeitpunkt wussten wir noch nichts von dem Toten. Da gab es nur die vergleichsweise glimpflichen Krawalle zwischen den angeblichen Fans. Übrigens nicht an der Stelle, an der der Tote gefunden wurde.«

»Hatte denn der Ermordete überhaupt etwas mit den Randalen zu tun?«

»Schwer zu sagen. Es spricht dem Augenschein nach mehr dagegen als dafür, weil Adamczik in der Nähe der teuersten Sitzplätze gefunden wurde. Die richtig handfesten Streitereien gab es aber im Bereich der Stehplatztribüne und der nahen Parkplätze oder auf dem Vorplatz an der Krefelder Straße. Aber ausschließen möchte ich es nicht.« Sümmerling atmete durch. »Die Staatsanwaltschaft ermittelt jedenfalls wegen eines Tötungsdeliktes.«

»Tatverdächtige?«

»Keine. Oder wollen Sie alle knapp 32.000 Besucher im ausverkauften Stadion als Tatverdächtige bezeichnen?«

»Natürlich nicht«, brummte Böhnke. Er wusste, wie seine Kollegen aus dem PP arbeiten würden. Gab es eine Verbindung zwischen den beiden Toten? Gab es einen oder mehrere Täter? Gab es einen Zusammenhang zwischen den Taten? Oder gab es sogar einen Täter mit einer Verbindung zu Kardinal oder zu Adamczik oder gar zu beiden?

»Es wird morgen gewaltig im Blätterwald rauschen«, behauptete Sümmerling. »Ich bin gespannt, worauf das hinausläuft. Das sieht ja wirklich ganz danach aus, als gebe es unter den Alemannen-Fans einen richtigen FC-Hasser.«

»Und wie schafft es dieser FC-Hasser, den Toten das Gift beizubringen, ohne dass sie es merken?« Böhnke war über eine derart einseitige Denkweise verstimmt und auch Sümmerlings Antwort ärgerte ihn ein wenig.

»Das werden Ihre Kollegen herausfinden müssen.«

»Machen Sie es sich immer so einfach?« Böhnke hatte Sümmerling anders in Erinnerung.

»Nein. Aber ich habe auch keine Erklärungen. Und ich weiß, wie andere, einfach gestrickte Kollegen ticken.«

»Die selbst ernannten Moralapostel, die Wasser predigen, aber Wein saufen«, zitierte Böhnke seinen wiedergefundenen Freund Grundler. »Stimmt es eigentlich, dass sich viele Journalisten das Hirn aus dem Kopf gesoffen haben und Alkoholiker sind?« Er war müde und hatte keine Lust, sich länger mit Toten und Sümmerling zu beschäftigen. Da war so eine bescheuerte Frage die beste Methode, den anderen zu einem Abbruch des Gesprächs zu bewegen.

Sümmerling schwieg lange. »Das schließe ich nicht aus, wobei ich allerdings meine Kollegen vom Zeitungsverlag davon ausnehme. Aber es ist statistisch gesehen so, dass die Zahl der Alkoholiker unter Journalisten und in der gesamten Medienbranche überdurchschnittlich hoch ist. Auch sterben Journalisten deutlich früher als Vertreter anderer Berufsgruppen und sind auch häufiger geschieden als der deutsche Durchschnittsbürger.«

»Ist denn dieser Kardinal einer dieser Journalisten gewesen?« Böhnke erinnerte sich an den Zeitungsbericht, in dem von dem ›Kollegen‹ Kardinal die Rede gewesen war.

»Der soll Journalist gewesen sein?«, prustete Sümmerling. »Das wüsste ich aber.«

11.

Sümmerling hatte nicht untertrieben, als er über die Auswirkungen des zweiten Toten vom Tivoli auf den Blätterwald spekuliert hatte. Er selbst war bei den Fakten geblieben, die nicht so zahlreich waren und die nicht auf einen bestimmten Weg hinwiesen. Böhnke freute sich über diese sachliche Berichterstattung eines unerfreulichen Themas.

Die morgendliche Zeitungslektüre von Müller hingegen war umfangreich. Seine Sekretärin hatte ihm weisungsgemäß alle Artikel über den Tod am Tivoli kopiert, die in den Lokalzeitungen und in den überregionalen Blättern erschienen waren. Wenn Kölner in Aachen sterben, ist das immer ein Thema für den Oberbürgermeister, hatte er sein Interesse begründet. Schnell hatte Müller die meisten Artikel überflogen. Viele ähnelten sich, sobald sie sich auf die Fakten einließen. Anders war es bei den Boulevardblättern, die alle ihre Befürchtungen, ob vorher tatsächlich geäußert oder nicht, als bestätigt ansahen.

›Der Fan-Krieg tobt unerbittlich‹, hieß es. Da war vom ›Killer-Stadion Tivoli‹ die Rede. Bisweilen wurde sogar gefordert, das Stadion zu sperren, bis die Morde aufgeklärt seien. ›Jeder muss um sein Leben fürchten, wenn er den Tivoli betritt‹, behauptete ein Blatt, um zugleich auf die intensiven Kontrollen in den deutschen Stadien hinzuweisen. ›In Aachen versagt der Sicherheitsdienst‹, unterstellte der Blitz, der sogar die aberwitzige Vermutung in die Diskussion einwarf, die Alemannia könnte wegen der Zwischenfälle vom weiteren Pokalwettbewerb ausgeschlossen und der FC nachträglich in die nächste Runde aufgenommen werden.

So ein Blödsinn, kommentierte Müller für sich, dem der Trend, der sich in der Berichterstattung andeutete, durchaus zupass kam. Die Morde hatten sich wahrscheinlich im Fansektor ereignet, die Polizei würde sich zunächst darauf konzentrieren, die Fanszene in Aachen und in Köln intensiv zu überprüfen. Sollten sie ruhig einmal unter den Hooligans aufräumen, freute er sich.

Der Oberbürgermeister entschied, die vorgesehene, turnusmäßige Vorsitzendenrunde wieder abzusagen. Es gab nichts, was er den Sprechern der Rathausfraktionen mit auf den Weg geben könnte. Ursprünglich hatte er daran gedacht, ihnen einen schwer verdaulichen Brocken hinzuwerfen, der einige der Ratsmitglieder in Schwierigkeiten gebracht hätte. Sie alle hätten ein Motiv gehabt, Kardinal ans Leder zu gehen. Aber so konnte er sich das Faustpfand noch aufbewahren. Wer wusste, ob nicht doch noch einer irgendwann auf seine Sexspielchen zu sprechen kam. Kardinal hätte demjenigen etwa von dem Bordellbesuch berichten können und im Gegenzug eine andere, vermeintlich delikate Information erhalten. Man konnte nie wissen, wie verquer in den Köpfen der Politiker gedacht wurde, um sich Vorteile zu verschaffen. So sauber, wie viele seiner Saubermänner im Stadtrat wirkten, waren sie beileibe nicht. Da war es gut, für alle Fälle immer noch ein Druckmittel zu haben, und wenn es nur eine möglicherweise fehlerhafte Kilometerabrechnung einer Dienstfahrt gewesen sein sollte. Auch würde so manche angebliche Informationsreise eines Stadtratsmitglieds selbigem die Lust nehmen, sich über den lustvollen Bordellbesuch des Oberbürgermeisters lustig zu machen.

Müller schmunzelte über seine Wortspielerei. Er bat seine Sekretärin, den Termin mit den Fraktionen zu streichen. Wenn er später einmal seine Faustpfänder hervorholen würde, würden sie sicherlich bald schon in den Medien zirkulieren. Insofern betrieb er reinen Selbstschutz. Ohnehin wunderte es ihn, dass noch kein Journalist auf diesen Bordellskandal angesprungen war. Entweder hatte Kardinal niemandem etwas gesagt oder man wartete ab. Er musste jedenfalls gewappnet sein: Was nicht war, konnte noch kommen.

Gedanken darüber, Informationen weiterzugeben oder nicht, machte sich auch Böhnke. Aber sie waren anderer Natur. War es jetzt nicht an der Zeit, seine ehemaligen Kollegen im Dezernat zu kontaktieren? Auch wenn an ihrer Spitze sein arroganter Nachfolger Schulze-Meyerdieck stand? Musste er nicht doch auf Josef Lipperich aufmerksam machen?

Er war sich nicht schlüssig. Während seines Spaziergangs durch Huppenbroich wägte er das Pro und Kontra ab. Im Prinzip hatte er nur die Besorgnis von Walter Lipperich, sein Sohn könnte der Mörder sein. Das allein reichte nicht, sagte sich Böhnke. Wenn er jetzt seine Kollegen auf ein bestimmtes Gleis setzte, hin zu Josef Lipperich, würden sie vielleicht andere Gleise und andere Weichenstellungen übersehen. Nein, beschloss er für sich, es ist noch zu früh für mich, die Pferde scheu zu machen. Außerdem war es Freitagnachmittag. Da wurde langsam das Wochenende eingeläutet und es stand nur ein Bereitschaftsdienst für akute Fälle bereit. Da konnte er sich ruhig

Zeit bis Anfang nächster Woche lassen, entschied Böhnke, als er sich auf dem Friedhof auf eine Bank setzte, genau gegenüber der kleinen Grünfläche zwischen den Gräbern, die einmal seine letzte Ruhestätte werden würde.

An seiner Entscheidung hatte auch der Anruf von Walter Lipperich am Nachmittag nichts geändert. Fast schon flehentlich hatte der Alte auf ihn eingeredet. »Sie müssen Josef finden. Er soll sich der Polizei stellen. Ich habe Ihnen gesagt, dass er einen zweiten Mord begehen wird.«

»Woher wussten Sie's?«, hatte Böhnke wissen wollen.

»Das hat mit seiner Vergangenheit zu tun. Es tut mir zwar nicht leid um Kardinal und auch nicht um den anderen. Ich nehme an, es handelt sich um Winfried Adamczik. Aber es ist nicht richtig, dass Josef sie getötet hat. Ich hatte ihn gebeten, als er von Renesse zurück nach Aachen fuhr, die Finger von Adamczik zu lassen. Aber offenbar hat er nicht auf mich gehört.«

»Moment!« Böhnke hatte Lipperich barsch unterbrochen. »Woher wissen Sie, dass der zweite Tote Winfried Adamczik ist?«

»Ich weiß es. Das muss für den Augenblick genügen. Es ist eine lange und tragische Geschichte, die ich Ihnen später einmal erzählen kann.« Lipperich wich aus. »Jetzt kann es doch nur darum gehen, Josef zu finden und ihn zu überreden, sich zu stellen. Bei mir zu Hause in Aachen ist er nicht. Er geht jedenfalls nicht ans Telefon. Sie müssen ihn finden, Herr Böhnke. Ich weiß, dass er auf Sie hören wird. Er würde Ihnen vertrauen. Und ich würde Ihnen ein Honorar zahlen, wenn Sie Josef finden und vielleicht verhindern können, dass er diesmal lebenslänglich ins Gefängnis muss.«

Er könnte nichts verhindern, wenn der Sohn tatsächlich

zwei Morde begangen hatte, dachte sich Böhnke. Aber er sagte es Lipperich nicht. Er würde nicht dafür sorgen, aus den möglichen Morden Totschlag zu machen, nur um eine lebenslange Haftstrafe zu umgehen.

Er wollte doch gar nichts machen, er wollte lediglich seine Ruhe haben, stöhnte Böhnke vor sich hin. Aber anscheinend legte seine Umwelt größten Wert darauf, dass er seine Nase in alle möglichen Dinge steckte. Müller wollte, dass er den Tod von Kardinal als nicht politisch motiviert ermitteln sollte. Lipperich wollte, dass er dessen Sohn Josef erwischte, ihn aber nicht als Mörder überführte. Na schön, wenn man ihn schon nicht in Ruhe ließ, sollte man dafür blechen. »Was zahlen Sie mir?«

»20.000 Euro, bar und steuerfrei, ohne Quittung und garantiert sauberes Geld.«

Böhnke stutzte. Eine derartige Summe wollte ein alter Mann zahlen, der in Klamotten herumlief, die fast schon auf einen heruntergekommenen Penner schließen ließen?

»Hören Sie«, ließ sich Lipperich vernehmen. »Ich bin nach dem Tod meiner lieben Frau ein wenig aus der Spur geraten und habe mich gehen lassen, weil ich keinen Wert mehr auf Kleidung und mein Wohlergehen gelegt habe. Und dann kam auch noch der Mist mit Josef. Aber jetzt komme ich langsam wieder auf den Damm, hoffe ich wenigstens. Wegen dem Geld brauchen Sie sich keine Sorgen zu machen. Davon habe ich genug.«

»Dann vererben Sie es doch«, schlug Böhnke schnippisch vor. Ihn interessierten die Vermögensverhältnisse des Alten nicht sonderlich.

»An wen denn? Wenn Josef wieder im Gefängnis sitzt, nützt dem das auch nichts mehr.« Er stockte.

»Und andere Erben haben Sie keine?«

Eine lange Pause trat ein.

Böhnke nahm bereits an, Lipperich habe grußlos das Telefonat beendet, als dieser erneut das Wort ergriff.

»Kennen Sie Heinz-Willi Büchse?«

»Muss ich den kennen?« Böhnke brauste ungehalten auf. »Ich kann doch nicht alle Menschen auf der Welt kennen und auch nicht alle Ihre Bekannten und Verwandten. Was ist mit diesem Heinz-Willi Büchse?«

»Heinz-Willi Büchse ist der nächste Mann, den Josef umbringen wird. Ich weiß es. Josef hat mir gesagt, dass er ihm den Hals umdrehen wird.«

»Dann warnen Sie doch Büchse oder alarmieren die Polizei«, schlug Böhnke genervt vor.

»Ich weiß nur, dass Büchse in Köln gewohnt hat. Ob er dort immer noch wohnt, weiß ich nicht. Und die Polizei schalte ich nicht ein. Die machen kurzen Prozess mit Josef und das will ich nicht. Ich will, dass Sie ihn finden und mit ihm zur Polizei gehen, damit er sich stellt.« Er atmete schwer. »Und dass ich sicher sein kann, dass er nicht auf der Flucht erschossen wird.«

»Wo finde ich Sie, Herr Lipperich?«

»Sie werden mich nicht finden, Herr Böhnke. Ich melde mich regelmäßig bei Ihnen. Und wenn Sie Josef gefunden haben, wird der mir garantiert Bescheid geben. Dann komme ich sofort zurück nach Aachen und bringe Ihnen das Geld.«

War es nach diesem merkwürdigen Gespräch angebracht, die Kripo in Aachen zu benachrichtigen? Diese Frage hatte Böhnke schnell für sich entschieden: Er würde erst am Sonntag mit Grundler reden und ihn fragen. Quasi als

Freundschaftsdienst könnte er ihm einen Ratschlag geben. Und vielleicht sollte er bei der nächsten sich bietenden Gelegenheit die Familie Lipperich etwas genauer unter die Lupe nehmen.

Aber zunächst stand das Wochenende an und hoffentlich eine ungetrübte Zweisamkeit mit Lieselotte.

12.

Die ungetrübte Zweisamkeit hielt nur eine Nacht und einen Morgen. Lieselotte und Böhnke hatten ihre Gartenarbeit unterbrochen und sahen sich bei ihrem Mittagessen mit einem Gast konfrontiert, der unangemeldet in Huppenbroich auftauchte und sich ziemlich ungeniert zum Essen einlud. Das war wohl auch so eine selbstverständliche Dreistigkeit, die manchem Journalisten eigen war. Unlängst erst hatte Böhnke diese Dreistigkeit in Person des Dürener Schreiberlings Helmut Bahn im Zusammenhang mit einer Mordgeschichte auf dem Nürburgring kennen gelernt, nunmehr bestätigte der Journalist aus Aachen diese Erfahrung.

Hermann-Josef Sümmerling nahm wie selbstverständlich am gedeckten Tisch Platz, ein kleiner Mann mit wieselflinken Augen hinter einer Nickelbrille und in einem undefinierbaren Alter. Ob es an dessen dunklem Haar lag, das eventuell gefärbt war, oder aber an der glatten Haut, wollte Böhnke gar nicht hinterfragen. Er schätzte den AZ-Reporter auf Anfang bis Mitte 50, was stimmen konnte, wenn er sich daran erinnerte, dass Sümmerling einen jüngeren Kollegen einmal als seinen Ziehsohn bezeichnet hatte. Dessen Name war ihm wieder entfallen, er wusste nur, dass er einmal WDR-Regionalkorrespondent für die Eifel gewesen war. Inzwischen hatte er wieder das Weite gesucht. Wahrscheinlich hatte er zu der Kategorie Mensch gehört, die mit dieser Region nichts anfangen konnte. Es gab eben nur die Entscheidung: Entweder liebte man die Eifel oder man verließ sie. Aber er fand es nicht passend und unbedingt wissenswert, Sümmerling nach dessen Verbleib zu fragen.

»Was treibt Sie denn in die Eifel?«, fragte er höflich erstaunt.

»Und an unseren Tisch?«, ergänzte Lieselotte wenig begeistert, während sie als gute und zuvorkommende Gastgeberin ein drittes Gedeck herbeitrug.

»Sie können sich vorstellen, dass ich nicht ohne Grund den weiten Weg aus der schönen Kaiserstadt in die tiefe Wildnis zurücklegte«, antwortete Sümmerling lässig und bediente sich an den heißen Würstchen im großen Kochtopf auf dem Küchentisch. »Ich habe Sie quasi in einen Fall hineingedrängt, wenngleich ich immer noch nicht weiß, was es genau mit diesem Lipperich auf sich hat. Vielleicht können Sie mir ja mal am Rande ein paar Details verraten.« Erwartungsvoll blickte er Böhnke an und schob sich ein Stück Wurst in den Mund.

»Geht nicht«, sagte Böhnke entschieden. »Das fällt unter Mandantenschutz. Ich bin von ihm mit einer Ermittlungsarbeit beauftragt worden.« Der strenge Seitenblick von Lieselotte ließ ihn ahnen, dass er ihr heute noch einiges zu erklären hatte. Aber er schaute über diesen Blick hinweg. »Also, was wollen Sie hier?«

»Außer unseren Würstchen?«, fügte Lieselotte ungehalten hinzu.

»Es handelt sich um den Kardinal aus Köln, diesen Kardinal«, antwortete Sümmerling bereitwillig. Er sah ein, dass er gegen diese geballte Kraft des Unmuts momentan keine Chance hatte. »Dieser Heilige vom Dom scheint wohl auch in Aachen heimisch gewesen zu sein oder zumindest in Aachen auch seine Spuren hinterlassen zu haben.«

»Klar, gewissermaßen Blutspuren«, scherzte Lieselotte hämisch und handelte sich damit einen erzürnten Blick von Böhnke ein.

Der Kommissar a. D. wirkte genervt. Sümmerling kam nicht zu Potte und Lieselotte grämte sich wegen des Mitessers. »Jetzt endlich mal konkret und klar, mein Freund«, brummte er. »Was ist mit Kardinal? Was hat er mit Aachen zu tun gehabt?«

»Woher soll ich das wissen?«, fragte Sümmerling ausweichend zurück. »Aber es gibt einige interessante Hinweise«, ergänzte er schnell, als er die Zornesröte in Böhnkes Gesicht entdeckte. »Ich fange am besten von vorne an.«

Bitte, sagte sich Böhnke flehentlich. Fang endlich an, Kerl!

»Also. Gestern Morgen haben Nachbarn in einem Mehrfamilienhaus an der Jülicher Straße festgestellt, dass in einer der Wohnungen wohl schon seit zwei Tagen und Nächten ununterbrochen das Licht brannte. Sie haben sich Gedanken gemacht. In der letzten Woche gab es ja den

Bericht in der Zeitung, dass ein Rentner fast einen Monat lang tot in seiner Wohnung gelegen hat, bevor er gefunden wurde. Da haben sie an eine ähnliche Situation gedacht. Nachdem auf ihr Klingeln niemand reagierte, haben sie die Polizei alarmiert. Die hat dann die Wohnung durch einen Schlüsseldienst öffnen lassen. Aber die Hütte war menschenleer.«

»Und was hat das mit Kardinal zu tun?« Böhnke musste sich beherrschen. Diese langatmigen Schilderungen waren nicht seine Sache. Er wollte belastbare Fakten hören.

»Zunächst nichts«, antwortete Sümmerling. »Bei der Durchsuchung der Räume stellte die Polizei fest, dass es wohl einen Einbruch gegeben haben muss, denn es fehlte der Rechner unter dem Schreibtisch. Außerdem lagen einige leere CD-Hüllen auf dem Boden sowie geöffnete Aktenordner, die aus einem Regal gezogen worden waren. Daraufhin haben die Jungs die Spurensicherung hinzugezogen. Die Spusi hat dann die Wohnung gründlich auf den Kopf gestellt.«

»Und sie fand heraus, dass Kardinal der Einbrecher war?«, unterbrach ihn Lieselotte.

»Nein. Sie ermittelten, dass Kardinal der Bewohner dieser Wohnung sein musste. Zum einen passte die Beschreibung der Nachbarn auf ihn, zum anderen wurden verwertbare Fingerabdrücke von ihm unter anderem im Badezimmer auf einer Zahnbürste und in der Toilette am Klopapierhalter gefunden. Auch am Kleiderschrank im Schlafzimmer und an der Fernbedienung des Fernsehers hat er Abdrücke hinterlassen. Der Polizeirechner hat beim Vergleich der in der Wohnung gewonnenen Abdrücke mit denen vom toten Kardinal die eindeutige Übereinstimmung festgestellt. Daraus schließen unsere Freunde aus dem PP, dass Kardinal wohl diese Wohnung bewohnt hat, gewissermaßen als Zweitwohnung oder so. Aber niemand kann sagen, ob er am Tag des Fußballspiels noch einmal dort war oder nicht.«

»Woher wissen Sie das denn alles?«, staunte Lieselotte und erntete ein mildes Lächeln von Sümmerling.

»Werteste, ich bin lange genug im Geschäft, um meine ganz besonderen Verbindungen zu ganz besonderen Menschen zu haben. Sie werden verstehen, dass ich meine Quellen nicht preisgeben werde. Dann sind sie nämlich für alle Zeiten versiegt.«

»Schluss damit«, knurrte Böhnke. Wenn er Sümmerling ließ, würde der irgendwann einmal seinen Heiligenschein herausholen, der selbst ernannte tolle Hecht. »Wissen Sie denn wenigstens, wer Eigentümer dieser Wohnung ist? Hat Kardinal sie gemietet oder hat er sie gekauft?«

»Diese Frage habe ich mir natürlich auch gestellt«, antwortete Sümmerling lässig und griff mit allergrößter Selbstverständlichkeit zum letzten Würstchen. »Heute Morgen habe ich dann die entsprechende Information bekommen«, sagte er kauend. »Irgendwie eine dubiose Angelegenheit, kann ich Ihnen versichern. Das Haus gehört einer Immobiliengesellschaft, die wiederum zum Imperium einer alteingesessenen Familie aus dem Aachener Wirtschaftsadel gehört. Die haben früher mit Tüchern und Stoffen ein Vermögen gemacht und rechtzeitig in Steine und Firmenbeteiligungen aller Art investiert.«

»Da gibt es nicht viele«, unterbrach ihn Böhnke. So mancher Tuchhersteller hatte nicht rechtzeitig die Kurve bekommen und war mit dem Niedergang der Industrie pleite gegangen. »Da fallen mir nur die Namen Jerusalem und Schmitz ein oder Wilhelmi.«

»Die nicht.« Sümmerling schüttelte den Kopf. »Es handelt sich um die Familie Großknecht.«

Alter Geldadel, der sich in der Öffentlichkeit rarmachte, wusste Böhnke. »Also, dem Großknecht-Clan gehört das Haus, die familieneigene Immobiliengesellschaft hat dann eine Wohnung an Kardinal vermietet.«

»Nein«, sagte Sümmerling und schluckte den letzten Bissen herunter. »Also, laut Klingelschild und laut Mietvertrag wurde diese Wohnung an einen gewissen Heinz-Willi Schulz aus Köln vermietet. Allerdings hat niemand ernsthaft nachgeprüft, ob dieser Schulz auch tatsächlich eingezogen ist oder ob es Kardinal war. Man hatte keine Bedenken, immerhin wurde die Miete stets fristgemäß und vollständig überwiesen.«

»Kann es denn sein, dass Schulz und Kardinal ein und dieselbe Person sind?«, überlegte Böhnke.

»Das vermutet mein Informant bei der Polizei auch. Merkwürdig ist nur, dass der angebliche Mieter Schulz gar nicht in Aachen gemeldet ist. Im Einwohnermeldeamt ist für dieses Haus an der Jülicher Straße kein Bewohner mit dem Namen Schulz registriert.«

»Und auch kein Kardinal«, vermutete Böhnke und erhielt sofort die Bestätigung von Sümmerling. »So ist es.«

»Nun gut.« Böhnke nahm es als Faktum hin, dass Kardinal gewissermaßen unerkannt in Aachen eine Art Zweitwohnung unterhalten hatte. Warum wurden daraus nach dessen Tod der Rechner, CDs und Aktenordner gestohlen? Er ging jedenfalls davon aus, dass dieser Diebstahl nach dem Ableben von Kardinal stattgefunden hatte.

»Was meinen Sie?«, fragte er. »Geschahen der Einbruch und der Diebstahl nach dem Tod von Kardinal?«

»Davon können Sie mit tödlicher Sicherheit ausgehen«, bestätigte ihm Sümmerling. »Das Licht brannte erst seit Donnerstag oder Freitag ununterbrochen. Auf jeden Fall aber erst Tage nach dem Fund von Kardinals Leiche auf dem Tivoli-Parkplatz. Die Polizei vermutet, dass der oder die Täter den Schlüsselbund entwendet haben, damit sie in die Wohnung gelangen konnten.«

»Womit wir es eventuell mit einem Raubmord zu tun hätten«, dachte Böhnke laut und ergänzte für sich: Müller würde es freuen.

So sei es, meinte Sümmerling. »Und ich frage mich dann natürlich sofort, warum stehlen Unbekannte die Unterlagen eines Kölner Ratsherrn, die dieser in seiner geheimen Zweitwohnung in Aachen deponiert hat? Denn dass die Einbrecher es auf die Unterlagen abgesehen hatten, liegt ja wohl auf der Hand. Alle anderen Dinge, wie etwa einen Flachbildschirm, haben sie stehen gelassen. Die haben gezielt nach den Unterlagen gesucht.«

»Vielleicht sind diese Sachen brisant«, ließ sich Liese-lotte vernehmen. »Vielleicht sind sie der Grund, weshalb dieser Mensch sterben musste.«

Hatte der Mord demnach doch etwas mit der kommunalpolitischen Tätigkeit von Kardinal zu tun? Diese Frage stellte sich jetzt wieder zwangsläufig. Und, warum in aller Welt, wollte Müller, dass er ausgerechnet einen kommunalpolitischen Hintergrund ausschloss? Da würde er bei Müller einmal intensiver nachforschen müssen.

»Übrigens«, ließ sich Sümmerling vernehmen, »ich habe meinem Informanten versprochen, dass ich diese Informationen nicht an die Öffentlichkeit weitergebe und nichts darüber schreibe. Im Gegenzug bekomme ich die Geschichte exklusiv, wenn sie aufgeklärt sein sollte.«

Das war wieder so ein gelegentlicher Deal, den die Polizei mit Sümmerling machte, dachte sich Böhnke. Sein Schweigen nutzte den Kollegen im Moment wahrscheinlich mehr als eine Veröffentlichung. So konnten sie unbehelligt ermitteln und die Täter sich noch sicher fühlen. Auch war ein zweiter Aspekt nicht zu verachten: Man warf dem Journalisten einen Brocken hin, um einen dickeren zu verbergen.

»Aber Sie haben uns doch informiert«, hielt Lieselotte dem Journalisten vor.

»Sie sind nicht die Öffentlichkeit«, antwortete Sümmerling grinsend. »Und irgendwie müssen Sie ja auch von mir eine kleine Gegenleistung für Ihre köstlichen Brühwürstchen erhalten.« Er wandte sich Böhnke zu. »Nur Ihre Leistung steht noch aus. Würstchen gab es von Ihrer verehrten Herzensdame, Informationen von mir. Und Sie verraten mir jetzt bitte noch etwas über Lipperich. Natürlich vertraulich. Ich kann schweigen wie ein Grab. Sie kennen mich ja.«

Eben, hätte Böhnke am liebsten geantwortet, aber er zog eine andere Antwort vor: »Diese Information ist in den Würstchen nicht drin. Ich werde Ihnen den Namen nicht nennen.«

Abrupt erhob er sich. »Jetzt können Sie mit uns in den Garten gehen und mitarbeiten. Oder Sie fahren zurück in Ihre Printenstadt.«

Unzufrieden stemmte sich auch Sümmerling hoch. »Sie enttäuschen mich, Herr Böhnke.«

Böhnke lächelte. Ihm war eine Idee gekommen. »Der Einbruch in die Aachener Wohnung bei Kardinal, geschah der eigentlich vor dem Zeitpunkt, an dem sich auf dem Tivoli der zweite Todesfall ereignet hat?«, fragte er Sümmerling. »Darüber sollten Sie sich mal Gedanken machen.«

Nachdenklich verabschiedete sich der Journalist.

Böhnke sah ihm vergnügt nach.

»Besteht da ein Zusammenhang zwischen dem Tod von Kardinal, dem Einbruch und dem zweiten Tod auf dem Tivoli?«, fragte seine Liebste.

»Keine Ahnung«, antwortete Böhnke. »Aber Sümmerling hat jetzt wenigstens einen weiteren Knochen, an dem er herumknabbern kann.«

13.

Ob er ihr plausibel erklären könne, was sie unter Mandantenschutz zu verstehen haben, wollte Lieselotte am Abend wissen.

Er hatte gehofft, sie hätte diesen Aspekt von Sümmerlings Besuch verdrängt, aber er hatte sich geirrt.

»Das kann für mich nur bedeuten, dass du für jemanden arbeitest, Commissario«, folgerte sie richtig. Es gehe sie zwar nichts an, solange sie nicht behelligt werde, aber es würde sie schon interessieren, womit er seine Freizeit verbringe, statt sich um Haus und Garten zu kümmern. »Lohnt es sich wenigstens? Oder müssen wir noch draufzahlen?« Denn die Würstchen, die sich Sümmerling ohne Scheu einverleibt hatte, gingen ja wohl auf ihre Rechnung.

Böhnke betrachtete seine Liebste nachdenklich. Sie machte sich mehr Sorgen um ihn als er selbst und wollte im Prinzip nur, dass er sich nicht übernahm.

Ob es sich lohnte? »Finanziell schon«, meinte er bedächtig. Wenn er die ausgelobten 20.000 Euro von Lipperich betrachtete und den Tagessatz von Müller respektive Grundler, da kam schon ein beachtlicher Batzen Geld zusammen.

»Wenn du es wirklich kriegst«, bezweifelte Lieselotte, nachdem sie zunächst ungläubig, dann kopfschüttelnd Böhnkes Rechnung vernommen hatte.

Er konnte nicht anders und er wollte auch nicht anders: Vor Lieselotte konnte er nie lange Geheimnisse für sich behalten. Sie bekam immer heraus, wenn er aus der Normalität seines Pensionärsalltags ausbrach.

»Pass bloß auf, dass du bei deiner Schnüffelei nicht auch noch mit dem Permanticus spontanus vergiftet wirst. Du bist schließlich kein Pferd, sondern ein alter Mann.« Sie lächelte milde und er verstand ihre leichte Ironie.

Er war kein alter Mann, er war nur nicht mehr ein junger Mann. Ihre wiederholte, ihn bisweilen nervende Anregung, er solle sich gelegentlich Gedanken machen, wie er seinen nicht mehr allzu fernen 60. Geburtstag feiern wolle, schob er vor sich her; das hatte noch Zeit und musste warten.

Im Gegensatz zu ihm war der Mensch, der sie am Sonntag zur Mittagszeit besuchte, in Lieselottes Augen noch ein junger Mann, da er gerade einmal die 40er Grenze überschritten hatte. Er hatte allerdings viel von seiner Drahtigkeit und Jugend verloren, die ihn so lange ausgezeichnet hatte, stellte sie fest, als er in der Einfahrt zum Hühnerstall aus seinem Wagen stieg.

Böhnke konnte sich den Kommentar nicht verkneifen: »Du bist aber dick geworden«, meinte er respektlos bei der Begrüßung, nachdem er Tobias Grundler herzlich umarmt hatte. Schlank und sportlich, so hatte er seinen Freund in Erinnerung. Nun stand vor ihm ein aufgedunsener Mann mit einem beachtlich hervorstehenden Bauch und schulterlangen, ungekämmten Haaren, der durchaus eine gewisse Ähnlichkeit hatte mit dem Abbild von Kardinal und den er nicht sofort als Grundler erkannt hätte, wären da nicht die stahlblauen Augen gewesen und die markante Kleidung, die Grundler schon immer getragen hatte. Ob Sommer oder Winter, er war zu jeder Zeit mit Jeans und grauem Sweatshirt bekleidet.

»Da kann ich dir nicht widersprechen«, bekannte Grundler freimütig. »Ich habe mich halt gehen lassen im letzten Jahr und bin jetzt wieder dabei, abzuspecken. Fünf Kilos habe ich schon runter«, sagte er und klopfte sich auf seinen Bauch. »Das wird schon werden, da bin ich mir sicher. Und auch meine Frisur, an die werde ich bald eine Schere dranlassen.«

Es schien Grundler ernst zu sein. Beim Büfett in der Alten Post langte er nur nach Salat und Gemüse sowie Frischobst. »Ihr braucht mich nicht zu bedauern«, meinte er kauend zu Lieselotte und Böhnke. »Ich habe mir die Pfunde angefressen und jetzt müssen sie wieder runter. Reiner Kummerspeck. Aber damit ist Schluss.« Er betrachtete Böhnke. »Ich habe mich wieder gefangen, nachdem ich ein Jahr lang herumgelungert oder durch die Welt gegondelt bin.«

»Und wo warst du?«, wollte Böhnke neugierig wissen.

»Überall und nirgends. Ständig unterwegs auf der Suche nach etwas, das ich nirgendwo finden konnte: auf der Suche nach innerer Ruhe.«

»Und die haben Sie jetzt wieder?«, fragte Lieselotte verwundert.

»Ja«, antwortete Grundler überzeugt. »Das letzte Kapitel ist abgeschlossen. Jetzt fange ich ein neues an und ich freue mich darauf.« Er löffelte zufrieden den frisch zubereiteten Obstsalat. »Manchmal habe ich den Eindruck, als habe man in Aachen und in der Region nur darauf gewartet, dass ich wieder mitmische. Aber«, er kaute bedächtig und schluckte, »ich spiele nur noch nach meinen Regeln: allein und klein.«

Er konnte es sich leisten, wie Böhnke wusste. Sein Freund und früherer Kompagnon Dr. Dieter Schulz hatte Grundler eine überaus üppige Auslöse bezahlt.

»Wenn Dieter mich ruft, übernehme ich gerne wieder einen Fall für ihn. Aber ich reduziere meinen Aufwand und werde nur dann tätig, wenn ich auch Lust dazu habe. So wie momentan.« Er tupfte sich mit einer Serviette über die Lippen und schaute sich in der gut besuchten Gaststube um, als befürchte er, von einem der Nachbartische aus belauscht zu werden. »Das ist übrigens der zweite Grund, weshalb ich mit dir reden wollte.« Noch einmal schaute er sich um. »Ich glaube nicht, dass das hier der richtige Ort für ein Gespräch ist. Ist zwar nett, aber auch etwas laut und es gibt mir zu viele Ohren hier.«

»Darf ich einen Vorschlag machen?«, mischte sich Lieselotte ein. »Ihr beiden Männer macht einen Spaziergang und ich gehe nach Hause. Wenn ihr kommt, ist der Kaffee fertig.«

»Gute Idee«, lobte Grundler. Er winkte nach der Bedienung und bezahlte ihre Mahlzeiten und Getränke mitsamt einem üppigen Trinkgeld.

»Dein Grund Nummer eins ist Werner Müller.« Böhnke kam sofort auf die Anliegen von Grundler zu sprechen, kaum dass sie sich von der Gaststätte in Richtung Trift entfernt hatten. Das private Geschehen hatte Zeit bis zu einer anderen Gelegenheit. Er wechselte die Straßenseite, weil ihnen ein Pferdegespann mit einem Leiterwagen entgegenkam, auf dem Touristen eine Rundfahrt durchs Dorf und die Umgebung gemacht hatten, um in der Alten Post eine Rast einzulegen. Diese Fahrten waren auch eine Idee gewesen, um den Fremdenverkehr ein wenig anzukurbeln. Der Erfolg gab den Organisatoren recht.

»Grund Nummer eins ist Werner Müller«, bestätigte Grundler. Er hatte sich dem langsamen Schritttempo seines älteren Freundes angepasst, der den Weg zum kleinen Modellflugzeugplatz eingeschlagen hatte. Dennoch war er ein wenig kurzatmig. »Ich weiß, ich muss wieder mehr Sport treiben«, kommentierte er Böhnkes unausgesprochene Bemerkung. Dessen Blick hatte gereicht. »Aber meine fehlende Kondition sollte jetzt nicht unser Thema sein.« Grundler schnaufte durch und wischte sich mit dem Ärmel seines Shirts die Schweißperlen von der Stirn. »Werner Müller vertraut mir und zweifelt an dir, wenn ich es so salopp sagen darf. Aber ich habe ihm zu verstehen gegeben, dass er nur dann mit meiner Hilfe rechnen kann, wenn du für mich am Ball bleibst. Das hat er missmutig akzeptiert.« Er grinste schelmisch. »Ich bekomme keinen günstigeren Ermittler als dich. Vollkommen aus dem Blickfeld und bei niemandem auf der Rechnung. Von dir wissen nur Müller und ich.«

»Und Lieselotte«, ergänzte Böhnke. Er ärgerte sich, dass seine Liebste immer so wenig Beachtung fand, wenn er irgendwo mitmachen sollte.

»Dabei bleibt's. Müller hat es mir zugesichert.« Grundler ging auf Böhnkes Zwischenbemerkung gar nicht ein.

»Also ein Politikerversprechen. Was immer davon zu halten ist.«

Er solle nicht so skeptisch sein, meinte Grundler. »Der tut doch auch nur seinen Job und ist froh, dass er lebt.«

»Womit er dem Kardinal etwas Positives voraus hat.« Böhnke blieb stehen und schaute hinab ins grasgrüne Tal. »Muss er denn Angst haben vor einem Toten?«

»Hoffentlich nicht.«

»Braucht er wohl auch nicht, wenn man der Ansicht ist, Kardinal ist Opfer eines Fankriegs geworden.«

»Stimmt«, pflichtete ihm Grundler bei. »Aber ist das wirklich der Fall?«

»Weiß ich nicht«, antwortete Böhnke. »Momentan sieht es jedenfalls nicht danach aus, als sei Kardinal aus politischen Gründen ums Leben gekommen. Das ist der Stand der Dinge.«

»Der am besten auch so bleibt«, unterbrach ihn Grundler. Erneut wischte er sich den Schweiß von der Stirn. »Müller vertritt jedenfalls diesen Standpunkt.«

»Und das bedeutet?«

»Das bedeutet, dass er eigentlich auf unsere weiteren Dienste verzichten könnte.«

»Was heißt ›eigentlich‹?«

»Eigentlich heißt, dass ich ihm gesagt habe, ich wolle absolute Klarheit. Deshalb würden wir weiterermitteln.« Grundlers Stimme wurde energisch. »Und weil wir weiterermitteln, soll er dir gefälligst die Unterlagen über Kardinal, die er im Rathaus hat, schicken. Ansonsten müssten wir den Verdacht hegen, er habe doch etwas zu verbergen.« Grundler gab sich entschlossen. »Ich lasse mir von einem Politiker doch nicht vorschreiben, wann ich meine Arbeit zu beenden habe. Wenn ich eine Sache anfange, will ich sie auch mit einem Ergebnis abschließen, das mich zufriedenstellt. Nicht irgendeinen Herrn Müller aus Köln, auch wenn der der Oberbürgermeister ist. Und weißt du, was das Beste ist?«

»Du wirst es mir garantiert nicht verschweigen.«

»Müller schickt dir die Unterlagen und bezahlt uns weiter.«

»Du denkst auch nur ans Geld, du Materialist.«

Grundler wurde ernst. »Ich habe bei meinem Ruhejahr so viel Elend in Afrika gesehen, da kann ich gar nicht genug Geld haben, um dort zu helfen. Ich will in einem der ärmsten Länder der Welt in einem der elendesten Dörfer dafür sorgen, dass die Menschen dort sich eine Schule, eine Krankenstation und ein Gemeinschaftshaus bauen können.«

Am Eingang zum kleinen Modellflugzeugplatz legten sie eine Pause ein. Gerne hätte Böhnke einem regen Treiben zugesehen. Aber das Gelände war menschenleer.

»Lass uns zurückgehen«, schlug Grundler vor.

»Okay, aber erst, wenn du mir hier an Ort und Stelle Grund Nummer zwei nennst«, willigte Böhnke ein. »Was willst du von mir?«

Der Anwalt kratzte sich am Kopf. »Das ist zum einen

eine lange Geschichte. Wenn ich sie dir hier erzähle, schlägst du Wurzeln. Also lass uns lieber zurückgehen. Zum anderen ist es eine delikate, nein, heikle Sache«, antwortete er und folgte seinem Freund, der sich unvermittelt umgedreht hatte und sich mit strammen Schritten vom Fluggelände entfernte.

Böhnke betrachtete ihn mit gerunzelter Stirn, als Grundler endlich zu ihm aufgeschlossen hatte. »Fang endlich an!«

»Ich weiß nicht so richtig, wo ich anfangen soll«, bekannte Grundler. »Wie ich auch anfange, könnte es falsch sein. Du musst mir versprechen, die Klappe zu halten, sonst komme ich in Teufels Küche. Aber andererseits will ich dich ins Bild setzen, weil die Sache was mit Kardinal und damit auch mit Müller zu tun hat.«

Erneut runzelte Böhnke die Stirn. »Wir haben dieses Gespräch nie geführt«, brummte er. »Also, was ist?«

»Na gut.« Grundler schnaufte durch. »Wenn Sümmerling gestern bei dir war, hat dir das alte Tratschweib garantiert berichtet, dass man in einer Wohnung in Aachen eindeutige Hinweise auf Kardinal gefunden hat und dass diese Wohnung zum Immobilienbesitz der Familie Großknecht gehört.« Er musste hellauf lachen, als er Böhnkes Verblüffung bemerkte. »Meine Beziehungen zur Polizei sind manchmal besser als die von Sümmerling. Die Jungs, zumindest einige von denen, haben mich nicht vergessen. Die haben ihm die Sache mit dem Einbruch gesteckt, damit er nicht über die größere Sache stolpert, die sich dahinter verbirgt. Denn unsere Freunde von der Polizei haben in der Wohnung durchaus beachtliche Rauschgiftmengen gefunden. Koks ebenso wie Heroin und einige Designerdrogen.«

»Moment!«, unterbrach ihn Böhnke. Er war stehen geblieben und staunte Grundler an: »Du willst mir also sagen, ein oder mehrere Einbrecher haben in der Wohnung zwar Rechner und CDs und ein paar Aktenordner mitgenommen, nicht aber das für sie wahrscheinlich wertvollere Zeug? Da stimmt doch etwas nicht. So handelt doch kein gewöhnlicher Einbrecher.«

»Nicht unbedingt schlüssig, Herr Kommissar. Für den oder die angenommenen Einbrecher könnten die Dateien und Ordner vielleicht einen größeren Wert haben als das Rauschgift.«

»Dann ist der ja kein gewöhnlicher Einbrecher«, knurrte Böhnke, diese Kritik nicht auf sich sitzen lassend. Er betrachtete nachdenklich seinen Begleiter. »Wenn dem so wäre: Was befand sich denn auf den gestohlenen Datenträgern aus Kardinals Wohnung und wer kann daran Interesse haben?«

»Du stellst die richtige Frage«, lobte Grundler. »Aber ich werde sie dir nicht beantworten. Später vielleicht. Ich will noch einen zweiten Aspekt ins Gespräch bringen: Was ist, wenn der Einbrecher gar kein Einbrecher war, sondern einen Schlüssel für die Wohnung hatte?«

»Weil er ihn Kardinal klaute«, warf Böhnke ein. Er hatte wieder Tempo aufgenommen. Er verspürte Durst auf einen Kaffee.

»Das wäre eine logische Möglichkeit, denkbar wäre aber auch eine zweite.«

»Und welche?«

»Na ja«, sagte Grundler bedächtig, »immerhin ist die Wohnung Eigentum der Großknecht-Familie.«

»Willst du etwa damit andeuten, die Großknechts dringen in eine ihrer Wohnungen ein, die sie kostenlos Kardinal überlassen haben, um die elektronischen oder papiernen Unterlagen in ihren Besitz zu bekommen?«

»So ist es, mein Freund«, bestätigte Grundler ernst. »Die Familie Großknecht hat größtes Interesse daran, dass die Unterlagen und Dateien nicht in fremde Hände fallen.«

»Dann unterstellst du aber, dass die Unterlagen überhaupt brisante Details enthalten.«

»Davon gehe ich aus«, meinte der Anwalt. »Um es kurz zu machen: Die Familie Großknecht hat mich mandatiert. Ich soll vornehmlich die Rechte ihrer Tochter Sylvia wahrnehmen. Sylvia hatte vor knapp fünfzehn Jahren, gerade einmal volljährig, in einer Nacht-und-Nebel-Aktion Kardinal geheiratet. Warum manche Frauen auf Brutalos stehen, werde ich wohl nie verstehen. Die Eltern, die von dieser Heirat total überrascht wurden, fanden jedenfalls schnell heraus, dass es sich bei Kardinal um einen Nichtsnutz handelte, der nicht gerade den besten Leumund vorweisen konnte. Und auch Sylvia lernte schnell und schmerzhaft, dass Kardinal nicht nur brutal wirkte, sondern auch brutal war. Schon in der Hochzeitsnacht hat er sie das erste Mal geohrfeigt, weil sie sich im Bett nicht so verhielt, wie er es wollte. Er eignete sich gewiss nicht als Schwiegersohn und zukünftiger Chef des Imperiums. Keine Bildung und schon die ersten Strafen wegen Körperverletzungsdelikten auf dem Kerbholz. Dieter und ich haben damals schon daran mitgewirkt, um diese Ehe zu annullieren. Kardinal ließ sich darauf ein, als man ihm ein nettes Handgeld bot und die kostenlose Überlassung der Wohnung in Aachen. So schnell, wie er gekommen war, verschwand er auch wieder aus dem Leben der Familie Großknecht.«

»Bis er als Leiche wieder auftauchte«, kommentierte

Böhnke kopfschüttelnd. Sie waren nicht mehr weit vom Hühnerstall entfernt.

»Du sagst es. Als Sylvia erfuhr, dass Kardinal tot war, ist sie sofort in die Wohnung und hat alles mitgenommen, was Hinweise auf sie oder ihre Familie enthalten könnte.«

Böhnke grübelte. Konnte es nicht sein, dass Kardinal sich an die Familie gewandt hatte, um mit der gemeinsamen Vergangenheit Geld zu verdienen? Und konnte es nicht sein, dass die Familie daraufhin seinen Tod herbeigeführt hatte oder herbeiführen ließ? Aber er behielt die Gedanken für sich und hörte wieder Grundler zu.

»Sylvia hat mir die Unterlagen gebracht. In einem Aktenordner habe ich den Aufhebungsvertrag gefunden. Wenn der in falsche Hände geraten wäre, das hätte zu einem handfesten Skandal werden können. Die Großknechts wären doch garantiert in Verdacht geraten, am Tod von Kardinal beteiligt gewesen zu sein.«

Böhnke ging auf diese Bemerkung nicht ein. Er würde den Kreis möglicher Täter ausdehnen, auch wenn es Grundler nicht behagte. »Und was gibt's sonst noch an Erkenntnissen?«

»Ich habe noch nicht weitergesucht. Der Vertrag war mir am wichtigsten. Ach ja.« Er klopfte seine Hosentaschen ab. »Ich wollte dir den Schlüssel zur Wohnung geben. Die Polizei hat sie wieder freigegeben. Vielleicht findest du ja auch noch was. Du kannst dann deine Erkenntnisse mit den Daten abgleichen, die ich habe. Einverstanden?«

Warum nicht?, dachte sich Böhnke. Vielleicht enthielten die Unterlagen von Kardinal ja Hinweise, die mit seinem Tod zusammenhingen. Selbst auf die Gefahr hin, dadurch Grundler und seine Mandanten Großknecht noch tiefer in den Kreis der Tatverdächtigen hineinzuziehen.

»Mist!«, hörte er Grundler fluchen. Sie standen bereits vor der Wohnungstür. »Ich habe den Schlüssel nicht dabei, ich Schussel. Er muss in der anderen Jeans sein. Oder er liegt bei mir auf dem Schreibtisch.« Er dachte kurz nach. »Weißt du was, ich liefere ihn morgen früh in der Apotheke ab, wenn ich mich auf den Weg zum Gericht mache. Frau Kleinereich kann ihn dir dann geben.«

Frau Kleinereich fragte nicht lange nach. Wenn Grundler es so geplant hatte, würde es wohl richtig sein, meinte sie, immer noch damit beschäftigt, die Kaffeetafel zu vervollständigen. Frisch geschlagene Sahne würde den Tisch komplett machen.

»Tobias, Sie sind übrigens nicht der Einzige, der meine Apotheke als Depot missbraucht«, sagte sie lächelnd. »Unser aller Bekannter Sümmerling besucht mich morgen übrigens auch.« Sie schaute Böhnke an. »Sümmerling hat eben angerufen. Er bekommt heute die Informationen über Kardinal. Ein Kollege von ihm hat zurzeit in Köln in der Redaktion seines Freundes zu tun und bringt die Sachen mit. Sümmerling liefert die Unterlagen morgen früh bei mir ab, bevor er in die Redaktion fährt.«

»Also gegen Mittag«, lästerte Grundler. »Oder haben Sie schon einmal einen Journalisten gesehen, der schon am Morgen durch die Weltgeschichte läuft?«

14.

Er hatte einen perfekten Zeitplan, freute er sich. Er konnte das termingemäße Erscheinen bei seinem Hausarzt verbinden mit der Besichtigung der ominösen Wohnung an der Jülicher Straße und am Nachmittag in aller Ruhe in einem Café die von Sümmerling besorgten Unterlagen durcharbeiten. Am Abend nach Ladenschluss würde ihn Lieselotte wieder nach Huppenbroich fahren. Die öffentlichen Verkehrsmittel zu nutzen, das wollte sie ihm nun doch nicht zumuten, auch wenn sie sein umtriebiges Handeln nicht unbedingt guthieß.

»Du solltest dich besser schonen, als wie hinter Rätseln in Unterlagen zu suchen«, sagte sie zum wiederholten Male, als sie ihn in der Apotheke verabschiedete. Den Schlüssel zur Wohnung von Kardinal hatte Grundler, wie angekündigt, in den Briefkasten geworfen.

Wenn der Tag so weiterginge wie nach dem morgendlichen Auftakt, dann könnte er zufrieden zurück in die Eifel fahren, dachte sich Böhnke nach seinem zuversichtlich stimmenden Arztbesuch. Seine Werte waren fast unverändert geblieben, einige hatten sich sogar verbessert.

»Weiter so«, hatte ihn der Arzt aufgemuntert. »Ich freue mich schon auf Ihre Feier zum 60. Geburtstag. Ich kann ja wohl davon ausgehen, dass Sie mich dazu einladen, immerhin bin ich ja in gewisser Weise eine Hauptperson in Ihrem Leben«, schmunzelte er.

Beschwingt machte sich Böhnke auf seinen Weg durch die Innenstadt vom Markt zur Jülicher Straße. Er freute sich, vor dem historischen Rathaus wieder die Figur von Karl dem Großen auf dem Sockel zu sehen. Es hatte auf dem Platz etwas gefehlt in den letzten Monaten, als die Statue restauriert worden war. Aber jetzt schaute der Kaiser wieder auf sein Volk und trug wie selbstverständlich einen schwarz-gelben Alemannenschal um den Hals, den ihm jemand, wahrscheinlich abends im siegestrunkenen Zustand, umgehängt hatte.

Böhnke lief gerne durch Aachen. Er suchte sich den schönsten Weg, links am Rathaus vorbei, hinunter durch die Krämerstraße zum Dom und weiter zum Elisenbrunnen, um erst dann nach links in Richtung Jülicher Straße abzubiegen. Das Laufen in der wärmenden Herbstsonne fiel ihm leicht.

Nichts erinnerte an seine fatale, unheimliche Krankheit. Weiter so!

An der Normaluhr blieb er staunend stehen. Was herrschte hier bloß für ein Lärmen und Tosen an der großen Kreuzung mit mehreren Fahrspuren. Böhnke ließ sich Zeit, um die breite Straßenkreuzung zu überqueren. Nein, dieses Gewusel war nichts mehr für ihn. Er beglückwünschte sich noch einmal für seine Entscheidung, aus der Großstadt in das beschauliche Eifeldörfchen gezogen zu sein.

Wann war er das letzte Mal über die Jülicher Straße gelaufen? Das musste eine Ewigkeit her gewesen sein. Er erinnerte sich daran, dass ihn Lieselotte unbedingt in die alte Schirmfabrik Breuer schleppen musste, weil es dort in dem neuen Museum eine Ausstellung mit Werken russischer Künstler gab, die man gesehen haben musste, wie sie glaubte und was er im Nachhinein nicht verstand.

Das war es auch schon, dachte er, als er an der Kreuzung hinter dem markanten Ludwig Forum, dem Museum in dem ehemaligen Fabrikgebäude aus roten und gelben Backsteinen, die Straße querte, um auf dem Gehweg an der anderen Seite weiterzulaufen. Auf dieser Seite musste sich das Haus befinden, kurz hinter der Gaststätte Kapuzinerhäuschen. Ohne Mühe hatte er den Wohnblock gefunden. Das hell geklinkerte, fünfgeschossige Haus mit zwei Eingängen passte in die Reihe der Häuser aus der Nachkriegszeit, als schnell Wohnraum geschaffen werden musste für die vielen Arbeiter, die in der Nähe in der Schirmfabrik, dem Lebkuchen- und Printenwerk oder dem Marmeladenhersteller beschäftigt waren. Schnörkellos, funktional, aber auch modernisiert war der Mietblock, wie Böhnke an den doppelverglasten Fenstern und der stabilen Haustür mit den modernen Beschlägen erkannte.

Auf dem Namensschild neben dem Eingang las er den Namen Schmitz. Schmitz wie Kardinal, wenn er Sümmerlings Wissen zugrunde legte. Noch einmal ließ er den Blick über die belebte Straße schweifen. Niemand beachtete ihn, den älteren, unscheinbar gekleideten Mann, der auf die Passanten wohl wie ein im Dienst ergrauter Finanzbeamter wirken würde, wenn man sie fragte.

Interessiert trat Böhnke in den Hausflur, aus dem ihm grüßend ein Junge entgegenkam. Im zweiten Stock links, da würde er die Wohnung von Kardinal finden.

Er stand vor der Tür und nestelte am Schlüsselbund, als ihn in seinem Rücken eine weibliche Stimme ansprach.

»Is schon komisch, wa?«, meinte die Frau. »Sie sind schon der zweite heute, der wo in die Wohnung will.«

»Wieso?« Fragend drehte sich Böhnke um.

»Vor ein paar Minuten hat jemand die Wohnung verlassen«, antwortete die Frau, die in seinem Alter war, mit einer Kittelschürze bekleidet, in der sie die Hände vergraben hatte. »Ich habe gehört, wie er die Tür zugeschlagen hat und die Treppe runterlief, wa. Ich wohn' nämlich nebenan, wissen Sie.« Sie lehnte sich gegen den Rahmen der Eingangstür ihrer Wohnung, aus der Kohlgeruch in den Hausflur drang. »Ich höre und sehe alles, wa.«

»Dann haben Sie den Mann erkannt?«

»Nee, der war zu schnell. Ich konnte nur erkennen, dass es ein großer, schlanker Mann war. Von hinten, verstehen Sie? Das Gesicht vom dem, das habe ich nicht gesehen. Und dunkle Haare hat er gehabt.«

»Und der war in der Wohnung?«

»Na ja«, wand sich die Frau. Sie lächelte verlegen. »Beschwören kann ich es nicht. Aber ich glaube, der war in der Wohnung. So richtig gesehen habe ich ihn nicht, wa. Aber der war nicht von hier, ganz bestimmt nicht.« Sie löste sich vom Türrahmen. »Und er trug einen großen Karton vor sich her, das habe ich erkannt.«

Böhnke nickte und drehte sich wieder um. Er wusste nicht, was er von dieser vermeintlichen Beobachtung halten sollte. Erstaunt stellte er fest, dass die Tür zur Wohnung von Kardinal nicht verschlossen, sondern nur zugezogen war. Schnell trat er ein und drückte die Tür zu. Das fehlte noch, dass die Nachbarin hinter ihm her kam.

Die Räume waren sauber und hell und nur spärlich möbliert. Sie machten auf ihn nicht den Eindruck einer dauerhaften Unterkunft. Böhnke sah für sich die Aussage bestätigt, Kardinal habe diese Wohnung nur als Nebenwohnsitz besessen. Mit einem einzigen Blick erkannte er, dass er in dieser Wohnung nichts Erhellendes mehr finden würde. Die Spurensicherung hatte ihre Arbeit abgeschlossen und das mitgenommen, was Sylvia Großknecht nicht mitnehmen wollte. Und der Rest? Die offen stehenden Schränke und Schubladen, der leere Schreibtisch und das auseinandergenommene Bett bargen keine Geheimnisse mehr. Die Polizei hatte bei ihrer Untersuchung ganze Arbeit geleistet. Sie hatte die Wohnung verständlicherweise freigegeben, und er würde darin nichts mehr entdecken. Da war er sich sicher, dachte er, als er ans Wohnzimmerfenster trat, das den Blick auf die Jülicher Straße gewährte. Er stutzte für einen Moment. Unten fuhr gerade mit hoher Geschwindigkeit eine große, schwarze Limousine vorbei. Er erkannte gerade noch das K für Köln im Kennzeichen, bevor andere Fahrzeuge den Blick verdeckten. Stadtauswärts bewegte sich der Wagen.

Nachdenklich machte Böhnke sich auf den Rückweg zu Lieselottes Apotheke im Herzen der Kaiserstadt. Merkwürdig, dachte er sich. Im Flur des Hauses, in dem Kardinal eine selten genutzte, kostenlose Mietwohnung besaß, wird ein größerer, schlanker Mann gesehen. Auf der Straße erkennt er selbst dann eine dunkle, auffällige Limousine mit Kölner Kennzeichen. Das roch doch geradezu danach, dass sich jemand in Aachen herumgetrieben hatte, mit dem er noch vor wenigen Tagen in Huppenbroich in Kontakt war.

Er würde den Kölner Oberbürgermeister Müller bei nächster Gelegenheit fragen, nahm Böhnke sich vor.

Das von ihm beabsichtigte gemeinsame Mittagessen könne er sich abschminken, kommentierte Lieselotte seine Einladung. »Wir haben zu viele Kranke«, erläuterte sie, ohne zu sagen, ob sie damit Mitarbeiterinnen oder Kunden meinte. Aber er habe genügend Lesestoff, tröstete sie ihn. Sümmerling habe ebenfalls seine Ankündigung wahr gemacht und einen dicken Stapel Papiere abgeliefert.

»Das scheint ja ein merkwürdiges Früchtchen gewesen zu sein, dieser Kardinal«, gab sie von sich. Sie musste auflachen, als sie Böhnkes irritierten Blick bemerkte. »Ich habe mir natürlich einige Artikel durchgelesen. Ich muss doch wissen, über was du dich eventuell aufregst. Und noch etwas«, rief sie ihm hinterher, als er mit dem Aktenordner die Apotheke verließ. »Du sollst heute Nachmittag noch Tobias Grundler anrufen. Er will wissen, was du erreicht hast.«

Wenn's weiter nichts ist, grummelte Böhnke. Im italienischen Eiscafé am Markt mit dem wunderschönen Blick auf das mächtige, historische Rathaus mit der markanten steinernen Treppe fand er einen passenden Tisch, auf dem er demonstrativ die Unterlagen ausbreitete. Es sollte sich bloß niemand trauen, sich zu ihm zu setzen, um mit ihm zu reden.

Diese Geselligkeit zwischen Fremden hatte ihm noch nie behagt. Er wusste, wie solche Gespräche üblicherweise abliefen. »Schön, wa«, würde der Tischnachbar ungeniert sagen und auf eine Reaktion warten. Wenn sie nicht käme, würde er unverdrossen das Gespräch weiterführen und so lange monologisieren, bis der andere endlich mitmachte. Kommunikationsfreudig, würde ein Beobachter sagen, offen und entgegenkommend seien die Öcher.

All das brauchte Böhnke nicht. Er brauchte seine Ruhe.

Lieselottes Eindruck traf zweifelsohne zu. Kardinal war in der Tat ein merkwürdiges Früchtchen gewesen, wenn er die Zeitungsberichte und Dossiers zugrunde legte, die der Kölner Kollege des AZ-Reporters zusammengetragen hatte. Zwar war das Leben des toten Kommunalpolitikers nicht lückenlos dargelegt, aber es gab viele Hinweise auf seine Methoden und sein Handeln. Die Unterlagen begannen mit dem ersten Auftritt von Kardinal in der Öffentlichkeit. Er brachte als Herausgeber und Chefredakteur eine Stadtteilzeitung für Müngersdorf mit vage gehaltenen Artikeln heraus, die mit Müngersdorf nichts zu tun hatten. Rechtschreibfehler und eine schlechte Gestaltung mit vielen zerstückelten, auf mehrere Seiten verteilten Berichten machten die Lektüre des ›Gewitter‹ äußerst schwierig. Kardinal lästerte im Prinzip mit Stammtischparolen über die Kölner Kommunalpolitik. ›Die Stadt Köln ist nur deshalb so dreckig, weil die herrschenden Herren Politiker wahrscheinlich viel Dreck am Stecken haben‹, schrieb er höhnisch und zeigte dabei auf einen überquellenden Papierkorb. Wie der Zeitungsredakteur am Rande des beigefügten Fotos vermerkt hatte, handelte es sich bei der Aufnahme um eine Montage, die im Internet in einer Bilddatei kostenlos angeboten wurde. Niemand konnte sagen, ob die Fotografie überhaupt aus Köln stammte. Kardinal nahm es nicht so genau, Hauptsache, er konnte lästern, wie Böhnke an einem zweiten Beispiel erkannte. In seinen Berichten mischte Kardinal ohne Bedenken Kommentar, Behauptung und Berichterstattung. ›Kein Geld für die Bürger, aber der Stadtrat feiert‹, schimpfte er und zeigte als Beleg eine Fotografie, auf der sich mehrere Ratsmitglieder fröhlich zuprosteten. Er unterließ die Erklärung, die der Redakteur anmerkte, dass nicht der Stadtrat gefeiert hatte, sondern ein Ratsherr seinen 75. Geburtstag, zu dem er einige Fraktionskollegen und befreundete Politiker eingeladen hatte.

Die Methode von Kardinal, der sich nach den ersten beiden Ausgaben des ›Gewitter‹ als Journalist bezeichnete, ›der die Wahrheit in Köln auf den Punkt bringt‹, war leicht durchschaubar. Er setzte auf Neid, auf die unterschwellige Behauptung, es könne den Gebeutelten besser gehen, wenn die anderen etwas abgeben und nicht so viel verprassen würden.

Kardinal hatte mit seiner Methode Erfolg, wie Böhnke bei der nächsten Ausgabe des Blättchens feststellte. Deutlich mehr Anzeigen von Händlern und Gewerbetreibenden aus dem Viertel unterbrachen die immer noch fehlerhaften Aufsätze, die mit einer seriösen journalistischen Herangehensweise an ein Thema nichts zu tun hatten. Dann endlich schien sich Kardinal ein Rechtschreibprogramm angeschafft zu haben. Leserbriefe garnierten bald die Berichte über die angeblich verschwenderische Kommunalpolitik, die zu hohen Preise bei der KVB oder die Mauer des Schweigens in den Tageszeitungen, hinter denen sich die Skandale aus dem Rathaus versteckten. Meist wurden die angeblichen Verfehlungen von Kommunalpolitikern angeprangert, die weder mit Namen noch mit Parteizugehörigkeit genannt wurden. An Stil und Inhalt war erkennbar, dass sie wohl immer vom selben Autor stammten, obwohl unterschiedliche Namen angegeben waren.

›Kardinal selbst?‹, hatte der Redakteur notiert. ›Die Namen gibt es nicht.‹

Aber es gab immer mehr Freunde des ›Gewitter‹. Die Leser labten sich an den vermeintlichen Politskandalen, die Kardinal aufdeckte. Da behauptete er beispielsweise unverfroren, ein Ratsherr hätte den städtischen Bauhof eingesetzt, um kostenlos seinen Garten in einem Villenviertel neu zu gestalten. Immer im Konjunktiv geschrieben und immer mit ›gut informierten Quellen‹ als Informanten versehen, blieb Kardinal von Klagen verschont.

Betroffene fanden bei ihm kein Gehör, mehr noch, sie mussten in der nächsten Ausgabe, Wochen später, wieder Leserbriefe zur Kenntnis nehmen, in denen auf sie eingeprügelt wurde. Sie konnten sich allenfalls an die anderen Medien wenden, die ihrerseits keine Notwendigkeit verspürten, Lügengeschichten in einer primitiven Stadtteilzeitung richtigzustellen. Dadurch würden sie dem ›Gewitter‹ noch mehr Aufmerksamkeit verschaffen, erklärten sie zur Begründung.

Der Typ war gerissen, erkannte Böhnke schnell. Kardinal stellte Behauptungen auf, kommentierte sie aus seiner Sicht und zeigte Schadenfreude, weil sich niemand wehren konnte. Da der ›Gewitter‹ unregelmäßig erschien, waren Gegendarstellungen nahezu zwecklos.

Ein CDU-Ratsherr hatte offensiv gehandelt. Er forderte, nachdem ihn Kardinal als ›abgetakelten Handlanger des Bürgertums‹ bezeichnet hatte, die Anzeigenkunden auf, nicht länger dieses ›Machblatt‹ zu unterstützen. Dieser Schuss ging nach hinten los. Kardinal erfuhr von dieser Aufforderung, klagte gegen den Ratsherrn auf Unterlassung und bekam Recht. Dennoch hatte der attackierte Politiker Erfolg. Nach seinem Aufruf ging das Anzeigenaufkommen in der nächsten Ausgabe erheblich zurück.

Aber auch Kardinal erreichte sein Ziel: Er gründete die KGB, die im Stadtrat für die Rechte der Bürger kämpfen würde. Bei der nächsten Kommunalwahl erhielt er Sitz und Stimme, nicht zuletzt, weil der nordrhein-westfälische Innenminister die Fünfprozentklausel nach einem Urteil des Verfassungsgerichts abschaffen musste.

Neben den Ausgaben vom ›Gewitter‹ enthielt der Ordner Zeitungsartikel, in denen der Ratsherr Kardinal erwähnt wurde. Viel Beachtung schenkten ihm die Journalisten dabei nicht. Er wurde eher am Rande als politischer Mitläufer betrachtet.

›Er lebte jetzt nur noch von seinen Diäten‹, hatte der Redakteur vermerkt. Der ›Gewitter‹ erschien nur noch sehr unregelmäßig und nur dann, wenn Kardinal wieder genügend Geldgeber für eine Ausgabe gefunden hatte. Im letzten Jahr zwei Mal, in diesem Jahr ein Mal. Von dem Blättchen konnte er nicht leben.

Kardinal hatte seine Diäten als Fraktionsvorsitzender, besaß eine kostenlose Wohnung in Aachen und ging offenbar keiner geregelten beruflichen Tätigkeit nach. Reichte das tatsächlich fürs Leben?

Eine Antwort darauf fand Böhnke in den Papieren ebenso wenig wie auf die Frage nach dem privaten Umfeld. Auch über die Kurzehe mit Sylvia Großknecht gab es keine Hinweise. Er erhoffte sich die privaten Informationen von Müller, wenn der Oberbürgermeister ihm tatsächlich noch die Unterlagen schicken würde.

Das Telefonat mit Grundler war aus einem einzigen Grunde äußerst kurz. Lieselotte drängte mit Ladenschluss auf die Fahrt nach Huppenbroich. »Fasse dich kurz!«, meinte sie und Böhnke hielt sich daran.

Schnell berichtete er vom Geschehen des Tages, wobei er die Vermutung über Müllers Auftauchen für sich behielt. Es reichte, wenn Grundler wusste, dass ein Fremder im Treppenhaus gesehen worden war, der anscheinend einen großen Karton davontrug. Es schien Böhnke besser, wenn er sein Wissen über Müller zunächst für sich behielt.

»Weißt du vielleicht etwas von einem Karton in der Wohnung, für den sich die Polizei bei der Sicherung der Spuren nicht interessiert hat?«, fragte er.

»Keine Ahnung«, antwortete Grundler. »Aber ich kann mich ja mal erkundigen.«

15.

Mit wenig Begeisterung beobachtete Lieselotte, wie Böhnke die Unterlagen von Sümmerling in Huppenbroich aus dem Wagen holte. »Dass du mir die Dinger heute nicht mehr anpackst, mein Lieber«, mahnte sie.

Ihr Unbehagen wurde noch größer, als sie aus dem Briefkasten einen dicken Umschlag zog, auf dem als Absender die Stadt Köln erkennbar war. »Dein neuer Freund hat dir auch noch was geschickt«, meinte sie. »Ich möchte dich aber bitten, mich heute Abend nicht wegen dieser Lektüre zu vernachlässigen. Sonst wird das hier für mich langweiliger als in Aachen. Dann hätte ich gleich dableiben können. Darum kannst du dich gefälligst morgen kümmern.«

Wie käme er dazu, der Bitte seiner Liebsten nicht zu folgen. Selbstverständlich werde er sich nur mit ihr beschäftigen, versicherte er Lieselotte, wenngleich es ihm in den Fingern juckte, die Post aus Köln zu öffnen. Aber er widerstand der Versuchung, als sie sich im Schlafzimmer umzog, um ihr Kleid gegen Jeans und Bluse zu tauschen. Müller musste warten, jetzt widmete er sich ganz seiner attraktiven, jung gebliebenen Apothekerin.

Kein Grund zur Eile, redete er sich am nächsten Tag ein. Erst das Frühstück, dann die Hausarbeit, danach ein kleiner Spaziergang. So sah der Plan für den Vormittag aus, bevor er zu dem Brief von Müller greifen würde. Der Abend mit Lieselotte hatte ihm einmal mehr gezeigt, dass die Prioritäten in seinem Pensionärsdasein anders waren als im Berufsleben. Das Private und das Erholsame waren wichtiger als Ermittlungen um jeden Preis. Und so ließ er es langsam angehen. Die Post von Müller lief ihm nicht davon.

Er hielt sich an seinen Plan, nachdem er sich beim Gang durch das Dorf Gedanken über Kardinal nach der Lektüre von Sümmerlings Unterlagen gemacht hatte. Er blieb bei seiner ersten Einschätzung. Danach war Kardinal ein gewiefter, trickreicher Mensch, der auf bequeme Art und Weise unter Ausnutzung aller Regeln in seinem Sinne auf Kosten anderer und der Allgemeinheit lebte.

Aber reichten diese Umstände aus, um ihn umzubringen?

Böhnke verneinte diese Frage für sich. Er wusste zu wenig über diesen Mann. Was machte er privat? Beruflich? Wie und wo lebte er?

Antworten erhoffte er sich aus der Post von Müller. Tief musste er durchatmen, nachdem er, am Küchentisch sitzend, den Umschlag geöffnet hatte. Auf rund 50 Papierblätter schätzte er den Inhalt, dicht beschrieben und ohne Zwischentitel.

›Ich habe Ihnen eine Kopie gemacht von meinem Dossier über Kardinal‹, hatte Müller in einem handschriftlichen Vermerk erklärt. ›Die Unterlagen aus dem Rathaus über Kardinal sind umfangreich und wahrscheinlich für Sie gar nicht alle auf einen Rutsch zu lesen. Ich schlage Ihnen vor, Sie rufen mich an, wenn Sie meinen, es ist sinnvoll.‹

Nach dem Gruß hatte Müller noch ein post scriptum angefügt: ›Zu Beginn finden Sie eine Art Lebenslauf. Das dürfte zunächst reichen. Anschließend folgen nämlich nur noch Reden, Anträge und Wortbeiträge, die von Kardinal stammen und für Nichteingeweihte wenig interessant sein dürften.‹

Dass Kardinal Mitte 40 war, wusste Böhnke bereits aus den Zeitungen. Jetzt erfuhr er dessen genaues Geburtsdatum: 25. Mai 1962. Kardinal war in einem Krankenhaus in Köln geboren worden, hatte eine Realschule auf der rechtsrheinischen Seite besucht und den Abschluss der Klasse 10 als 18-Jähriger gemacht. Danach gab Kardinal eine Bundeswehrzeit an und sehr diffuse Tätigkeiten als Arbeiter und Angestellter. Böhnke schloss daraus, dass Kardinal über keine abgeschlossene Berufsausbildung verfügte. Für einige Jahre verlor sich seine Spur. Als Nächstes gab Kardinal an, seit rund zehn Jahren als Journalist tätig zu sein, ohne die Medien konkret zu benennen, für die er gearbeitet haben wollte. Nach den Unterlagen aus dem Rathaus übte er diese Tätigkeit immer noch aus. Mit einigem Erstaunen blickte Böhnke auf ein leeres Formblatt, auf dem Ratsmitglieder ihre ehrenamtlichen, nebenberuflichen oder außerordentlichen Beschäftigungen in Vereinen, Gremien oder Aufsichtsräten mitteilen sollten. Nach dieser Leere zu urteilen, tat Kardinal nichts, was insofern nicht stimmen konnte, da er Gründungsmitglied und Vereinsvorsitzender der KGB gewesen war. Böhnke erinnerte sich an eine Hetzkampagne im ›Gewitter‹, bei der Kardinal die ehrenamtliche Vorstandsstätigkeit eines Ratsherrn anprangerte, für die dieser eine offizielle, angemeldete Aufwandsentschädigung erhielt, und sich dabei auf das Formblatt des Stadtrates bezog.

Interessiert suchte Böhnke nach weiteren Einzelheiten aus dem Privatleben von Kardinal. Eltern nannte er keine. Er war seit 13 Jahren verheiratet und Vater eines 14-jährigen Sohnes namens Phillip. Erst das Kind, dann die Ehe, vermutete Böhnke. Über die Kurzehe oder annullierte Ehe mit Sylvia Großknecht gab es in dem Personalbogen keine Hinweise. Offenbar hielt sich Kardinal insofern an seine Vereinbarung.

Was Böhnke allerdings auffiel, waren die häufigen Wohnungswechsel des Mannes innerhalb von Köln während seiner nunmehr zwölfjährigen Ratsmitgliedschaft. Kardinal war in diesen Jahren vier Mal umgezogen. Als letzte Adresse war eine Straße in Köln-Junkersdorf genannt. Das war der Stand von vor zwei Jahren.

Als wenig erhellend bezeichnete Böhnke die Informationen für sich. Unter ihnen fand sich keine, die auf den ersten Blick Mutmaßungen zuließ, mit dem Mord auf dem Tivoli zusammenzuhängen. Die von Müller als erhellend angepriesenen Fakten erwiesen sich im Prinzip als belanglos. Und die Fragen, die diese Papiere aufwarfen, suchten in dem Wust der vielen Blätter vergeblich nach Antworten.

Böhnke seufzte. So kam er nicht weiter, wobei er sich die Frage stellte, ob er überhaupt weitermachen sollte. Nach dem, was er wusste, war Kardinal nicht aus politischen Motiven ums Leben gekommen. Damit hatte er ein Ergebnis herausgefunden, das seinen Auftraggeber Müller zufriedenstellen würde. Aber andererseits … Böhnke grübelte.

Er eröffnete das Gespräch mit einem Frontalangriff. »Die Unterlagen, die Sie mir freundlicherweise zur Verfügung gestellt haben, sind trotz ihres beachtlichen Umfangs lückenhaft«, warf er Müller am Telefon vor.

»Wieso?«, fragte der Oberbürgermeister scheinbar unbeeindruckt.

»Zum einen fehlen in der Chronologie einige Jahre, zum anderen weiß ich aus anderen Quellen, dass Kardinal mehrfach in Strafverfahren verwickelt war. Über diese Aspekte vermisse ich Informationen.« Böhnke ärgerte sich über Müller, der es bei seiner Frage belassen hatte und nicht, wie in den meisten Fällen üblich, von sich aus zu einer Erklärung ansetzte. Aber das war vermutlich Politikermanier, sich nicht aus der Reserve locken zu lassen. »Sie haben mich nur selektiv informiert«, behauptete Böhnke. »Ich glaube, Sie halten einige Informationen zurück, Herr Müller.«

»Das stimmt nicht«, widersprach der Oberbürgermeister heftig. Es könne allenfalls sein, dass die Akte nicht vollständig sei, weil er selbst nicht vollständig informiert worden wäre. »Ein Beispiel: Kardinal ist das einzige Ratsmitglied, das nichts über Nebentätigkeiten mitteilt. Er ist zwar nach dem Gesetz dazu verpflichtet, hat sich aber bisher geweigert mit Hinweis auf einen ehemaligen deutschen Innenminister, der ebenfalls seine Nebeneinkünfte nicht offenlegen wollte. Und wir haben in der Verwaltung weitaus Wichtigeres zu tun, als uns um etwaige Nebenverdienste eines Ratsmitgliedes zu kümmern. Wenn da kein Druck von anderen Politikern kommt, bleibe ich in dieser Sache untätig.«

»Warum haben denn die anderen Ratsvertreter nichts unternommen?«, fragte Böhnke verwundert.

»Keine Ahnung. Vielleicht hatten die Angst, Kardinal hätte ihre Nebentätigkeiten in seinem Randaleblättchen veröffentlicht, wenn sie ihn zur Offenlegung seiner anderen Tätigkeiten gezwungen hätten. Nach dem Motto: Ich tu dir nichts, wenn du mir nichts tust. Im Prinzip sind das doch alles Angsthasen. Und dieses Wissen nutzte Kardinal aus, um sich aufzuspielen und die anderen tanzen zu lassen.« Müller lachte kurz ins Telefon. »Aber diese Verhaltensstruktur finden Sie wohl in jedem Stadtrat und anderen politischen Gremien. Es wird mehr geschwiegen als gesagt, weil man befürchtet, es könne etwas über einen selbst herauskommen. Der Freche und Dreiste bestimmt über die Zauderer und Schwachen.«

Böhnke verspürte keine Lust, einen Vortrag über die Gepflogenheiten von Politikern im Umgang miteinander über sich ergehen zu lassen. Brüsk unterbrach er daher den Oberbürgermeister. »Haben Sie nun noch etwas über den Lebenslauf von Kardinal und seine Strafverfahren oder nicht? Und falls nicht, kümmern Sie sich bitte darum?«

Müller ließ sich lange Zeit mit einer Antwort. »Ich kümmere mich drum«, sagte er schließlich, wobei Böhnke unschlüssig war, ob Müller es tatsächlich ernst meinte oder ihn nur hinhalten wollte. »Eines kann ich Ihnen jedenfalls sagen, weil ich es gerade erfahren habe. Wir haben immer noch keinen Kontakt zu seiner Frau und zu seinem Sohn herstellen können. Die sind für uns unauffindbar. In Junkersdorf sind sie jedenfalls nicht.«

»Okay«, brummte Böhnke unzufrieden in den Hörer. Unvermittelt wechselte er das Thema. »Kann es sein, dass ich Sie heute Morgen in Aachen auf der Jülicher Straße gesehen habe?«

Wieder so ein Frontalangriff, doch diesmal reagierte Müller anders: »Ich habe Sie nicht gesehen, Herr Böhnke. Warum haben Sie mich denn nicht angesprochen?«

Böhnke überhörte die Frage, die eine klare Antwort verschwieg und augenscheinlich nur den Sinn hatte, aus ihm weitere Informationen über den Vorfall herauszuholen. »Sie waren also in Aachen«, folgerte er dreist, wenn auch nicht unbedingt schlüssig.

»Ja«, Müller schien das taktische Geplänkel zu nerven. »Ich war in Aachen. Und ich war auf der Jülicher Straße. Aber nur inoffiziell. Ich habe mich nämlich im Café des Ludwig-Museums zu einem vertraulichen Gespräch mit einem Kunstsammler aus den Niederlanden getroffen. Er wollte sich mit mir über eine Verlagerung seiner wertvollen Gemäldesammlung von Düsseldorf nach Köln unterhalten. Wir haben uns quasi auf neutralem Gebiet getroffen.« Müller lachte. »Es ist müßig, Ihnen den Namen meines Gesprächspartners zu nennen. Wir haben Vertraulichkeit vereinbart. Er wird Ihnen garantiert sagen, dass er mich gar nicht kennt und wir deshalb nie miteinander geredet haben.«

Böhnke zauderte. Sollte er diese Behauptung hinnehmen oder log Müller, dass sich die Balken bogen?

»Es ist mir egal, was Sie glauben«, fuhr Müller fort, als könne er Böhnkes Gedanken lesen. »Von mir werden Sie jedenfalls nichts anderes hören, Herr Böhnke«, Müllers Stimme wurde laut und streng. »Das muss für heute reichen. Ich habe in wenigen Minuten einen wichtigen Termin mit den Regierungspräsidenten.«

›Klopp' die Sache in die Tonne!‹, schlug er sich selbst vor. Sollten ihm Kardinal und die anderen alle doch gestohlen bleiben. Diesen Entschluss hatte er bei seinem Nachmittagsspaziergang getroffen, bei dem er zum ersten Mal den langsam heranrückenden Winter bemerkte. Es war in den letzten Tagen spürbar kälter geworden, nur hatte er seine Kleidung noch nicht angepasst. Es wurde Zeit, die dicke Jacke aus dem Schrank zu holen.

Eines interessierte ihn doch: die eventuellen Beteiligungen von Kardinal an Strafverfahren. Vielleicht hingen die Lücken in seinem Lebenslauf ja mit irgendwelchen Haftstrafen zusammen.

Böhnke wusste, wer ihm auf diskrete, aber ausführliche Weise helfen konnte. Der Anruf bei seinem langjährigen Freund Küpper im Landeskriminalamt war nur kurz. »Ich brauche alles, was du über Kardinal im Computer hast«, bat er, wissend, dass ihm Küpper die Bitte erfüllen würde, auch wenn er sich nicht legal verhielt.

Am Abend fand er endlich Zeit, sich einmal mit anderen Dingen zu beschäftigen. Er hatte den Kachelofen befeuert und freute sich über die wohlige Wärme, während der heftige Regen gegen die große Fensterfront prasselte. Er griff nach dem Prospekt mit den exotischen Früchten. Hängen blieb er bei der Anone und deren Beschreibung: ›Sie ist reich an Phosphor, Kalium, Kalzium, den Vitaminen B1, B2 und C1. Phosphor und Kalium haben eine adstringierende sowie gallentreibende und verdauungsfördernde Wirkung und schützen ebenfalls gegen Würmer. Sie wird den Personen mit zu hohem Blutdruck, den Fettleibigen, Herzkranken und Diabetikern empfohlen.‹

Wenn's weiter nichts ist, schmunzelte der Pensionär. Er

suchte vergeblich nach dem französisch-deutschen Wörterbuch und ließ die ursprüngliche französischsprachige Beschreibung ›ou des propriétés adstringentes et vermifuges‹ unübersetzt. Er hatte wahrlich andere Probleme, als mit Anone Würmer zu bekämpfen.

16.

Mit dieser Schnelligkeit hatte Böhnke nicht gerechnet. Er war unterwegs auf seinem morgendlichen Gang durch Huppenbroich, als hupend der Postwagen neben ihm zu stehen kam. Er habe ein Einschreiben für ihn, meinte der Briefträger. Das würde er ihm gerne jetzt geben, wer weiß, ob er ihn später bei seiner Tour in der Wohnung antreffen würde.

Böhnke quittierte den Empfang des großen, braunen Umschlags, der eindeutig von Küpper stammte. Der Freund hatte nicht nur unverzüglich die Unterlagen über Kardinal zusammengesucht, sondern sie auch postwendend versandt. Wenn die Bürokratie doch immer so klappen würde, schmunzelte Böhnke. Er sah keinen Grund, seinen Spaziergang wegen des Briefes abzubrechen. Er schlenderte bis zum Sportplatz, setzte sich dort auf eine Bank und ließ sich blinzelnd von der Sonne bescheinen. Wer wusste schon, wann es in diesem Jahr vorbei war mit der angenehmen Wärme und der Herbst zum kalten, nassen Winter wechselte?

Küpper hatte sich mit der Informationsbeschaffung und der Weitergabe weit aus dem Fenster gelehnt und dennoch Vorsicht walten lassen. Mit dieser großen Mitteilungsbereitschaft hatte Böhnke nicht unbedingt rechnen können oder gar müssen. Dass die Unterlagen nicht gänzlich aus offiziellen Quellen stammen konnten, schloss er nicht nur aus dem Fehlen eines Begleitschreibens seines langjährigen Weggefährten. Der Polizeirat hatte die Auskünfte über Kardinal auf neutralem Kopierpapier ausgedruckt, das keinerlei Rückschlüsse auf die Quelle zuließ. Vermutlich hatte Küpper die Dateien mit den Informationen kopiert und danach ausgedruckt. Ob er sich des offiziellen Vorstrafenregisters bedient hatte oder anderer interner Quellen, war auf den Kopien nicht erkennbar. Böhnke ging aber wie selbstverständlich davon aus, dass die Informationen stimmten, die er von Küpper erhalten hatte.

Einige Daten aus dem Leben des Kommunalpolitikers kannte Böhnke bereits. Nach der Lektüre war er zwar schlauer als zuvor, aber zugleich verunsichert, mehr noch, er sah ein Leben in Gefahr.

Das offizielle Vorstrafenregister brachte das Bekannte: Verurteilungen wegen Körperverletzungsdelikten, Verleumdung und Beleidigung, Verstoß gegen das Pflichtversicherungsgesetz, Insolvenzverschleppung; aber Küpper hatte es nicht dabei belassen. Er hatte in seinen Kopien auch die aus dem Register gestrichenen Strafen genannt. So war Kardinal schon als Jugendlicher straffällig geworden. Ladendiebstahl, Bedrohung von Mitschülern bis hin zur räuberischen Erpressung seiner Klassenkameraden ließen schon bei dem minderjährigen Gerd-Wolfgang Kardinal auf eine erhebliche kriminelle Energie schließen. Alle staatlichen Erziehungsbemühungen waren anscheinend ebenso erfolglos geblieben wie die familiären. Auch brachten die ersten Bewährungsstrafen und Haftstrafen wegen Raubes und schwerer oder gefährlicher Körperverletzung keine Besserung im Sozialverhalten von Kardinal. Erst in den letzten knapp 15 Jahren gab es eine augenscheinliche Rücknahme der Ermittlungs- und eröffneten Strafverfahren gegen den Mann. Gründe dafür konnte Böhnke nur vermuten. Teilweise hatte Kardinal seine Ziele erreicht, wenn auch mit ungewöhnlichen bis unlauteren Methoden wie im Fall Sylvia Großknecht. Vielleicht hatte auch die Heirat mit seiner jetzigen Frau zu seinem Lebenswandel im Rahmen der Legalität geführt. Dabei fiel er immer wieder einmal aus diesem Rahmen heraus.

Im dritten Teil von Küppers Unterlagen fand Böhnke einen immensen Stapel von Ordnungswidrigkeiten. Offensichtlich hatte Kardinal wenig Wert auf Parkscheiben oder Parkuhren gelegt, und auch Geschwindigkeitsbegrenzungen schienen nicht für ihn zu gelten. Er bezahlte die Knöllchen einfach nicht, auch als ihre Zahl auf die hundert zuging und ihm mit Führerscheinentzug gedroht wurde. Kurzerhand meldete er seinen Wagen ab und auf den Namen seiner Frau wieder an. Für sich machte er außerdem geltend, gerade einmal den Lebensunterhalt bestreiten zu können, bei ihm sei nichts zu pfänden oder zu holen. Aber auch diese Versicherung hinderte ihn nicht daran, sein eigenes Spiel mit den Strafmandaten ungeniert fortzusetzen. Die Knöllchen wurden seiner Frau zugestellt und setzten den langatmigen Behördenapparat in Gang, als sie wahrheitsgemäß erklärte, sie fahre nicht mit dem Auto.

Böhnke wunderte sich ein wenig, dass Küpper dieses Wissen hatte. Noch mehr wunderte er sich, als er zur vierten Abteilung des Papierstapels griff. Darin befanden sich Unterlagen über staatsanwaltschaftliche Ermittlungsverfahren und Strafprozesse, die entweder mit einem Freispruch oder gar mit einer Einstellung der Verfahren endeten. Bei der jüngsten Akte, die in der rückwärts sortierten Chronologie als erste abgedruckt war, hatte die Staatsanwaltschaft erst vor wenigen Monaten auf Anzeige einer Kommunalpolitikerin wegen Beleidigung ermittelt und bereits die Anklage formuliert. Dann hatte die Fraktionskollegin von Pohlke ihre Anzeige gegen Kardinal zurückgenommen, obwohl ein Zeuge ihre Angaben bestätigt hatte. Die Frau war von Kardinal in Gegenwart anderer als ›Fleischwurst im Dior-Kleid‹ bezeichnet worden. Sie hatte ihre Anzeige zurückgenommen mit der Erklärung, man dürfe im politischen Raum nicht jedes Wort auf die Goldwaage legen. Kardinal habe sich bei ihr entschuldigt, sie habe die Entschuldigung angenommen.

Ein Verfahren wurde noch bearbeitet. Es würde wohl so auf den Aktenbergen hin und her geschoben, bis die Beteiligten es entweder vergessen hatten oder gestorben waren. Die Anzeige stammte noch aus der Zeit des vorherigen Oberbürgermeisters. Er hatte Kardinal wegen Nötigung und versuchter Nötigung angezeigt. Kardinal sollte nach der Anzeige Unternehmer oder Geschäftsleute zu Spenden an bestimmte gemeinnützige Einrichtungen aufgefordert haben, ansonsten würde er in seiner Eigenschaft als Mitglied des Vergabeausschusses nicht garantieren können, dass sie weiterhin Aufträge von der Stadt Köln erhalten würden.

Böhnkes Augen flogen über die beidseitig dicht bedruckten Papierblätter. Verfahren wegen Versicherungsbetrugs, wegen nicht bezahlter Versandkäufe und Mieten oder wegen Erpressung waren vermehrt eingestellt worden, weil die Anzeigen entweder nicht konkret genug waren oder weil die Ermittlungen versandeten.

Immer tiefer stieg Böhnke in die Vergangenheit von Kardinal ein, wie sie sich aus Sicht der Ermittlungsbehörden und der Ordnungsämter darstellte. Er wunderte sich nicht über das angehäufte Wissen. Ob es legal zusammengetragen worden war, ob es im Streitfall verwendbar sein würde, das scherte ihn nicht.

Aber ob ihm jemals die Informationen hilfreich sein würden?

Er kam zu einem Verfahren, das die Staatsanwaltschaft Köln gegen Kardinal wegen schwerer Körperverletzung mit Todesfolge eingeleitet hatte. Nach einem Fußballspiel im früheren Müngersdorfer Stadion war ein junger Mann aus Aachen an den Folgen einer Schlägerei gestorben. Nach Zeugenaussagen war das Verfahren eingestellt worden. Der Verstorbene hatte, so die Erkenntnis der Staatsanwaltschaft, die Schlägerei provoziert. Kardinal habe sich nur gewehrt, seine Verteidigungsschläge seien nicht mit tödlicher Absicht erfolgt.

Er kam zum letzten Fall und er erinnerte sich sofort an das spektakuläre Geschehen. Bei einem nächtlichen Autorennen von Köln nach Aachen und zurück über die A 4 hatte ein Fahrer auf dem Kreisverkehr am Europaplatz die Kontrolle über sein Fahrzeug verloren. Es war ungebremst aus dem Kreisel in eine abgehende Straße und dort in eine Menschenmenge gerast, die an einer Ampel vor einem Fußgängerüberweg gewartet hatte. Bei diesem Unfall war ein Jugendlicher, wiederum aus Aachen, ums Leben gekommen. Gegen Kardinal war ermittelt worden, weil er in Verdacht geraten war, dieses Autorennen organisiert und als Wettgeschäft betrieben zu haben. Doch ließ die Staatsanwaltschaft das Verfahren einstellen. Der 18-jährige Unfallfahrer wurde wegen fahrlässiger Tötung im Straßenverkehr zu einer Bewährungsstrafe und einem mehrmonatigen Fahrverbot verurteilt.

Wieder wuchs in Böhnke ein ungutes Gefühl.

Es ärgerte ihn, dass in allen Akten die Namen mit Ausnahme desjenigen von Kardinal geschwärzt waren. Da hatte Küpper offenbar Angst vor der eigenen Courage bekommen. Einen weiteren Verstoß gegen den Datenschutz und die Persönlichkeitsrechte Dritter wollte er wohl nicht begehen. Und dennoch!

»Warum hast du die Namen unkenntlich gemacht?«, fragte er sofort, nachdem sich Küpper am Telefon gemeldet hatte.

»Weil es mir völlig reicht, mit einem Bein im Gefängnis zu stehen«, antwortete der Polizeirat nüchtern. »Das fehlt mir noch zum Abschluss meiner Karriere, da ich mich auf der beruflichen Zielgerade befinde. Eine Bestrafung wegen Verstoßes gegen den Datenschutz und das Dienstgeheimnis muss nicht sein. Ich wollte einfach alle Eventualitäten ausschließen, die auf mich hinweisen könnten, wenn die Unterlagen bei dir gefunden werden sollten.«

»Aber du kennst die Namen, die du überpinselt hast?«

»Sagen wir mal so«, begann Küpper langsam, »ich glaube, ich könnte mich ungefähr an einige Namen erinnern, wenn du mich gezielt zu bestimmten Fällen fragst.«

»Ich habe nur zwei Fälle«, sagte Böhnke schnell, »der eine ist der mit dem Autorennen.«

»Okay. Ich habe es mir fast gedacht«, ließ sich Küpper vernehmen. »Das Opfer bei dem vermeintlichen Autorennen war ein 17-jähriger Junge aus Aachen. Er hieß Stephan, Stephan mit ›ph‹, Lipperich.«

»Wie bitte?« Böhnke schüttelte sich, als sei er mit einem Eimer Jauche überschüttet worden. War die Namensgleichheit purer Zufall? »Ist das ein Sohn von Walter Lipperich und ein Bruder von Josef?«

»Woher soll ich das wissen? Da müsste ich die uralten Ermittlungsakten aus dem Archiv kramen. Diese Einzelheiten stehen nicht im Überblick.«

»Na gut«, knurrte Böhnke unzufrieden. »Und wer ist der Zeuge, der Kardinal entlastet hat?«

»Sein Name ist Winfried Adamczik.«

Böhnke glaubte, die Bekanntschaft mit dem nächsten Jaucheeimer zu machen. War das ein weiterer Zufall? Ein Todesopfer namens Lipperich, ein Zeuge namens Adamczik und ein Drahtzieher namens Kardinal? Er behielt seine Überlegungen für sich.

»Was hast du für mich in der Totschlaggeschichte bei dem Fußballspiel?«, fragte er.

»Eine Merkwürdigkeit«, antwortete Küpper spontan, als habe er auf diese Frage gewartet. »Der Tote ist Dieter Lipperich, der Bruder von Stephan.«

Böhnke schluckte, er schmeckte die fiktive Jauche. »Das ist mehr als merkwürdig, wenn du mich fragst. Ein Lipperich-Sohn stirbt bei einer Sache, bei der Kardinal seine Finger im Spiel hat, und dann kommt ein zweiter Lipperich-Sohn ums Leben. Und wieder steht Kardinal im Blickpunkt. Hat die Staatsanwaltschaft da etwa keine Verbindung gesehen?«

»Weiß ich nicht. Wahrscheinlich nicht, oder wenn doch,

konnte diese Verbindung nicht nachgewiesen werden. Müsste eventuell in den verstaubten Akten stehen, ist ja fast eine Ewigkeit her.«

»Aber du kannst mir die verstaubten Akten besorgen?« Böhnkes Frage war eher eine Bitte, nein, eine Forderung. Er wollte Klarheit. Immerhin gab es vier Tote: die Lipperich-Brüder sowie Kardinal und Adamczik. Und es gab einen möglichen Mörder, Josef Lipperich. Er zermarterte sich das Gehirn wegen der beiden in Köln Getöteten aus Aachen. Er war damals wohl nicht eingeschaltet worden, jedenfalls konnte er sich nicht erinnern, die Lipperich betreffenden Fälle auf dem Schreibtisch gehabt zu haben. Da hatten wohl die zuständigen Ermittler aus Köln gemeint, sie brauchten keine kollegiale Unterstützung aus der Aachener Provinz bei der Aufklärung der Fälle.

Böhnke konzentrierte sich wieder auf das Telefonat mit Küpper. »Einen Namen schuldest du mir noch.«

»Du meinst den des Entlastungszeugen bei der Schlägerei nach dem Fußballspiel?«

»Ja.«

»Der Zeuge heißt Heinz-Willi Büchse.«

›Hab ich mir fast gedacht‹, hätte Böhnke am liebsten gesagt. Aber er biss sich nur erschrocken auf die Lippe und spürte wieder den Jauchegeschmack im Mund.

»Du schaffst irgendwie die alten Akten her!«, forderte er Küpper auf. »Ich brauche sie unbedingt!«

»Und was machst du?« Die Gegenfrage gab ihm die Gewissheit, dass Küpper sich darum kümmern würde. Der Freund ging schon einen Schritt weiter.

»Ich werde alle Hebel in Bewegung setzen, um ein Menschenleben zu retten. Weißt du vielleicht, wo ich den besagten Heinz-Willi Büchse finden kann?«

»Nein. Warum?«
»Weil wir schneller sein müssen als Josef Lipperich.«

17.

Der Alte hatte wirklich nicht mehr alle Tassen im Schrank. Aber er würde sich hüten, das laut auszusprechen, was er dachte. Niemals würde er, gewissermaßen schon aus Selbstschutz, anderen sein Urteil über den Alten mitteilen. Es war ratsam, im Fahrwasser des Alten mitzugleiten. Widerspruch wäre unverzüglich und langanhaltend Grund für einen Liebesentzug gewesen – und ohne den Alten war er nur ein Nichts, ein unbedeutender, vorbestrafter Kerl ohne Bindung und ohne regelmäßige Berufstätigkeit, der erst seit kurzer Zeit wieder in Freiheit war. Aber was der Alte jetzt von ihm verlangte, brachte ihn fast dazu, ihm die Gefolgschaft aufzukündigen. Aber nur fast! Immerhin hielt ihn der Alte am Leben, anders gesagt, ohne den Alten könnte er nicht leben. Der Alte hielt ihn wie einen Hund an der langen Leine, konnte ihn jederzeit anbinden oder laufen lassen, einsperren oder ihm Freilauf geben. Außerdem: Spielte es überhaupt noch eine Rolle, ob er einen weiteren Menschen tötete oder nicht? Er würde dem Befehl des Alten folgen, auch wenn er eine gewisse Sympathie für sein Opfer verspürte. Dessen Ermordung war quasi sein Sprungbrett, sein Einstieg in eine neue Zeit, eine Beförderung. Wenn er dem Alten den Respekt erwies und den Mord beging, würde auch der Respekt vor ihm bei dem Alten wachsen. Da würde er sich nicht von Sympathie oder anderen Gefühlen leiten oder ablenken lassen.

Der Plan war so simpel wie effektiv. Irgendjemand würde vielleicht irgendwann irgendwo rheinabwärts die Leiche finden. Vielleicht könnte eine Obduktion Klarheit bringen, um wen es sich dabei handelte, vielleicht blieb es bei einer nicht identifizierbaren Wasserleiche. Er konnte nicht klar nachvollziehen, weshalb der Alte den Typ aus dem Verkehr ziehen wollte. Sicherlich, der Vogel redete oft und viel, plauderte irgendwelchen Scheiß und brüstete sich mit tatsächlichen oder erfundenen Heldentaten, die im Prinzip Verbrechen waren.

»Betrachte es als Vorsichtsmaßnahme«, hatte ihm der Alte gesagt. »Schalte ihn aus, bevor der sich verplappert und uns alle reinzieht.«

Wohlweislich hatte er seine Bedenken zurückgehalten. Loyalität zu bekunden, nur das zählte momentan. Und wenn er sich an den Alten hielt, konnte ihm nicht viel passieren.

Sie hatten sich an der Arena verabredet. Für ihn war und blieb die markante Halle auf der schäl Sick in Deutz mit dem weithin sichtbaren Henkel die Kölnarena, auch wenn sie inzwischen den Namen eines Chemiekonzerns aus dem benachbarten Leverkusen trug. Er hatte sich in Aachen in einen Regionalzug gesetzt, der ihn bis zum Bahnhof Köln-Deutz gebracht hatte. Von dort war er in wenigen Minuten zu Fuß in der gewaltigen Veranstaltungshalle, in der er sich nun mit seinem ahnungslosen Kumpel bei einer Oldie-Night vergnügte, auch wenn dieses Vergnügen für einen von ihnen tödlich enden würde.

Die Musik konnte ihn allerdings nicht vom Hocker reißen, insofern war sein Vergnügen nicht grenzenlos. Er konnte die vielen entrückten oder verzückten Menschen um sich herum, die meisten davon um die 50, nicht verstehen, die jubelten und bei den Liedern mitsangen. Boney M, George McCrea, Bee Gees oder Showaddywaddy, die Namen der Interpreten, oder das, was von ihnen übrig geblieben war, die unaufhörlich hintereinander im vermutlichen Halbplayback ihre Hits aus vergessenen Zeiten trällerten, hatte er zwar ebenso gehört wie deren vermeintlichen Hits. Aber er konnte den musikalischen Darbietungen nichts abgewinnen.

»Dat kannste nur im Suff ertragen«, meinte er zu seinem Kumpel und machte sich zum wiederholten Male auf den Weg zu einem Getränkestand: ein alkoholfreies Kölsch für sich selbst, ein Kölsch, mit einem doppelten Wodka verlängert, für den Zwerg. Im Vergleich zum ihm war der Kumpel tatsächlich ein Zwerg, nicht nur ein körperliches Leichtgewicht, sondern auch ein geistiges. Dem Stuss, den der Kumpel von sich gab, hörte er nicht zu. Langsam füllte er seinen Begleiter ab, der gar nicht bemerkte, dass das Bier ihm jeweils eine doppelte bis dreifache Dröhnung verpasste.

Er wusste, der Zwerg konnte erstaunlich viel vertragen. Aber einmal würde im Laufe der Nacht der Zeitpunkt kommen, an dem er volltrunken in seine Arme sinken würde. Und dann hatte er ein leichtes Spiel.

Erst nach Mitternacht erreichte die Oldie-Night ihren Höhepunkt, auf den wohl die meisten der vielen tausend

Menschen gewartet hatten. Suzi Quatro, eine winzige Person mit einer gewaltigen Stimme und einem überbordenden Temperament. Immer noch spielte die in schwarze Ledermontur gekleidete Frau ihre alten Hits.

Er erinnerte sich an die Lieder, er kannte sie und hatte sie selbst oft genug gedudelt. ›48 Crash‹ war nicht nur für ihn eines der besten Stücke der Rockgeschichte.

Auch in dem Zwerg erwachten zu seiner Überraschung wieder die Lebensgeister. Er zappelte und hampelte herum, als habe er noch keinen einzigen Tropfen Alkohol intus.

Er ließ sich vom Verhalten seines Kumpels nicht irritieren. Zur Not würde er erst mit dem ersten Zug nach der Nachtpause nach Aachen zurückfahren.

Der Zwerg hatte noch nie ins Bier gespuckt. Und wenn ihn schon sein Freund zu diesem Konzert und einer anschließenden Sauftour einlud, da sah er keinen Grund abzusagen, zumal ihm die Mucke gut gefiel und das Bier verdammt gut schmeckte. »Zugabe, Zugabe!«, grölte er begeistert mit, als der Wirbelwind auf der Bühne den rasanten Auftritt beendet hatte.

Selbstverständlich rockte die schmächtige und doch so kraftvolle Lederbraut weiter, derweil er den Zwerg mit dem x-ten Starkstrombier versorgte. Er hatte Zeit. Je später sein Opfer zusammensackte, umso besser für ihn. Je weniger Nachtschwärmer unterwegs waren, umso größer war die Sicherheit, keine Zeugen zu haben.

»48 Crash«, lallte der Zwerg, als sie endlich, weit nach eins, die Arena im Geschiebe der anderen Besucher verließen. »48 Crash«, gab er torkelnd von sich, nicht ahnend, dass sein finaler Crash nicht mehr lange auf sich warten lassen würde. Ihm war es einerlei, ob er mit seinem spendablen Freund auf der anderen Rheinseite in der Altstadt einen bechern würde oder doch lieber in Deutz. Hauptsache, es kostete ihn nichts.

So torkelte er neben dem Kumpel ins Freie und steuerte mit ihm eine fast neben der Arena liegende Kölsch-Kneipe an.

Sie tankten kräftig; erst kurz nach drei war es so weit. Der Zwerg schaffte es noch nicht einmal mehr, seine Kölschstange auf der Theke abzustellen. Mit dem Glas in der Hand, sackte er in sich zusammen.

Es gelang ihm gerade noch, den besoffenen Mann abzufangen. Ihn haltend, zahlte er mit der anderen Hand die Zeche. Dann verließ er mit dem Zwerg im Klammergriff die Gaststätte, die er wohl nie mehr wieder aufsuchen würde. Ein derartiges Sicherheitsrisiko, wiedererkannt zu werden, konnte er nicht eingehen. Außerdem war Köln nicht seine Heimat. Das war Aachen und würde immer Aachen bleiben. In Köln ›arbeitete‹ er bloß, wie er seine Tätigkeit für den Alten bezeichnete.

Nun bestand seine Arbeit darin, das begonnene Werk zu vollenden. Er hatte den schlafenden Zwerg geschultert und machte sich auf den Weg zum Rhein und zur Hohenzollernbrücke, die ihn zum Dom und zum Bahnhof bringen würde. Er käme dort alleine an. Die Brücke der Lebenden und Liebenden würde für seinen arglosen, betrunkenen Begleiter die Brücke des Todes werden, der Übergang über den Rhein der Übergang in die Ewigkeit.

Wie er erwartet hatte, war die Brücke menschenleer, nur spärlich beleuchtet, in einer unheimlichen Ruhe liegend. Auch auf den parallel zum Gehweg verlaufenden Bahngleisen regte sich nichts. Einzig einige Bügelschlösser schlugen im leichten Windzug unmelodisch gegen das Gittergeflecht.

Die Sitte von Liebespaaren, sich mit einem Bügelschloss, das ihre Namen trug, an dem Brückengeländer zu verewigen, war fast schon zu einem Problem geworden. Im Gitter gab es so gut wie keine freien Plätze mehr. Manche Schlösser hatten sogar kleine Ableger bekommen als Symbol für den Familienzuwachs. Vielleicht sollte man wie auf einem Friedhof eine Zeitdauer beschließen. Nach 30 Jahren müsste man den Platz räumen.

Der Zwerg würde dieses Problem niemals kennen, weder das Schloss am Brückengeländer noch auf einem Friedhof, dachte er sich. Noch einmal schaute er sich prüfend um. Er und sein Opfer, sie waren allein. Entfernt hörte er ein Lachen aus Richtung Bahnhof, wahrscheinlich von Menschen, denen er in wenigen Minuten begegnete. Ohne Empfindung warf er den Zwerg über das Geländer. Er hätte nicht sagen können, ob er das Aufklatschen des Körpers auf der Wasserfläche vernommen hatte oder nicht. War ihm auch egal. Es war schnell gegangen und er war unverzüglich fortgelaufen. Der Zwerg war jedenfalls in den Fluten des Rheins verschwunden. Vielleicht tauchte er wieder auf, vielleicht bekam er nicht einmal mehr mit, wie ihm die Luft wegblieb, und er ertrank. Vielleicht versuchte er noch, sich im schnellen Strom mittreiben zu lassen und das Ufer zu erreichen.

Aber der Zwerg würde es nicht schaffen, sein Leben zu retten. Da konnte er sich ziemlich sicher sein. Zu dumm, dass der Pimpf nicht schwimmen konnte. Pech für ihn, irgendwo zwischen Leverkusen und Düsseldorf würde man seine angeschwemmte Leiche vielleicht finden, dachte er sich.

Er möge ihn unbedingt anrufen und Vollzug melden, hatte ihm der Alte aufgetragen, ›egal, zu welcher Tages- und Nachtzeit‹. Nun denn, wenn er es denn so wollte, sagte er sich und tippte die Nummer ins Handy. Er rechnete damit, den Anrufbeantworter zu aktivieren. Halb vier war ja nicht gerade die beste Zeit für ein Telefonat. Umso größer war seine Überraschung, als sich der Alte höchstpersönlich meldete.

Er wirkte keineswegs unausgeschlafen, sondern durchaus hellwach. »Ich höre!«

Diese Einleitung hatte er sich wohl aus einem Tatort-Krimi angeeignet, dachte er sich. Aber: ›Ich höre!‹, das hörte sich immer noch besser an als ein ›Hallo!‹ oder ein ›Ja, bitte?‹ Auch er verzichtete auf seine Namensnennung. »Auftrag ausgeführt. Der Schwimmunterricht hat begonnen. Büchse macht gerade das Seepferdchen.« Danach beendete er das Telefonat. Er wusste, der Alte würde seine Vollzugsmeldung ohnehin nicht kommentieren. Er hatte sich so verhalten, wie es verabredet war. Der Lohn würde folgen. Da war er sich sicher. Auf den Alten war Verlass.

18.

Böhnke hatte es noch nie gemocht, mit dem Wagen nach Köln zu fahren. Die ständigen Staus auf der Autobahn, das Schneckentempo auf der Aachener Straße in Richtung Rhein, die ewige Suche nach einem Parkplatz; Köln war für ihn keine Stadt für Autofahrer. Da zog er die ungestörte Bahnfahrt vor. Er ließ sich von Lieselotte zum Hauptbahnhof bringen und freute sich auf die erholsamen Minuten im Zugabteil.

Er überlegte, was er Müller überhaupt fragen sollte. Es schien abwegig zu glauben, der Kölner Oberbürgermeister würde einen gewissen Heinz-Willi Büchse kennen, dessen Leben vielleicht in Gefahr war. Was blieb sonst für das Gespräch? Dann legte er sich doch noch eine Strategie zurecht. Vielleicht gab es einen Weg, Müller ein wenig zu kitzeln. Der Typ hatte es irgendwie verdient, sagte sich Böhnke. Müller gab immer nur so viel preis, wie er von sich geben musste, um seine eigene Wahrheit zu konstruieren. Aber sagte er auch immer die Wahrheit?

Der Kölner Hauptbahnhof faszinierte Böhnke immer wieder aufs Neue. Die Lebendigkeit der umherwuselnden Menschen, die vielfältige Geschäftigkeit; hier könnte er tagelang verweilen und nur beobachten. Er nahm sich zum wiederholten Male vor, einmal einen Tag und eine Nacht in dieser speziellen Bahnhofswelt zu verbringen. Der Kölner HBF gefiel ihm deutlich besser als die Hohe Straße, die vermeintliche Einkaufsstraße, das angebliche Gegenstück zur Königsallee in Düsseldorf. Die Einkaufsmeile war auch nicht anders als die Einkaufsstraßen in anderen Großstädten, vielleicht nur ein bisschen lauter, voller, hektischer. Im Prinzip unterschied sich dieses Einkaufsviertel von anderen nur dadurch, dass es die Privatbrauereien gab, die in den großen Gasthäusern ihr Kölsch vom Fass in die durstigen Kehlen der Besucher fließen ließen.

Es bereitete Böhnke Mühe, den Fußweg zum Rathaus zu finden, das zwar relativ nahe am Bahnhof gelegen war, aber bei Weitem nicht so dominierend war wie etwa das Rathaus in Aachen. In Köln war es der Dom, der alles überragte und hinter dem das Rathaus deutlich zurückstehen musste.

Angesichts der für eine fast Millionenstadt vergleichsweise bescheidenen Größe des Rathauses vermutete Böhnke nicht zu Unrecht, dass es noch einige externe Verwaltungsstellen in anderen Bürogebäuden geben musste.

»So ist es«, bestätigte Müller freundlich. Dank des neuen Stadthauses, das gemeinsam mit der neuen Veranstaltungshalle auf der anderen Rheinseite gebaut worden war, seien einige Abteilungen endlich in die Nähe des Oberbürgermeisters gerückt. »Meine Vorgänger waren fast den ganzen Tag unterwegs, wenn sie einmal einen Amtsleiter besuchen wollten«, übertrieb er lächelnd. Er hatte Böhnke, ganz der Rolle eines souveränen Hausherrn angemessen, in der Eingangshalle des Rathauses empfangen. »Wenn Sie sich durchfragen müssen, dauert es eine Ewigkeit, bis Sie in meinem Büro ankommen«, schmunzelte er. »Da hole ich wichtige Gäste gerne persönlich ab, bevor sie sich verlaufen.«

»Und ich bin ein wichtiger Gast?«

»Selbstverständlich. Oder meinen Sie etwa, es gehöre zum Alltag des Oberbürgermeisters von Köln, sich mit einem ausgewachsenen Kriminalkommissar zu unterhalten? Außerdem: Habe ich etwas zu verbergen?« Er breitete ergeben seine langen Arme aus und wirkte dadurch noch größer. »Es kann doch jeder sehen, mit wem ich mich treffe. Ich habe keine Geheimnisse.« Müller sah ihn bittend an. »Nur wenn Sie mich fragen, was es Neues wegen des beschissenen Pfuschs beim Bau der U-Bahn gibt oder wie es mit dem Stadtarchiv weitergeht, da werde ich passen. Das war vor meiner Zeit und ich habe verantwortliche Experten, die dazu Auskünfte geben. Da bleibe ich bewusst außen vor.«

Böhnke schwieg dazu. Er folgte seinem Gastgeber über Flure und Treppen und ließ sich schließlich in ein kleines, sachlich möbliertes Besprechungszimmer führen, dessen Fenster den Blick in einen von Hauswänden umgrenzten Innenhof freigaben.

»In meinem Büro hausen zurzeit die Techniker«, sagte Müller entschuldigend. »Ich soll eine neue IT-Anlage erhalten. Da hat man mich kurzerhand vertrieben.« Er lachte unbekümmert. »Willkommen in der schönsten Stadt am Rhein, Herr Böhnke, wenn auch nicht im schönsten Zimmer. Was kann ich für Sie tun?« Er bot seinem Gast einen Platz auf einem Bürostuhl an, öffnete bereitwillig eine Mineralwasserflasche und füllte das Glas von Böhnke, der sich an dem einfachen Tisch niedergelassen hatte.

»Gibt es was Neues in Bezug auf Kardinal?«, reagierte der Kommissar mit einer Gegenfrage.

»Nichts von Belang«, meinte Müller fast beiläufig, während er sich selbst einschenkte. »Die KGB hat einen Nachrücker für den Stadtrat bestellt und benimmt sich wie ein aufgescheuchter Hühnerhaufen ohne Hahn. Die haben keinen Plan und kein Konzept ohne ihren Vorturner.« Er leerte sein Wasserglas in einem Zuge. »Von möglichen Tätern habe ich zwischenzeitlich nichts gehört.«

»Und was ist mit seiner Frau und seinem Sohn?«, unterbrach ihn Böhnke.

Müller schüttelte den Kopf. »Von denen gibt es immer noch kein Sterbenswörtchen. Sie sind wie vom Erdboden verschluckt. Wir können mit ihnen nicht in Kontakt treten. Aber ich habe jetzt endlich, ich glaube, es war vorgestern, eine Mail erhalten mit einer Adresse, an die ich die Post schicken könnte.«

Ob er sie haben könnte, bat Böhnke, ohne einen Grund nennen zu können, warum er spontan darum bat.

»Warum?« Müller sah ihn erstaunt an.

»Nur so«, antwortete Böhnke schnell. »Vielleicht schreibe ich der Frau von Kardinal eine Kondolenzkarte.«

Müller akzeptierte nickend, auch wenn es schien, als würde er Böhnkes Anliegen nicht verstehen. In einem kurzen Telefonat bat er um die Angaben, die er in sauberer Schrift auf einem Blatt notierte. »Hier, Dürener Straße 17.«

Böhnke trank langsam von seinem Mineralwasser. »Sagen Sie mal, Herr Müller, was hat es eigentlich mit dem Strafverfahren gegen Kardinal auf sich, das Ihr Vorgänger angestrengt hat? Sie wissen, die Sache mit den Aufträgen im Vergabeausschuss und der angeblichen Nötigung.«

Müller staunte ihn überrascht an. »Woher wissen Sie das denn?«

»Ist doch kein Geheimnis«, entgegnete Böhnke lässig. »So etwas gehört zum Alltagsgeschäft einer Recherche.«

Müller behielt seinen erstaunten Gesichtsausdruck bei. Ein wenig Hochachtung war hinzugekommen. Böhnke war wohl doch verschlagener und besser, als es zunächst den Anschein gehabt hatte. Der Alte war voll auf der Höhe, und daher mit Vorsicht zu genießen.

»Ihnen kann ich es ja sagen«, meinte Müller kumpelhaft, »die Staatsanwaltschaft hat im Einvernehmen mit mir das Verfahren zunächst einmal zur Seite gelegt. Wir warten ein Urteil ab in einem ähnlich gelagerten Verfahren, das in einer Kleinstadt am Niederrhein läuft. In erster Instanz hat das Amtsgericht dort einen angeklagten Ratsherrn freigesprochen. Aber die Staatsanwaltschaft wollte wohl Berufung einlegen. Es kann allerdings sein, dass sie darauf verzichtet hat. Da haken wir noch nach. Die Sache hier wird allerdings eingestellt, Kardinal ist ja tot.«

»Damit ist ja auch die Geschichte mit der ›Fleischwurst im Dior-Kleid‹ endgültig vom Tisch. Quasi durch Tod beendet.«

»Sie sind wirklich gut informiert«, sagte Müller anerkennend. Er lächelte. »Das war auch wieder so ein typischer Kardinal-Deal. Die Ratsfrau hat die Beleidigungsklage zurückgenommen und er wollte sie im Gegenzug nicht mit der Lust- oder Luxusreisen-Affäre in Verbindung bringen.«

»Wieso?« Jetzt war es an Böhnke, verblüfft zu blicken. »Was ist das denn?«

»Sie meinen die Luxusreisen-Affäre?« Müller grinste. »Auch so eine politische Geschichte, über die es geteilte Auffassungen gibt. Diese reinen Vergnügungsreisen waren vor meiner Zeit, deshalb bin ich zweifelsfrei außen vor. Energieversorgungsunternehmen aus der Region haben gezielt Kommunalpolitiker und Wahlbeamte aus der näheren Umgebung zu Reisen eingeladen. Dabei ging es um Reisen etwa nach Norwegen mit Hubschrauberausflügen auf Ölbohrplattformen in der Nordsee oder beispielsweise nach Rom, um sich dort über die Energieversorgung einer italienischen Großstadt zu informieren. Das Fatale an der Angelegenheit: Die Teilnehmer haben auf Kosten der einladenden Unternehmen ihre Partner mitnehmen können. Kardinal war dahintergekommen und ging mit seinem Wissen hausieren, beziehungsweise, er nutzte es, um seine Position zu stärken. So ist besagte Fleischwurst nicht mit ihrem Ehemann, sondern in Begleitung einer anderen männlichen Person nach Rom geflogen. Damit hatte Kardinal sie in der Hand.«

»Das eine ist doch ebenso ein Skandal wie das andere«, warf Böhnke dazwischen.

»Im Prinzip schon«, stimmte ihm Müller zu, »aber solange es kein öffentliches Verfahren gibt, wird gemauschelt und getrickst.«

»Und versuchen Betroffene, sich reinzuwaschen.«

Müller sparte sich die Antwort.

»Dann könnte doch durchaus einer aus diesem Kreise der Vergnügungsreisenden Kardinal auf dem Gewissen haben«, dachte Böhnke laut. »Aber wenn dem so wäre, ermittele ich ja gerade konträr zu dem, um das Sie mich gebeten haben, nämlich festzustellen, dass Kardinal eben nicht aus politischen Gründen das Zeitliche segnen musste.«

»Das genau ist Ihre Aufgabe, Herr Böhnke.« Müller lächelte milde. »Man kann alles zerreden und zerstreuen. Es reicht doch schon, wenn Sie feststellen, dass es auch andere gravierende Gründe statt der politischen für den Mord gibt. Dann redet sich jeder unter Verdacht stehende Politiker fein raus.«

Böhnke fühlte sich unbehaglich. Diese Denkart war nicht die seine.

»Außerdem«, fuhr Müller fort, »sind nicht nur Politiker und Beamte aus Köln betroffen, sondern von der gesamten Rheinschiene von Bonn bis Düsseldorf und dem Niederrhein.«

»Muss ich das verstehen? Warum habe ich bislang noch nie etwas davon gehört oder gelesen?«

»Werden Sie auch nicht«, antwortete Müller. »Es gibt eine Vereinbarung zwischen allen Beteiligten, nichts davon bekannt werden zu lassen.«

»Und Kardinal wollte sich nicht daran halten, als er Wind davon bekam?«

»So wird es vielleicht gewesen sein.«

Böhnke musste sich sammeln. Wohin wollte ihn Müller lenken? Er traute dem Oberbürgermeister nicht und unterstellte ihm ein taktisches Spiel.

»Ach so, bevor ich es vergesse«, Müller unterbrach seine Gedankenspielerei. »Ich habe noch einmal mit dem Kunstmäzen gesprochen, mit dem ich mich in Aachen verabredet hatte. Er wird nicht bereit sein, unser Gespräch zu bestätigen. Sie müssen also meinem Wort glauben, dass mein Aufenthalt in Ihrer schönen Kaiserstadt den Grund hatte, den ich Ihnen bereits nannte.«

Böhnke fühlte sich unwohl in Anwesenheit dieses Menschen. Gab es noch etwas zu besprechen? Nein!, entschied er für sich. Müller erzählte viel und sagte wenig. Und wenn er etwas äußerte, machte er die Situation komplizierter, als sie zuvor gewesen war.

»Ich glaube, die Mordsache Kardinal wird irgendwann im Nichts enden, und kein Politiker wird mit ihr in Zusammenhang gebracht werden«, meinte er, als er sich seufzend erhob.

Müller lächelte ihn an. »Ich glaube, Sie haben mich verstanden. Aber machen Sie ruhig weiter in dieser Angelegenheit. Das kommt gut an, wenn ich erklären kann, wir würden intensiv nach den Gründen suchen für den verabscheuungswürdigen Mord an einem Kölner Ratsherrn.«

Herzlich schüttelte er Böhnke die Hand zum Abschied, als sei durch das Gespräch der richtige Weg gefunden worden.

»Eine Frage habe ich noch«, sagte Böhnke, er hatte sich an seine Überlegungen im Zug erinnert. »Kennen Sie einen Heinz-Willi Büchse?«

»Nie gehört«, antwortete Müller, ohne nachzudenken. »Gehört nicht zu dem Personenkreis, in dem ich verkehre.«

Eine Ansichtskarte vom Kölner Dom. Wann hatte er zum letzten Mal einen Fotogruß verschickt? Böhnke schob seine Frage beiseite. Er setzte sich in die Espresso-Bar im Hauptbahnhof, gönnte sich einen Doppelten und schrieb die Karten; und wenn sie nur den Anlass für die Empfänger bieten würden, ihn zu fragen, was das denn nun schon wieder sollte. So kam man wenigstens ins Gespräch.

Vielleicht.

19.

»Was soll das denn?« Mit wachsendem Unverständnis schaute sich Lieselotte die Ansichtskarte aus Köln an, die sie aus dem Briefkasten geklaubt hatte. »Hast du mir etwa nichts mehr zu sagen, Commissario?«

»Ich finde die Karte schön«, entgegnete er vergnügt. »Ich glaube, die passt richtig gut in unsere Kartensammlung auf der Toilette.«

Kopfschüttelnd akzeptierte seine Liebste die Antwort. »Du hast Sorgen.«

Jede andere Reaktion von Lieselotte hätte ihn auch gewundert.

»So, jetzt ist Schluss mit lustig«, verkündete sie voll Tatendrang. »Wir haben endlich einmal ein Wochenende für uns und da will ich mich weder über Ansichtskarten unterhalten noch über irgendwelche Kriminalfälle. Heute ist Putztag und morgen wird gewandert, mein Lieber. Und wehe, einer deiner Spezis versucht, unsere Idylle zu stören!«

Ihre Besorgnis war unbegründet. Niemand wollte Böhnke sprechen. Anscheinend wussten alle, wann er zu sprechen und wann er unabkömmlich war.

»Meinen Sie etwa, ich will mir von Frau Kleinereich eine Gardinenpredigt anhören?«, meinte Sümmerling, als er sich am Montag telefonisch in Huppenbroich meldete. »Ich weiß schließlich, was sich gehört. Ich hoffe, die Wochenendruhe ist auch Ihnen bekommen.« Der AZ-Reporter lachte. »Und jetzt verraten Sie mir bitte, warum Sie mir ausgerechnet eine Ansichtskarte mit dem Kölner Dom in die Redaktion schicken. Das ist ja fast schon eine Beleidigung für einen Öcher Jung.«

»Aber ich habe mein Ziel erreicht, auch wenn Sie knatschig sein sollten«, entgegnete Böhnke vergnügt. »Sie haben mich, wie von mir erwartet, angerufen.«

»Und warum sollte ich?«

»Weil ich von Ihnen wissen will, was es mit den sogenannten ›Lustreisen‹ auf sich hat.«

»Dafür brauchen Sie mir doch keine Karte zu schicken«, brummte Sümmerling.

»Richtig. Aber mir war danach. Also, was ist mit den Lustreisen?«

»Was soll damit sein? Das ist doch typisch Kölscher

Klüngel. Unsere Jungs und Mädels in den Rathäusern rund um Aachen waren daran nicht beteiligt. Das waren nur Leute aus den Städten am Rhein. Deshalb war das für uns auch kein Thema.«

»Aber Kollegen von Ihnen aus Köln oder Düsseldorf haben auch nicht darüber berichtet«, gab Böhnke zu bedenken.

Dem sei in der Tat so, bestätigte Sümmerling. »Das hat wohl zwei Gründe, glaube ich. Zum einen ist die Angelegenheit derart komplex, sodass man schnell was Falsches geschrieben hat und dann die volle Breitseite der Betroffenen zu spüren bekommt, zum anderen ist das Wissen von den Lustreisen auch ein großes Faustpfand. Was meinen Sie, wie gesprächig und auskunftsfreudig Politiker werden, wenn man ihnen verspricht, nichts über ihre Verfehlungen zu berichten.«

»Das ist Erpressung!«, entfuhr es Böhnke.

»Nicht doch«, entgegnete der Journalist gedehnt. »Das ist eine Abwägung über die Wichtigkeit von Informationen. Es dient doch den Bürgern mehr, wenn sie wissen, dass es Schubkastenpläne in der Verwaltung für den Bau einer Schnellstraße durch ihre Wohnsiedlung gibt, als das Wissen über eine angebliche Vergnügungsfahrt ihres Ratsvertreters nach Rom. Das würde ich nicht als Erpressung bezeichnen. Oder wollen Sie mir da etwa widersprechen, Herr Böhnke?«

Grundler hatte sich über den Gruß aus Köln gefreut. »Das ist meine erste Ansichtskarte seit vielen Jahren«, meinte er in seinem Telefonat.

Böhnke lächelte. Seine Kartenaktion schien erfolgreich zu sein.

»Was hast du eigentlich mit meinem Freund Müller gemacht?«, wollte der Anwalt wissen.

»Wieso fragst du?«

»Du knallst ihm da Geschichten vor den Kopf, von denen er gar nicht glauben wollte, dass du sie kennst.«

»Ich bin halt ein Kriminaler. Wenn der einmal Blut geleckt hat, lässt er nicht mehr locker.«

»Du hast Müller richtig nervös gemacht«, informierte ihn Grundler. »Müller hat mich sofort nach deinem Besuch angerufen und mich darum gebeten, dich in deinem Tatendrang zu zügeln. Du könntest sonst noch einen spektakulären Deal zum Vorteil der Stadt Köln zunichte machen. Hat wohl etwas mit einem niederländischen Kunstmäzen zu tun.«

Böhnke hustete kurz. »Du glaubst ihm wohl die Geschichte mit dem Ludwig-Forum?«

»Müller ist mein Mandant«, antwortete Grundler, verlegen hüstelnd, »also lege ich immer alles zu seinen Gunsten aus. Oder soll ich das etwa nicht?«

Böhnke schwieg. Es war seines Erachtens nicht der richtige Zeitpunkt, Grundler über die Beobachtungen im Treppenhaus aufzuklären. Er wechselte das Thema.

»Was weißt du über die Luxusreisen-Affäre am Rhein? Steckt dein Freund Müller auch mit drin?«

Grundler lachte schallend auf. »Das ist doch eine alte Klamotte. Die ist doch längst erledigt und eingestellt. Weißt du das etwa nicht?«

Woher sollte er es wissen? Nach Müllers Worten hatte er annehmen müssen, das Verfahren sei noch im Gange.

»Nein. Da sind alle Angelegenheiten längst still und heimlich beigelegt worden. Das weiß nur fast niemand«, klärte ihn der Anwalt auf. »Ist für den Laien verdammt kompliziert, aber es gab zum Teil Einstellungen, weil beispielsweise Bürgermeister und Ratsmitglieder nach einem BGH-Urteil in einem ähnlichen Fall, in dem es um die Annahme eventueller Vorteile ging, nicht unrechtmäßig gehandelt haben, wenn sie die Einladungen angenommen haben. Zum anderen konnte bei Kommunalpolitikern kein strafbares Verhalten angenommen werden, weil sie sich so verhalten haben, wie man es von ihnen erwarten kann. Da blieb nur noch eine Handvoll Wahlbeamte, wie beispielsweise Beigeordnete und Dezernenten, deren Verfahren gegen Zahlung einer Geldbuße eingestellt wurden. Dem Vernehmen nach sollen sich Versorgungsunternehmen in irgendeiner Weise an den Bußen beteiligt haben. Aber das kann ich nicht beschwören. Jedenfalls ist die pikante Sache ein für alle Mal vom Tisch, was auch im Interesse aller Parteien ist, schließlich waren Vertreter aller politischen Schattierungen beteiligt. Vor der letzten Landtagswahl ist die Angelegenheit auf Intervention des Justizministeriums geräuschlos erledigt worden.«

Warum hatte ihm Müller das nicht gesagt? Wenn er auf den Oberbürgermeister gehört hätte, würde er wochenlang wegen einer Sache recherchieren, bei der es nichts mehr zu recherchieren gab.

»Ablenkungsmanöver nennt man das wohl, mein alter Freund«, bestätigte Grundler seine Überlegung. »Da siehst du mal, wie vorteilhaft es ist, wenn man mit guten Freunden über alles reden kann.«

»Für wie blöd hält mich der Kerl?«

»Nimm es nicht persönlich«, riet Grundler. »Der Müller denkt manchmal nicht zu Ende. Der war wahrscheinlich pikiert, als du ihm die Fragen nach der Freundschaft und der Vergehen gestellt hast. Da wollte er mit seinem Wissen punkten.«

So einfach sollte es sein?

»So einfach ist es, Commissario. Glaube es mir.«

Das nächste Telefonat ließ nicht lange auf sich warten. Mit einer derart schnellen Reaktion auf seine Karte hatte er nicht gerechnet. Dennoch konnte er es nicht sein lassen, über Küpper zu lästern. »Typisch Düsseldorf, die brauchen immer einen Tag länger, ehe denen die Post zugestellt wird«, feixte er, als ihn sein alter Kumpel am Dienstag anrief.

»Das liegt nicht an der Post«, knurrte Küpper eingeschnappt. »Dass ich dich erst heute anrufe, das liegt einzig und allein an der Entwicklung der Lage. Ich habe das Wochenende und auch den gestrigen Tag dazu genutzt, um an die alten Ermittlungsakten aus Köln heranzukommen, auf die du so scharf bist.«

»Und jetzt willst du mir stolz mitteilen, dass du sie vor dir auf dem Schreibtisch liegen hast? Du bist schon ein Teufelskerl.«

»Nein«, antwortete Küpper und legte eine verdächtig lange Pause ein. »Die Staatsanwaltschaften aus Köln und Aachen haben auf einmal ein verdammt großes Interesse an den Dingern. Unsere Ermittlungsbehörden sind wohl doch nicht so schlafmützig wie manchmal behauptet. Die sind mindestens genauso fix wie du, wenn nicht sogar noch fixer.«

Das sei wohl nur deshalb der Fall, weil Küpper ihnen einen Tipp gegeben habe, behauptete Böhnke. »Und aus Dankbarkeit darüber haben sie dir die Akten vor der Nase weggeschnappt.«

So sei es gewiss nicht, widersprach der Kriminalrat. Es

sei am Montag eine neue Wendung eingetreten, die selbst dem einfältigsten Beamten, der einen Computer bedienen könne, den Weg gewiesen hätte. »Man hat gestern am frühen Morgen bei Zons eine Wasserleiche aus dem Rhein gefischt. Und wenn auch noch nicht alle Obduktionsergebnisse vorliegen, so ist eines doch schon bekannt geworden: Bei dem Toten handelt es sich um einen Kleinkriminellen aus Köln.«

Böhnke ahnte, was folgen würde.

»Sein Name ist Heinz-Willi Büchse«, bestätigte Küpper die Vermutung.

Jetzt kam der Polizeiapparat auf Touren: Kardinal – Adamczik – Büchse, deren Verbindung war hergestellt über die Ermittlungsverfahren, bei denen die Opfer Lipperich hießen. Dass deren Bruder Josef, nach langjähriger Haft kaum wieder auf freiem Fuße, seine Brüder gerächt haben musste, lag auf der Hand. »Immerhin hat er bei seinen Zeugenaussagen lautstark mit Rache gedroht. Und auch sein Vater ist wohl voller Verbitterung. Der Alte hat ihn wahrscheinlich zu seinem Handwerkszeug gemacht.«

»Dann könnte der Mordfall Kardinal also kurz vor der Aufklärung stehen?«, fragte Böhnke. Es sei wohl wahrscheinlicher, dass die Familie Lipperich hinter den Morden stehe als jemand anderes.

»Es sei denn, die drei Toten sind nicht wegen ihrer Beziehung, sondern trotz ihrer Beziehung ums Leben gekommen«, gab Küpper zu bedenken. »Momentan sucht die Polizei deshalb nicht nur nach Vater und Sohn Lipperich, sondern will auch eine aktuelle Verbindung zwischen den Opfern beweisen.«

20.

Die Schlagzeile ›Mord am Tivoli aufgeklärt‹ versprach mehr, als der Artikel halten konnte. Nach Böhnkes Denkart konnte nicht von einer Aufklärung gesprochen werden, wenn es zwar eine Verhaftung, aber noch kein Geständnis gegeben hatte. Und genau dies war der Fall, sofern die Fakten stimmten, die Sümmerling in der Zeitung veröffentlichte. Die Polizei habe in Aachen einen Tatverdächtigen festgenommen, einen Mann Mitte vierzig, der erst vor kurzer Zeit nach einer langjährigen Haftstrafe wegen Totschlags aus dem Gefängnis entlassen worden war. Über die Hintergründe dieser Tat wolle sich die Polizei nicht auslassen, berichtete der Journalist aus einer Pressekonferenz aus dem Aachener Polizeipräsidium. Es könne allerdings einwandfrei ausgeschlossen werden, dass es politische Gründe für den Mord an Kardinal gebe. Der Täter stamme keinesfalls aus dem politischen Umfeld des Ermordeten, auch habe er keinerlei Verbindungen zur Kölner Kommunalpolitik.

Müller wird's freuen, dies schwarz auf weiß zu lesen, dachte sich Böhnke.

Insgesamt warf der Bericht jedoch mehr Fragen auf, als er Antworten zu geben wusste. Sümmerling begab sich in seinem Text schnell auf das Gebiet der Mutmaßungen. Handelte es sich um einen Alleintäter? Hatte er Hintermänner? Gab es einen Zusammenhang zwischen diesem Mord am Tivoli und dem zweiten Todesfall?

Selbstverständlich gab es die Verbindung, wie Böhnke

wusste: Bei beiden Morden war dasselbe Gift zum Einsatz gekommen.

›Wenn der AZ-Reporter nicht einmal die Initialen des Täters veröffentlicht, spricht das dafür, dass die Polizei sie nicht genannt hat‹, dachte sich Böhnke, während er sich weiter dem Artikel widmete.

Die Verhaftung sei völlig unspektakulär verlaufen, zitierte Sümmerling einen Polizeisprecher. Streifenpolizisten hätten den mutmaßlichen Mörder in einer Kneipe an der Wirichsbongardstraße entdeckt, die herbeigerufene Verstärkung habe den Mann festnehmen können. Er habe keinerlei Widerstand geleistet. Ob er wenigstens seine Unschuld beteuert hatte, ließ der Bericht offen. Diese Frage war anscheinend nicht gestellt und daher auch nicht beantwortet worden. Es hieß in Sümmerlings Berichterstattung lediglich, es gebe noch kein Geständnis.

Böhnke stieß sich an dem ›noch‹. Das bedeutete, der Verhaftete müsse zwangsläufig ein Geständnis ablegen. Da war von vornherein von einer Unschuldsvermutung keine Rede mehr.

Aber konnte er davon ausgehen, dass Josef Lipperich unschuldig war?

Der Gedanke ließ ihn einfach nicht los. Beim Aufräumen der Küche nach dem Frühstück ebenso wie beim Schlendern durch Huppenbroich kreiste die Frage durch seinen Kopf: War Lipperich unschuldig?

Lipperichs Vater würde diese Frage für sich bejahen.

Merkwürdig, dachte sich Böhnke, als er seinen gemächlichen Schritt auf den Friedhof lenkte, der, wie fast immer, totenstill in der Natur lag. Wieder sollte er einem Menschen helfen, dem er eigentlich gar nicht helfen konnte.

Das war bei Werner Müller so und das war bei Walter Lipperich nicht anders. Der Pensionär setzte sich auf die naturbelassene Holzbank in der Nähe seiner zukünftigen Ruhestätte.

Vielleicht konnte er doch noch etwas für den Alten tun. Nicht viel zwar, aber wenigstens etwas. In seinem Hinterkopf rumorte etwas, das ihn nicht zur Ruhe kommen ließ. Es musste mit dem jungen Lipperich zu tun haben und mit dem damaligen Fall. Aber es war schon so lange her, und seitdem war eine Menge passiert. Wie sollte er sich da noch an Einzelheiten erinnern? Und dennoch. Etwas war damals außerhalb des Gewöhnlichen gewesen. Er würde sich noch daran erinnern, da war er sich sicher. Irgendwann.

Der ehemalige Kommissar erachtete es als nicht despektierlich, auf dem Friedhof zum Mobiltelefon zu greifen. Das Gerät war Teil seines Lebens geworden, wie auch ein Friedhof Teil des Lebens war. Fast erschrak er, als sich eine vertraute Stimme meldete, die er längst abgehakt hatte.

Grundlers ehemalige Partnerin und Sekretärin meldete sich unter dessen Rufnummer.

»Was machen Sie denn da?«, entfuhr es ihm perplex.

Die Frau lachte. »Herr Böhnke, fragen Sie mich bitte etwas Leichteres. Aber ich glaube, Tobias hat ein wenig Vernunft angenommen.«

»Und jetzt sind Sie wieder ein Paar?«

»Nein«, antwortete sie schnell. »Tobias hat mich gebeten, seine Kanzlei zu führen. Was daraus wird, muss die Zukunft zeigen.« Sie habe ihre Wohnung in Düsseldorf aufgegeben, nachdem ihr Erbonkel Horst, den sie lange gepflegt hatte, verstorben sei. »Ich mache das hier im Büro quasi nur, damit ich etwas zu tun habe. Finanziell habe ich ausgesorgt, da kann ich einem armen Schlucker wie Tobias auch ohne Gehalt helfen. Im Gegenzug bekommt er von mir kein Honorar. Er soll nämlich für mich eine Stiftungsgründung in die Wege leiten.«

Böhnke wollte nicht nachhaken. Das wäre ihm aufdringlich und indiskret vorgekommen. Aber er freute sich, dass wenigstens die Zeit der Funkstille zwischen Sabine und Tobias beendet war.

»Können Sie mich mit Tobias verbinden?«, fragte er.

»Eigentlich soll ich ihn nicht stören, weil er über der Satzung für meine Stiftung brütet. Aber für Sie gilt die Anweisung natürlich nicht.«

Für einige Sekunden war die Verbindung unterbrochen, dann meldete sich Grundler. »Frauen«, knurrte er, »die lassen uns einfach nicht in Ruhe arbeiten. Was willst du schon wieder?«

»Was schon? Das kannst du dir doch denken. Oder hast du deinen Scharfsinn in dem Maße in Afrika verloren, wie du an Körpermasse zugelegt hast?«

Grundler lachte schallend. »Du bist und bleibst der höflichste Mensch der Welt. Aber gut. Ich mach's, egal, was es ist.«

»Du weißt, was es ist?«

»Klaro, ich habe doch heute Morgen auch die Zeitung gelesen. Du willst, dass ich den mutmaßlichen Mörder von Kardinal verteidige. Kannst du mir denn mit dem Namen dienen? Er ist mir entfallen.«

Tatsache oder Bluff? Böhnke schenkte sich die Überlegung. »Der Inhaftierte heißt Josef Lipperich.«

»Das reicht. Alles andere kannst du mir später erzählen. Und über das Honorar können wir uns auch später einig werden.«

»Darüber brauchen wir nicht zu verhandeln«, warf Böhnke rasch ein. »Du kannst es mit meinem Honorar für die Bemühungen im Fall Müller verrechnen.«

»Du Pfennigfuchser«, lästerte der Anwalt, »aber jetzt lege endlich auf, ich muss dringend mit der Staatsanwaltschaft telefonieren. Nur eine Frage noch: Ist Josef Lipperich schuldig oder nicht?«

Er ist wohl schuldig, dachte sich Böhnke und sagte: »Unschuldig.«

Aus einiger Entfernung hatte er auf dem Friedhof das Vorfahren eines Autos gehört, das Zuschlagen einer Fahrertür und das Aufbrausen eines Motors, als habe es der Fahrer eilig, schnell wieder aus Huppenbroich wegzukommen. Eine Minute später beobachtete er den kleinen Mann, der auf dem Weg in seine Richtung kam. Walter Lipperich ließ sich schnaufend neben ihm auf der Bank nieder. Er war viel zu warm gekleidet für diesen ungewöhnlich milden Herbsttag.

»Hier ist es wärmer als wie in Holland«, bemerkte Lipperich zur Begrüßung, womit er sich eindeutig als Aachener zu erkennen gab. »Das Taxi hat ein Heidengeld gekostet, aber ich wollte es Ihnen ins Gesicht sagen, dass ich bitter enttäuscht bin. Sie hatten mir versprochen, meinen Sohn zu schützen!«

Sollte er sich gegen diesen haltlosen Vorwurf zur Wehr setzen? Lipperichs Sicht der Dinge war schlichtweg falsch und sie würde sich nicht ändern, selbst wenn er versuchte, ihm die Augen zu öffnen.

»Was wissen Sie?«, fragte Böhnke.

»Nichts. Josef hat mich heute angerufen und mir gesagt, dass man ihn verhaftet hat.«

»Weswegen?«

»Na, wegen dem Mord an dem Kardinal.«

»Sonst nichts?«

»Nein. Wieso?«

Böhnke musterte seinen schwitzenden Banknachbarn, der verkniffen in die Leere stierte. »Nun, wie ich weiß, will die Polizei Ihrem Sohn auch noch zwei andere Morde anhängen, die an einem Wolfgang Adamczik und an einem Heinz-Willi Büchse. Sie haben recht gehabt mit Ihrer Befürchtung und Sie haben die Morde ebenso wenig verhindern können wie ich. Obwohl«, Böhnke betrachtete Lipperich streng, »Sie die Möglichkeit hatten, Ihren Sohn zurückzuhalten. Ich dagegen hatte doch keine Chance.«

Langsam spürte Böhnke die Vergangenheit aufsteigen; zwar noch unbestimmt und ungenau, aber mehr und mehr in die Erinnerung drängend.

»Außerdem haben Sie von Anfang an aus mir einen Hampelmann gemacht. Warum haben Sie mir verschwiegen, dass Ihre beiden anderen Söhne bei Verbrechen sterben mussten, an denen Kardinal mitgewirkt haben könnte?«

Lipperich ließ seinen Blick weiter ins Nichts schweifen. »Das ist doch wohl meine Sache. Das geht Sie überhaupt nichts an.«

Böhnke machte sich keine Mühe, Lipperich zu verstehen. Der Alte brabbelte Schwachsinn. Oder war der Schwachsinn Methode?

»Was gedenken Sie jetzt zu tun, Herr Böhnke?«

Der Kommissar a. D. schluckte. »Ich werde den Teufel tun. Ich bin raus aus der Geschichte.«

»Sind Sie nicht«, widersprach Lipperich heftig. »Sie haben von mir den Auftrag, meinem Sohn zu helfen. Dafür bekommen Sie von mir viel Geld.« Lipperich kramte in seinem Wintermantel und zog einen Briefumschlag hervor. »Hier sind die ersten 10.000 Euro für Sie.« Er legte den Umschlag auf Böhnkes Oberschenkel. »Also, was machen Sie als Nächstes?«

Erstaunen spiegelte sich auf Böhnkes Gesicht. Was machte der Kerl mit ihm? Mechanisch griff er nach dem Umschlag. »Das ist das Honorar für den besten Strafverteidiger, den ich für Ihren Sohn finden konnte.«

Jetzt war es an Lipperich, Erstaunen zu zeigen.

Böhnke lächelte grimmig. »Vermutlich wird es noch heute Nachmittag ein Gespräch zwischen Ihrem Sohn und dem Anwalt geben. Ich hoffe, dass ich danach unverzüglich informiert werde. Wie kann ich Sie erreichen?«

Lipperich erhob sich mühsam. »In Huppenbroich gibt es doch bestimmt eine Gaststätte mit Fremdenzimmern. Dort werde ich mich einnisten.« Er streckte Böhnke die Rechte zum Abschied hin.

»Eine Frage noch zum Abschluss: Glauben Sie, dass mein Sohn schuldig oder unschuldig ist?«

Böhnke war unschlüssig. Zweifelte Lipperich jetzt selbst oder wollte er ihn locken? Aber er war nicht länger bereit, allein nach den Spielregeln des anderen hin und her geschoben zu werden. »Sie wollen eine ehrliche Antwort von mir?«

»Ja.«

»Ihr Sohn ist schuldig!«

21.

Er empfand es, je länger er in Huppenbroich wohnte, als Vorteil, dass nahezu jeder jeden kannte. Anfangs, nach seinem Umzug in Lieselottes umgebauten Hühnerstall, hatte er es als unhöflich erachtet, wenn er ungeniert nach privaten oder beruflichen Dingen befragt wurde. Inzwischen hatte er selbst keine Scheu mehr, unverhohlen nach bestimmten Leuten zu fragen, nachdem er Gästen stolz als ›unser Kommissar‹ vorgestellt worden war. Gewissermaßen war er zu einem Huppenbroicher geworden, eine Auszeichnung, auf die Wochenendbewohner wohl ewig und vergeblich warten würden. Vom Interesse getrieben und nicht von der Neugierde, wie er beteuern würde, steuerte er morgens die Alte Post an. Verständlicherweise stand er vor einer verschlossenen Gaststätte, was ihn nicht kümmerte. Aus der anliegenden Wohnung trat in derber Arbeitskleidung ein Mann, ein wenig älter als er selbst, auf den Hof.

»Wennse wills, kannse mit auf die Kutsche, woll«, begrüßte ihn der frühere Wirt, der trotz seines jahrzehntelangen Verbleibs in Huppenbroich immer noch nicht seine Herkunft aus dem Ruhrgebiet verheimlichen konnte.

»Will nicht«, antwortete Böhnke knapp.

»Bisse am Ermitteln?«

So könne man es nennen, bestätigte der pensionierte Kommissar schmunzelnd. »Habt ihr vielleicht gestern einen Gast gehabt, der wie ein Penner aussah?«

»Jawohl. Wir haben ziemlich dumm geguckt, als der Kerl in die Gaststube kam, woll. Meine Tochter hatte Bedenken, ihm ein Essen zu servieren, weil wir glaubten, der würde schnorren wollen. Aber dann hat er gefragt, ob er ein Gästezimmer mieten könnte, woll.« Man habe ihn dann eine Pension in Simmerath empfohlen. »Als wennse bei uns ein Zimmer kriegen tust.«

»Er ist also in Simmerath geblieben?«

»Nee, dat glaub ich nich, woll. Er hat dat nur wissen wollen. Et könnte sein, dat er mal janz spontan nach hier kommen wird.« Der Mann schüttelte den Kopf und zupfte sich am Ohrläppchen. »War irgendwie ein Spinner, woll. Er hat gegessen und dann ein Taxi bestellt. Als er bezahlte, ist mir echt die Spucke weggeblieben. Der hatte einen dicken Stapel Hunderter in der Hosentasche.«

»Weißt du denn, wohin der Taxifahrer ihn bringen sollte?«

»Nach Aachen, hat er gesagt, woll.« Damit war für ihn das Gespräch beendet. Aus seiner Sicht war alles gesagt. Obendrein wurde das Schnauben und Wiehern aus dem gegenüberliegenden Stall lauter und unruhiger. »Heidi, Bertha, seid mal stille. Ich komme ja schon!«, rief er, als er sich Richtung Pferdestall in Gang setzte.

Ob Lipperich tatsächlich nach Aachen gefahren war? Böhnke schenkte sich die müßige Antwort. Viel mehr interessierte ihn, weshalb Lipperich die Absicht haben konnte, spontan nach Huppenbroich zu kommen und hier zu übernachten. Er hätte wieder fahren können, nachdem er ihm das Geld vorbeigebracht hatte. Aber auch diese Frage blieb unbeantwortet.

Der aufkommende kalte Wind und die schnell heranziehenden dunklen Wolken veranlassten Böhnke, umgehend zu seiner Wohnung zurückzukehren. Gestern war es noch zu mild für die Jahreszeit gewesen, heute stand ein

Umschwung unmittelbar bevor. Das Wetter konnte sehr rasch äußerst ungemütlich werden, hier auf den Höhen der nördlichen Eifelhänge. Mit für ihn schnellen Schritten umkurvte er den Feuerlöschteich, der fast zugewuchert war, und eilte durch die schmale Gasse zur Kapellenstraße. Er hatte kaum die Wohnungstür aufgeschlossen, als sich der Himmel öffnete und die Regentropfen auf die Steine der Terrasse klatschten.

Zeitgleich preschte ein in die Jahre gekommener, blassroter Opel Astra in die Einfahrt und kam quietschend zum Stillstand. Grundler sprang aus dem Fahrzeug und hastete hinter Böhnke her.

»Das habe ich gerade noch geschafft vor dem großen Regen«, keuchte er. Ungeniert lief er durch die Wohnung und platzierte sich im Sessel im Wohnzimmer.

»Bist du vor Sabine geflüchtet?« Böhnke hielt sich ebenso wenig wie sein Besucher an Höflichkeitsfloskeln auf. »Oder was bringt dich sonst noch hierher?« Er musterte den Anwalt, der unverkennbar seit dem letzten Besuch einige Pfunde verloren hatte, aber immer noch viel Übergewicht mit sich herumschleppte.

Grundler konnte sich ein Grinsen nicht verkneifen. »Freut mich, dass du so um mein Privatleben besorgt bist. Wir arbeiten dran.« Er kratzte sich über den Kopf, und erst jetzt fiel es Böhnke auf, dass Grundler beim Friseur gewesen war, der ihm eine ordentliche Frisur verpasst hatte. Die Zeit der langen Haare war vorbei. Wohl nicht nur bei Frauen galt der Spruch: Ein neues Leben beginnt mit einer neuen Frisur.

»Du weißt doch selbst, weshalb ich hier bin.« Grundler verschränkte die Arme im Nacken. »Mein neuer Mandant, den du mir aufs Auge gedrückt hast. Unsere Freunde von der Staatsanwaltschaft wollen ihm drei Morde anhängen. Kardinal, Adamczik und Büchse, so heißen die Männer, die er gekillt haben soll. Aber wie ich dich kenne, bist du über die Vorgeschichte bestens informiert.«

»Kannst du dir schenken«, bestätigte Böhnke. »Verrate mir lieber, was Lipperich sagt.«

»Er sagt im Prinzip nichts. Er hat sich angehört, was ihm vorgeworfen wird, und geschwiegen. Er hat lediglich zu Protokoll gegeben, dass er unschuldig sei.«

»Hast du denn mit ihm unter vier Augen sprechen können?«

»Habe ich«, antwortete Grundler. »Aber er ist sehr vorsichtig, auch mir gegenüber. Er habe nichts Unrechtes getan. Sein Vater werde es richten.«

Böhnke kam mit den zwei Kaffeetassen, die er in der Küche gefüllt hatte, an den Wohnzimmertisch. »Was hast du denn für einen Eindruck von ihm?«

Dankend nahm der Anwalt die Tasse entgegen. »Indifferent. Auf eine Art scheint Lipperich verschlossen, vielleicht sogar in seiner Persönlichkeit gebrochen durch den Knastaufenthalt und total abhängig von seinem Vater. Zum anderen scheint er zu allem entschlossen. Noch einmal würde er nicht in einem Gefängnis landen. Er scheint total auf seinen Vater fixiert. Er hat mir sogar dessen Handynummer gegeben, damit ich ihn immer auf dem Laufenden halte. Und nach jedem Satz sagte er, dass er unschuldig sei.«

»Hat er sich zu den Toten geäußert?«

»Es sei nicht schade um sie. Er wäre sogar froh, dass sie tot seien. Aber noch mal: Er selbst sei unschuldig.«

»Alibis?«

»Keine stichfesten«, antwortete Grundler. »Kneipentouren, allein zu Hause. Halt das Übliche, das weder richtig nachprüfbar ist noch als eindeutig falsch bewiesen werden kann.« Grundler hatte die Kaffeetasse abgestellt und rieb sich vergnügt die Hände. »Wird bestimmt ein toller Prozess. Es fällt mir zwar schwer zu glauben, dass Lipperich ungeschoren aus der Sache herauskommt, aber ich werde alles für ihn tun, was ich machen kann. Interessant ist, dass sich die Staatsanwaltschaften in Aachen und Köln darum reißen, die Zuständigkeit für dieses Verfahren zu bekommen. Die streiten sich richtig darüber. Für unsere Freunde ist noch nicht sicher, ob Lipperich in Aachen oder in Köln der Prozess gemacht werden soll. Da könnte ich eventuell einen formellen Verfahrensfehler finden.« Grundler lachte auf. »Du verschaffst mir mehr Arbeit, als ich mir vorgenommen hatte. Aber was macht man nicht alles für seine Freunde?«

Freunde, das war für Böhnke das Stichwort. »Ist Müller auch einer deiner alten Freunde?«

»Wieso?«, fragte Grundler vorsichtig zurück.

Er habe mehr und mehr den Eindruck, Müller spiele mit gezinkten Karten, erläuterte Böhnke, während er zur Küche ging, um seine Tasse aufzufüllen. »Ich meine, der verhält sich merkwürdig. Er ist nicht offen. Beispielsweise faselt er etwas von einem Geheimtreffen in Aachen, über das er nichts sagen darf, dann will er mich mit dieser Lustreisen-Affäre im Prinzip verarschen. Ich trau dem Kerl nicht über den Weg.«

»Du traust dem doch nur deshalb nicht, weil du was gegen Politiker hast«, provozierte Grundler.

»Nein«, Böhnke lächelte schwach. »Solange noch die Möglichkeit besteht, dass Kardinal wegen kommunalpolitischer Verstrickungen sterben musste, solange habe ich Zweifel an Lipperichs Täterschaft.«

»Es sei denn, Lipperich handelte im Auftrag von Müller«, fiel ihm der Anwalt mit einer Alternative ins Wort.

»Aber auch diese Möglichkeit räumt meine Bedenken gegen Müller nicht aus«, hielt Böhnke dagegen. »Im Gegenteil.«

Eine geraume Zeit betrachtete Grundler stumm den Pensionär.

»Was ist, mein Freund?«, fragte Böhnke schließlich verwundert.

Sein Besucher grinste gequält. »Ich weiß nicht, was richtig ist. Vielleicht kannst du mir helfen.«

»Also los, was ist?« Böhnke setzte sich aufs Sofa in der Erwartung, sein junger Freund würde über private Probleme reden wollen. Er würde alles dafür tun, Sabine und Tobias wieder zu versöhnen.

Aber er lag mit seiner Vermutung vollkommen daneben.

»Wie du weißt, hat Sybilla Großknecht aus der Wohnung von Kardinal Unterlagen und Dateien geholt. Ich habe inzwischen die Daten ausgewertet.«

»Und?«

»Wenn du die Daten richtig interpretierst, kann es nur politische Gründe geben, weswegen Kardinal sterben musste.«

»Aha«, kommentierte Böhnke gedehnt. Er verstand noch nicht und machte sich auf eine längere Erklärung gefasst. Doch wieder kam es anders, als er vermutet hatte.

»Ich werde dir die Dateien auf einer CD-ROM zukommen lassen. Ich liefere sie zusammen mit einem Laptop in der Apotheke bei Lieselotte ab«, schlug Grundler vor. »Ich weiß bloß nicht, wie ich mich gegenüber Müller verhalten soll, denn der wird auch in den Unterlagen von Kardinal erwähnt. Und wirklich nicht im positiven Sinne.«

»Also in einem Sinne, dass er ein Motiv für einen Mord haben könnte«, folgerte Böhnke.

So sei es, bestätigte der Anwalt.

»Diese Datei entlastet demnach Lipperich?«

»Nicht unbedingt«, widersprach Grundler, »es könnte genauso gut sein, dass sie ihn belastet, quasi als Auftragstäter für Müller.«

»Interessant«, brummte Böhnke nachdenklich. Er erkannte die Zwickmühle, in der sich Grundler befand. Präsentierte er seine Informationen der Staatsanwaltschaft, musste er erklären, woher er sie hatte, und brachte damit eventuell die Familie Großknecht ins Gespräch. Schwieg er, würde er eventuell den Mörder von Kardinal decken oder doch dessen Auftraggeber und seinen Mandanten ans Messer liefern.

»Was soll ich tun?«

»Gute Frage, keine Antwort. Ersatzfrage«, meinte Böhnke. Er suchte nach einem anderen Ansatz. »Was ist denn mit Adamczik und Büchse. Warum werden die beiden Kerle ermordet, wenn bei dem Mord an Kardinal politische Motive zugrunde liegen sollten? Die beiden Typen hatten doch mit der Kommunalpolitik überhaupt nichts im Sinn. Oder irre ich mich?«

»Das ist ja das Blöde«, entgegnete Grundler. »Die Kerle hingen mit Kardinal zusammen, waren so eine Art gelegentliche Handlanger für ihn, vermute ich jedenfalls. In gewisser Weise war es folgerichtig, auch sie aus dem Weg zu räumen, nachdem Kardinal eliminiert war. Kannst du alles auf der CD nachverfolgen.«

Böhnke trat an die große Fensterfront und schaute in den Garten, der langsam in den Regenmassen ertrank. »Das eine tun, das andere nicht lassen«, sagte er ziemlich zusammenhanglos gegen die Scheibe. Dann drehte er sich entschlossen zu Grundler. »Ich würde die Dateien aus der CD herauskopieren, die auf einen kommunalpolitischen Hintergrund schließen lassen, und diese quasi präparierte CD Müller schicken. Ich bin gespannt, wie er darauf reagiert. Außerdem würde ich Lipperich mit den Informationen konfrontieren, die sich über ihn in den Unterlagen finden. Und erst ganz zum Schluss würde ich die Staatsanwaltschaft in Kenntnis setzen, wenn mir klar wäre, was tatsächlich Sache ist.«

»Gut. Und wer garantiert mir, dass die Staatsanwaltschaft nicht gemeinsame Sache mit Müller macht? Siehe Lustreisen-Affäre. Da hat die Staatsanwaltschaft schön ruhig gehalten, als sich das Innenministerium einschaltete. Die wollten alle ihre Ruhe haben und haben alles unter den Teppich gekehrt. Waren ja auch alle Parteien betroffen.«

»Haben denn Kardinals Informationen ebenso eine Sprengkraft wie der Rohrkrepierer Luxusreisen?«

»Mehr«, behauptete Grundler. »Da könnten tatsächlich Köpfe rollen. Aber das kannst du besser alles selber herausfinden.« Der aus der Form geratene Anwalt hievte sich stöhnend aus dem Sessel. »Du hast mir übrigens genau das geraten, was ich machen wollte. Ich schicke Müller anonym die Infos zu, die mit ihm und seinem Stadtrat zu tun haben.«

Langsam ging er zur Ausgangstür. »Ich muss zurück. In einer Stunde habe ich einen Termin.« Noch einmal wandte er sich Böhnke zu.

»Wusstest du eigentlich, dass Kardinal in Holland gearbeitet hat?«

»Nein.«

»Er war dort als freiberuflicher Vertreter für Produkte der chemischen Industrie unterwegs. Das steht auf der CD, einschließlich seiner Rundfahrten durch Limburg.«

22.

Gelegentlich fuhr ein Fahrzeug mit belgischem Kennzeichen durch Huppenbroich; was niemand sonderlich beachtete. Schließlich lag die Staatsgrenze nur wenige Kilometer westlich und da kam es immer wieder einmal vor, dass sich ein Belgier in diese Abgeschiedenheit verirrte. Deshalb schenkte auch der dahinschlendernde Böhnke dem Pkw zunächst wenig Aufmerksamkeit, dessen Fahrerin offensichtlich suchend durch den Ort fuhr. Er schaute an der Kapelle dem vorbeifahrenden Fahrzeug hinterher und stutzte erst, als der französische Kleinwagen in die Einfahrt zu seinem Hühnerstall einbog.

Frauenbesuch aus Belgien! Lieselotte hätte etwas zu lästern, egal, was sich daraus entwickelte.

Die Frau wartete vor der Haustür. Auf Ende 30 schätzte Böhnke sie, durchschnittlich gekleidet, durchschnittlich groß, mittellanges, braunes Haar und normal unscheinbar, eben der Typ Nachbarin und Hausfrau. In ihm wuchs die Ahnung, wer ihn besuchen wollte.

»Herr Böhnke?«, fragte die Frau mit leiser Stimme.

»So ist es«, sagte der Pensionär lächelnd. »Und Sie sind Frau Kardinal, nicht wahr?« Er freute sich, dass auch die letzte Ansichtskarte, die er in Köln geschrieben hatte, ihren Zweck erfüllt hatte. Höflich lud er die Frau in die Wohnung ein, brühte ihr wunschgemäß einen Tee und forderte sie auf zu berichten. »Was führt Sie zu mir?«

»Ihre Karte«, sagte die Besucherin spontan mit rheinischem Akzent, nachdem sie es sich in der Küche bequem gemacht hatten. Dann lächelte sie. »Nein, natürlich die unselige Geschichte mit meinem Mann. Der schafft es, selbst noch nach seinem Tod alle Welt in Aufruhr zu bringen.« Trauer oder Betroffenheit waren in ihrer Stimme nicht zu hören.

Böhnke winkte ab. »Fangen wir am besten von vorne an und Sie beantworten mir zunächst meine Fragen. Einverstanden?«

Sie nickte und kramte in ihrer Handtasche nach der Zigarettenschachtel. Stumm suchte Böhnke nach einem Aschenbecher, auch wenn es ihm nicht gefiel, dass im Hühnerstall geraucht wurde. Aber manchmal musste er Unannehmlichkeiten auf sich nehmen, wenn er ein Ziel erreichen wollte.

»Wieso kommen Sie mit einem Auto aus Belgien zu mir?«

Die Frau lachte, und wenn sich dabei Grübchen an den

Wangen bildeten, sah sie sogar sehr nett aus, erkannte Böhnke.

»Der Wagen gehört dem Patenonkel meines Sohnes Dieter. Er wohnt in der Nähe von Eupen. Der hat uns eingeladen, bei ihm zu wohnen, bis die Sache mit Kardinal geklärt ist.« Sie sprach von dem Toten wie von einem Fremden. Eine trauernde Witwe hätte wohl ›Wolle‹ oder ›Wolfgang‹ oder ›mein Mann‹ gesagt, aber sie sprach von ›Kardinal‹.

»Zwei Mal pro Woche hat mein Bekannter beruflich in Köln zu tun. Dann schaut er in den Briefkasten meiner letzten Wohnung. Ich hatte diesen Umzug noch nicht einmal dem Einwohnermeldeamt mitgeteilt. Erst später habe ich die Adresse dem Bürgermeister mitteilen lassen. Deshalb habe ich Ihre Karte auch relativ spät erhalten und konnte jetzt erst zu Ihnen kommen.«

»Und warum sind Sie überhaupt gekommen?«

Wieder zeigte die Frau ihre niedlichen Grübchen. »Sie haben mich neugierig gemacht mit Ihrer Fragestellung: ›Können Sie mir helfen, die Wahrheit über den Kardinal herauszufinden?‹« Noch einmal zog sie an ihrer Zigarette, dann drückte sie die Kippe aus. »Ehrlich gesagt, bin ich froh, dass das Ekel tot ist, und ich wünsche demjenigen, der ihn getötet hat, das Bestmögliche. Kardinal war ein brutaler Taugenichts, ein skrupelloser Schmarotzer, eben ein richtiges Ekelpaket.«

»Den Sie geheiratet haben«, gab Böhnke zu bedenken.

»Das war der größte Fehler meines Lebens, für den ich mächtig geblutet habe. Aber jetzt ist es Gott sei Dank vorbei. Mein Sohn und ich, wir können neu anfangen.« Sie blickte sinnierend in die Teetasse. »Ich war so eine dumme Kuh, die Brutalität und Skrupellosigkeit mit Kraft und

Stärke verwechselt hat. Als ich Kardinal vor knapp 15 Jahren kennen gelernt habe, wusste ich doch gar nicht, wie das tatsächliche Leben lief. Ich hatte gerade meine kaufmännische Ausbildung beendet und verdiente dazu noch zum ersten Mal Geld. Ich war einfach nur fasziniert von der Macht und dem Einfluss, die Kardinal auf seine Umgebung ausübte. Dass diese Macht darauf beruhte, dass er die anderen bedrohte, verprügelte oder ihnen Sachen wegnahm, habe ich nicht wahrgenommen.« Sie griff zur nächsten Zigarette, die sie in aller Ruhe anzündete. »Plötzlich war ich schwanger. Wir haben geheiratet und von diesem Zeitpunkt an war ich nur noch sein Werkzeug. Ich durfte nichts, er machte alles. Ich ging arbeiten, er tat, was er wollte. Aber es waren wohl auch viele krumme Dinger dabei. Sie kennen ja bestimmt sein Vorstrafenregister und die Verfahren gegen ihn?«

Die Frau wartete Böhnkes Bestätigung nicht ab und fuhr sachlich fort. »Entweder saß Kardinal im Knast oder er gab mein Geld aus. Erst mein Erspartes, dann nahm er einen Kredit auf. Wir verschuldeten uns, mussten wegen ausbleibender Mietzahlungen mehrmals die Wohnungen wechseln. Dann erbte ich das Haus meiner Eltern. Ich habe es verkauft, er hat das Geld verprasst.«

»Haben Sie denn nie an Scheidung gedacht?«

»Einmal habe ich davon gesprochen, und ich habe es bitterlich bereut. Kardinal hat mich in seiner Wut windelweich geprügelt. Danach hatte ich, ehrlich gesagt, Angst um mein bisschen Leben. Das ging sogar so weit, dass ich ihn um Erlaubnis gefragt habe, wenn ich unsere Wohnung verlassen wollte. Er drohte, mich überall aufzuspüren, wenn ich abhauen würde. Das würde ich büßen müssen. Und er würde mir meinen Sohn wegnehmen.« Die Frau sah Böhnke emotionslos an. »So war mein Leben an der Seite von Kardinal.«

Kopfschüttelnd füllte Böhnke ihre Teetasse auf. »Bis dass der Tod euch scheidet«, murmelte er vor sich hin. »Wie haben Sie von seinem Tod erfahren?«

Er musste auf die Antwort warten. Zunächst zündete sich seine Besucherin die nächste Zigarette an.

»Lassen Sie mich der Reihe nach berichten«, schlug die Frau vor. »Es ist wohl ein knappes Jahr her, da verschwand Kardinal quasi über Nacht aus unserer Wohnung. Seitdem hat er nicht mehr bei uns geschlafen und nicht mehr mit uns gesprochen. Ich habe aus meinem Bekanntenkreis erfahren, dass er mit einer Nachtclubbedienung zusammenleben würde. Aber so richtig verfolgt habe ich diese Spur nicht. Ich war irgendwie froh, dass dieser schreckliche Typ nicht mehr in meiner Nähe war. Und dann war er plötzlich tot.« Sie lächelte schwach. »Am liebsten hätte ich gejubelt und gefeiert.«

»Aber Sie haben fluchtartig Köln verlassen«, wandte Böhnke ein. »Warum?«

»Ganz einfach.« Die Frau blies eine Rauchwolke in Richtung Böhnke. »Es war wohl am Morgen, nachdem Kardinal in Aachen zu Tode kam. Da erhielt ich Besuch von einem der alten Kumpel meines Mannes, den ich nur als Fuzzy kannte. Er erklärte mir, Kardinal sei tot und er wolle bei mir einen Karton abholen. Ich wusste gar nicht, was er meinte. Er faselte die ganze Zeit von einer Zweitwohnung von Kardinal, womit ja wohl nur meine Wohnung gemeint sein konnte, und von einem Karton voller Präservative, die Kardinal gebunkert haben sollte. Als ich sagte, ich wisse von nichts, wurde er richtig fuchsig. Man würde ohne Zweifel Wege und Möglichkeiten finden, an den Karton zu kommen. Und ich dürfte mich schon einmal darauf vorbereiten, in der nächsten Zeit viel Besuch von seinen Freunden zu bekommen. Wenn sich erst einmal herumgesprochen habe, dass Kardinal nicht mehr lebe, würden wohl einige, bei denen er in der Kreide stand oder die er betrogen hatte, bei seiner Witwe anklopfen und ihr Recht einfordern. Ich könnte mich auf einiges gefasst machen.« Sie entledigte sich der Kippe im Aschenbecher. »Da habe ich es vorgezogen, von der Bildfläche zu verschwinden und Köln den Rücken zu kehren.« Sie lächelte wieder. »Nach Unterlagen und anderen Dingen brauchen Sie mich nicht zu fragen. In meiner Kölner Wohnung ist nichts.«

»Und Sie wissen nicht, wo Ihr Mann gewohnt oder gearbeitet hat? Es könnte ja sein, dass er auch nicht mehr in Köln lebte.«

»Keine Ahnung«, sagte die Frau und wirkte dabei auf Böhnke absolut glaubwürdig. Er schenkte sich die Frage nach der Wohnung von Kardinal in Aachen.

Die Frau nippte am erkalteten Tee. »Da gab es nur noch einmal eine kleine Sache. Die ist vielleicht unbedeutend. Dieters Patenonkel hat beobachtet, wie eine aufgetakelte Bordsteinschwalbe an meiner Wohnungstür stand und wohl zu mir wollte. Als ihr niemand öffnete, ist sie abgezogen und in eine große, dunkle Limousine gestiegen. In so eine, wie sie der Kölner Oberbürgermeister fährt.«

»Woher wissen Sie das?«, fragte Böhnke verblüfft.

Seine Besucherin schmunzelte. »Ich arbeite in einem Bekleidungsgeschäft für exklusive Herrenmode in der Nähe vom Hahnwald, zu dem Müller immer mit seinem Auto gefahren ist. Er fährt das Modell, das Dieters Patenonkel erkannt hat.«

»Und wovon leben Sie jetzt, wenn Sie nicht mehr in Köln arbeiten?«

Die Frau schaute ihn verlegen an. »Mir geht es endlich einmal gut. Sie müssen wissen, Dieters Patenonkel ist nicht nur ein guter Bekannter. Ich habe mit ihm eine Beziehung begonnen. Schon vor etlichen Monaten. Aber immer heimlich, damit ja keiner etwas mitbekommt.« Sie lächelte Böhnke an. »Dieter und ich werden wohl in Eupen bleiben und Dieter wird dort in eine deutschsprachige Schule gehen.«

Böhnke war irritiert. Tat sich hier ein neues Fass auf? Hatten etwa die Witwe und der vermeintliche Patenonkel ihre Finger im Spiel? Doch dann strich er diese Überlegung. Dann hätte sich die Frau bestimmt nicht freiwillig aus ihrem Versteck getraut und wäre zu ihm nach Huppenbroich gekommen. Aber absolut sicher konnte er nicht sein.

Die Frau hatte seine Nachdenklichkeit bemerkt. »Wie gesagt«, betonte sie, »ich würde mich freuen, wenn Kardinals Ermordung aufgeklärt wird, aber ich hoffe auf Milde für den Mörder. Ich spreche lieber mit Ihnen als mit irgendeinem Polizisten oder so, auch wenn ich nicht genau weiß, was Sie mit der Sache zu tun haben.«

Dies sei eine zu lange Geschichte, um sie jetzt zu erzählen, wiegelte Böhnke ab. Er sei da irgendwie hineingerutscht und käme nicht mehr heraus. Dass er damit auch einen Haufen Geld verdienen konnte, verriet er nicht. Er übernahm wieder die Gesprächsführung. »Sie wissen, dass Kardinal wieder arbeitete? In Holland. Als Vertreter für Produkte der chemischen Industrie.«

Hellauf musste die Frau lachen. Sie verschluckte sich am Zigarettenqualm und hustete kräftig, bevor sie endlich krächzend antworten konnte: »Sie sind wohl nicht von dieser Welt, Herr Böhnke? Oder Sie haben das Kombinieren verlernt. Sie brauchen doch nur eins und eins zusammenzuzählen und dann wissen Sie, wie der Hase läuft: Kardinal lebt mit einer Nutte zusammen, hier wird ein Karton Präservative gesucht und Kardinal arbeitet in Holland.« Beim Wort ›arbeitet‹ deutete sie mit den Händen Anführungszeichen an. »Wenn Sie mich fragen, hat er in Holland in Nachtclubs und Bordellen die Präserautomaten mit Parisern bestückt. Das ist«, sie verbesserte sich, »das war seine Welt. Die Kerle stecken doch alle unter einer Decke. Das habe sogar ich mitbekommen als Heimchen am Herd in meiner Leidenszeit mit Kardinal.« Sie erhob sich vom Küchenstuhl. »Kardinal konnte immer schon mehr scheinen als sein, und wenn es sich nur um seine angebliche Berufstätigkeit handelte. Chefredakteur, Ratsherr, international tätiger Vertreter für Produkte der chemischen Industrie; was für ein Quatsch! Der Kerl war ein mehrfach vorbestrafter Verbrecher. Und es ist gut, dass er tot ist, Herr Böhnke.«

Wie passten die Informationen zusammen? Böhnke wusste es nicht. Aber es schien, als hinge über allem der Schatten des Kölner Oberbürgermeisters. Müller war mit Kardinal im Bordell gewesen, eine Bordsteinschwalbe wird in Müllers Wagen, angeblich Müllers Wagen, zur Wohnung von Kardinal gebracht, Müller war es vermutlich, der einen Karton aus der Wohnung in Aachen geholt hatte. Auch schien es noch eine aktuelle Beziehung zwischen Adamczik und Kardinal gegeben zu haben. Wozu sonst hätte er sich bei der Ehefrau gemeldet, noch bevor Kardinals Tod offiziell gemeldet worden war? Das konnte doch nur heißen, dass Adamczik in irgendeiner Weise daran beteiligt gewesen war. Wahrscheinlich traf das auch auf Büchse zu. Da hatte anscheinend die Seilschaft lange bestanden. War es noch Zufall, dass das Trio im Monat nach Lipperichs Entlassung sterben musste, oder war es Lipperichs Plan gewesen?

Es war Böhnke zu anstrengend, die Fäden zu verknüpfen. Aber in ihm wuchs das Gefühl, dass Lipperich vielleicht doch unschuldig war. Ein Werbespruch kam ihm in den Sinn: ›Alles Müller oder was?‹ Müller hatte offensichtlich großes Interesse daran, das Geschehen in seinem Sinne zu regeln. Böhnke war gespannt, wie der Oberbürgermeister auf die CD reagieren würde.

Noch einen Anruf nahm er sich vor, kurz vor dem Zubettgehen. Er wählte die Telefonnummer, die ihm Kardinals Witwe gegeben hatte. Die automatische Mitteilung, die er erhielt, war nicht dazu angetan, seine Stimmung aufzuhellen. »Kein Anschluss unter dieser Nummer«, so konnte er die französischsprachige Ansage übersetzen.

23.

Ein Frühstück mit Lieselotte, das war gewöhnlicherweise nur eine Wochenendangelegenheit. Doch nun saß sie überraschend neben ihm.

»Ich bin die Christel von der Post«, hatte sie ihm grinsend erklärt, als sie am frühen Morgen die Wohnung betrat und ihn aus dem Bett scheuchte. Ob sie die Bemerkung humorvoll oder leicht vorwurfsvoll machte, konnte er nicht aus ihrem Tonfall heraushören, wollte er aber auch besser nicht wissen.

»Commissario, dein Freund Tobias schickt seine Dienerin zu mir und deine Dienerin eilt sofort zu dir, um dir einen Laptop zu bringen. Ihr habt eure Frauen gut unter Kontrolle. Das muss ich schon sagen.«

Böhnke verkniff sich eine Erwiderung. Kurz nach dem Aufstehen mit seiner Liebsten über die Beziehung zwischen den Geschlechtern zu diskutieren, hätte ohnehin mit einer Niederlage für ihn geendet.

»Kannst du überhaupt mit dem Ding umgehen?«, fragte sie kauend. Sie hatte ihm den frischen Toast vom Teller stibitzt und beobachtete, wie er sich zum Toaster auf der Anrichte trollte.

»Tobias hat mir erklärt, ich müsste nur den Startknopf oben links drücken«, antwortete Böhnke ein wenig pikiert. »Es wird schon klappen.« Irgendwie freute es ihn, dass Lieselotte ihm so schnell den Laptop vorbeigebracht hatte; damit hatte er wirklich wegen ihrer beruflichen Belastung nicht rechnen können.

»Ich weiß doch, wie nervös du wirst, wenn du nicht weiterkommst, Commissario.«

Als hätte Lieselotte seine Gedanken lesen können, staunte er.

»Aber glaube bloß nicht, ich verplempere meine freie Zeit damit, für dich Kurierdienste zu leisten«, fuhr sie fort. »Ich habe hier ein paar Unterlagen liegen lassen, die ich heute unbedingt in der Apotheke brauche. Du bist eigentlich nur eine angenehme Begleiterscheinung, mein Liebster.« Sie lachte, als sie seinen griesgrämigen Gesichtsausdruck wahrnahm. »Freue dich doch, dass ich da bin. Ein Frühstück mit mir ist doch viel schöner für dich als wie ein Frühstück ohne mich.«

Da war es wieder, das ›als wie‹, für das er Lieselotte so mochte. Und somit nahm das Frühstück doch noch ein versöhnliches Ende für ihn. Er freute sich über die belebende Unterbrechung seiner Einzelhaft, wie er die Tage allein in Huppenbroich ohne seine Apothekerin bisweilen auch bezeichnete.

Mehr Mühe als angenommen bereitete ihm der Anschluss des kleinen Rechners ans Stromnetz. Es dauerte, bis er endlich die passende Steckverbindung fürs Kabel gefunden hatte. Auch das Öffnen des Laptops gestaltete sich schwieriger als erwartet. Erst nach längerem Hantieren kapierte er, dass er gleichzeitig die Arretierungen an beiden Seiten des Bildschirmteils drücken musste, damit sich das Gerät aufklappen ließ. Dann endeten aber seine Bemühungen. Es gab keinen Startknopf oben links. Entweder war er zu blöd, um den Knopf zu finden, oder Tobias hatte ihn falsch instruiert.

»Du technische Niete!«, pfiff er am Telefon den Anwalt an. »Du hast keine Ahnung, wie dein eigener Laptop funktioniert. Oder kannst du mir verraten, wo sich der verflixte Startknopf versteckt hat?« Oben links sei er jedenfalls nicht.

Das habe er auch nicht gesagt, erwiderte Grundler. »Unten rechts musst du den Laptop einschalten. Das erkennt doch jedes Kind.«

Er sei kein Kind, sondern ein Pensionär, der die Computertechnik nicht mit der Muttermilch aufgesogen habe, knurrte Böhnke. »Zu meiner Zeit schrieb man noch Briefe.« Er verzichtete darauf, auf seinen Standpunkt ›oben links‹ zu beharren. Für derartig unergiebige Wortwechsel wollte er weder Zeit noch Energie verschwenden.

Tatsächlich flackerte der Bildschirm nach wenigen Sekunden auf und eine Melodie erklang. Dann lachte ihn Sabine an.

»Wehe, du fummelst an meinem Bildschirmhintergrund herum«, ließ sich Grundler vernehmen. »Wenn du mit deinen dicken Fingern richtig über die Steuerplatte fährst, kannst du den Cursor auf das Symbol mit dem Titel ›Sybilla‹ lenken. Dort findest du alles, was dein Herz begehrt und dich vielleicht auch atemlos macht.«

»Wieso atemlos?«, fragte Böhnke verblüfft.

»Wirst du sehen. Ich habe jetzt keine Zeit für langwierige Erklärungen«, antwortete Grundler schnell. »Ich habe gleich wegen Lipperich einen Termin bei der Staatsanwaltschaft.«

»Was ist mit ihm?«

»Was mit ihm ist, weiß ich nicht. Er soll heute zu einer Vernehmung nach Köln gebracht werden, weil sich die Kölner und die Aachener immer noch nicht einig sind. Ich selbst kann nicht mit nach Köln, weil ich eine Verhandlung habe. Da muss ich noch dort Kollegen von mir in Gang setzen.«

»Welchen Eindruck hast du denn von Lipperich?«

»Du stellst Fragen am frühen Morgen«, stöhnte Grundler. »Der gibt sich alle Mühe, mir das Leben schwer zu machen. Ich habe ihm gesagt, ich sei von seiner Unschuld überzeugt, aber er glaubt mir nicht. Und ehrlich gesagt, so verstockt, wie er sich gibt, kann ich mir durchaus vorstellen, dass er die drei abgemurkst hat. Ein Motiv ist auf jeden Fall vorhanden: Rache für seine Brüder. Dann ist er außerdem voll und ganz auf den Vater fixiert, für den er wohl durchs Feuer und durch die Hölle gehen würde. Er ist groß und stark und hat im Knast garantiert die Spielregeln fürs Verbrecherleben lernen können. Da er schon einmal einen Menschen getötet hat, fehlt ihm auch die Hemmschwelle. Und zu allem Überfluss freut er sich darüber, dass die drei Kerle tot sind. Und dennoch behauptet er, die Typen nicht gekillt zu haben.«

»Hat er auch nicht«, unterbrach ihn Böhnke. »Ich glaube nicht, dass er als Täter in Betracht kommt.« Er berichtete von seiner Begegnung mit Kardinals Frau. »Das gibt mir seitdem zu denken. Ich muss doch annehmen, dass Adamczik an dem Mord beteiligt war, sonst hätte er mit seinem Wissen am nächsten Tag nicht die Witwe aufsuchen können. Also, warum sollte Lipperich den Adamczik laufen lassen, den er nach Überzeugung der Staatsanwaltschaft auch aus Rache umbringen wollte? Es wäre doch einfacher gewesen, beide auf einen Schlag zu töten, als es bei einem Mord zu belassen und einen Mitwisser zu haben. Außerdem hätte sich Adamczik doch von Lipperich ferngehalten, wenn er glauben musste, der habe ihn im Visier.«

»Interessante Überlegung«, pflichtete ihm Grundler bei. »Aber reine Theorie.«

»Nein, mein Freund, Logik«, wollte Böhnke widersprechen.

»Eine Logik, mit der wir uns bei der Staatsanwaltschaft noch nichts kaufen können, weil sie das Wissen nicht hat. Aber sie hilft uns, die Geschichte unter einem anderen Aspekt zu betrachten.«

Böhnke blinzelte in die Sonne, die für einige Augenblicke durchs Fenster in das Wohnzimmer schien. »Gibt es denn einen Zusammenhang zwischen Lipperich und dem Inhalt der CD?«

»Ich glaube nicht«, antwortete Grundler. »Aber ich nehme an, die CD gibt dir genug Stoff, etwaige Hintermänner hinter den Morden zu vermuten. Dann wird sich für dich nur noch eine Frage stellen: Wenn Lipperich doch der Mörder sein sollte, von wem wurde er beauftragt?« Das müsse für den Moment reichen, meinte er. Er müsse los, verabschiedete sich der Anwalt.

»Wir telefonieren«, sagte er floskelhaft.

›Bin ich etwa auf der Flucht?‹, fragte sich Böhnke. ›Ich lasse mich doch nicht hetzen.‹ Außerdem war ihm die Technik des Laptops suspekt. Er schaffte es einfach nicht, den Cursor mit den Fingern dorthin zu bugsieren, wohin er ihn haben wollte. Immer, wenn er glaubte, den Dateinamen getroffen zu haben und er die Anwendung starten wollte, rutschte der Cursor wieder an eine andere Stelle. ›Dann muss die CD halt warten, bis Lieselotte kommt‹, entschied Böhnke für sich. ›Ich breche mir doch nicht deswegen die Finger.‹ Er klappte den handlichen Rechner zu und ließ sich in seinen häuslichen Alltag zurückfallen.

›Manchmal ist die Einzelhaft doch schön‹, sagte er sich, als er endlich in aller Ruhe durch Huppenbroich schlenderte, diesmal am Friedhof entlang in Richtung Buchenwald. Die Ruhe, das beruhigende Auf und Ab der welligen Landschaft, das leichte Rauschen des Windes in den Blättern der Bäume, wo gab es sonst noch diese Idylle? Es kam ihm vor, als würden ihm die wiederkäuenden Kühe zur Begrüßung zunicken, als er an den Weiden vorbeischritt. Nur noch wenige Tage, dann war ihr Aufenthalt in der Natur vorbei, verbrachten sie die Zeit in den Ställen. Und auch der Hofhund auf dem Bauernhof am Ende des Dorfes beendete sofort das wütende Kläffen und kam schwanzwedelnd auf ihn zugelaufen. Hier war es schön, hier war es friedlich, hier würde er bleiben bis zu seinem Lebensende.

Der Tag hätte in aller Ruhe enden können, wenn da nicht das Telefonat gewesen wäre, das alle Überlegungen über den Haufen warf.

»Lipperich ist abgehauen!«, brüllte Grundler in den Hörer, aufgeregt, wütend, gar nicht mehr von seiner Selbstbeherrschung geleitet.

Böhnke hatte, vor dem Fernseher sitzend, die Tagesschau verfolgt, als ihn der Anwalt anrief.

»Ich bin eben von der Staatsanwaltschaft informiert worden. Lipperich ist weg!«

Der pensionierte Kommissar ließ sich nicht aus der Ruhe bringen. »Mal ganz langsam, mein Freund, und dann von vorne«, sprach er langsam auf Grundler ein. »Selbst wenn du mir durchs Telefon das Ohr abbrüllst, ändert sich nichts. Also, Tatsache ist, das Lipperich fliehen konnte. Warum, wieso, weshalb?«

Er ließ Grundler berichten, stellte gelegentlich Zwischenfragen und glaubte schließlich, das Geschehen zu kennen.

Wie beabsichtigt, hatte die Staatsanwaltschaft Lipperich nach Köln überführen wollen. Weil kein Gefangenentransporter zur Verfügung stand, wurde der Inhaftierte in ein Personenfahrzeug der Zivilfahndung verfrachtet. Auf der Autobahn geriet der Pkw vor einer Baustelle an einer

Fahrbahnverengung in der Nähe der Ausfahrt Düren in einen Stau. Offenbar war Lipperich nicht ordnungsgemäß angekettet worden oder man hatte das Schloss der Handschellen nicht richtig geschlossen. Jedenfalls war der Verdächtige aus dem stehenden Fahrzeug gesprungen, über die Leitplanke auf die Gegenfahrbahn gelangt und auf der anderen Seite der Autobahn in der Böschung abgetaucht. Zwar hatten zwei Wachmänner sofort seine Verfolgung aufgenommen, aber sie hatten den Flüchtenden nicht mehr entdeckt. Auch brachte eine sofort eingeleitete Ringfahndung keinen Erfolg. Eine Hundestaffel und ein Hubschrauber konnten ebenfalls keine Spur von Lipperich aufnehmen.

»Der ist spurlos verschwunden«, endete Grundler. »Und du weißt, was das bedeutet?«

Es lag auf der Hand. Warum hätte Lipperich flüchten sollen, wenn er unschuldig war? Seine Flucht war eindeutiges Indiz dafür, dass er mit den Mordfällen zu tun hatte.

»Einfacher wird der Fall dadurch nicht«, stöhnte Grundler.

›Nicht für dich‹, wollte Böhnke erwidern. Er überlegte kurz, sich aus der Geschichte auszuklinken. Eigentlich hatte er doch gar nichts damit zu tun. Doch er verwarf diesen Gedanken so schnell, wie er gekommen war. Jetzt hatte er sich so lange darin getummelt, jetzt wollte er auch wissen, wie die Sache ausging.

»Hast du eine Idee, wohin Lipperich abgehauen sein könnte oder wo er sich versteckt?«, fragte Grundler.

»Nein«, antwortete Böhnke spontan. Obwohl? Er überlegte. Unwahrscheinlich war wohl, dass Lipperich zu seinem Vater nach Kornelimünster flüchten wollte. In Aachen wäre das Risiko, erwischt zu werden, viel zu groß.

Aber es gab eine Möglichkeit, einen durchaus infrage kommenden Fluchtort. Warum hatte sich Lipperichs Vater in der ›Alten Post‹ nach Fremdenzimmern erkundigt?

24.

Er wurde aus dem Alten einfach nicht schlau. Als er sich bei ihm meldete, schien der Typ angefressen, obwohl er keinen Grund dazu sah. Der Alte hatte ihn davor gewarnt, sich in der Öffentlichkeit blicken zu lassen, und ihn dann aufgefordert, sich am nächsten Tag erneut zu melden. Er hätte dann einen Auftrag für ihn.

So saß er im Zug, der ihn nach Köln bringen sollte, ständig umherblickend, ob ihn jemand beobachtete. Weisungsgemäß hatte er seinen Haaren einen Bürstenschnitt verpasst, sich gründlich rasiert und mit Schlips und dunkelgrauem Anzug gekleidet. Es war gar nicht so einfach gewesen, in wenigen Stunden die angeordnete Kleidung zu beschaffen. Aber er hatte es vermocht, ohne übermäßig Aufmerksamkeit zu erregen. Er sah seriös aus, ganz so, wie nach seiner Auffassung ein erfolgreicher Vertreter auszusehen hatte. In gewisser Weise sollte er auch in Vertreterfunktion unterwegs sein und den Job von Kardinal übernehmen, hatte ihm der Alte gesagt. Alle Informationen würde er in der Wohnung in der Jakordenstraße bekommen.

Der Auftrag war klar umrissen. Er erhielt eine Adressenliste aus der Provinz Limburg in den Niederlanden zwischen dem Dreiländereck im Süden und Roermond im Norden. An den angegebenen Stellen sollte er die Präservative aus dem Karton abliefern, den er in der Wohnung auf dem Küchentisch neben dem Briefumschlag gefunden hatte. Im Gegenzug würde er von den Abnehmern Päckchen erhalten, die er in der Jakordenstraße abzugeben hatte. Den Mietwagen würde er in der Tiefgarage vorfinden, der passende Schlüssel lag neben der Liste in dem Umschlag.

Er war stolz, der Alte hatte sein Versprechen gehalten und ihn befördert. Er war in der Hierarchie eine Stufe nach oben geklettert und hatte eine vertrauensvolle Position eingenommen, bei der es um mehr ging als um das Ausschalten von Feinden oder unzuverlässigen Kleinkriminellen in den eigenen Reihen. Jetzt ging es ums Geschäft, um Geld, um Macht. Die eigenen Jungs würden ihm noch mehr Respekt entgegenbringen. Die Zeiten, in denen er sich mit solchen Idioten wie Kardinal oder dem Zwerg herumschlagen musste, die waren endlich vorbei. Die Schnarchsäcke würden ab sofort Handlangerdienste für ihn leisten, ihn beschützen müssen, dafür sorgen, dass die Bullen ihn nicht zu fassen kriegten.

Leichte Enttäuschung wuchs in seinem Gesicht, als er in der Tiefgarage nicht die große Limousine vorfand, sondern einen unscheinbaren und auch schon angerosteten roten Ford Focus. Nicht gerade der standesgemäße Dienstwagen eines erfolgreichen Vertreters für Produkte der chemischen Industrie.

Er wusste nicht genau, was ihn in Holland erwarten würde, er hatte nur davon gehört, dass der Alte mit

Geschäftsfreunden dort einen regen Handel betrieb. Der Alte hielt sich ja ohnehin mehr in Holland als in Aachen oder Köln auf.

Er würde die Lümmeltüten an den Adressen in Limburg abliefern. Im gleichen Atemzuge nahm er Geldumschläge, Kokspakete oder Dosen mit Ecstasypillen entgegen. Er würde sehen, ob sich das bestätigte, was er im Dunstkreis des Alten gehört hatte. Der Alte hatte wohl die perfekte Tarnung. Und die Gerüchte, dass er seinen eigenen Sohn nach dessen verbüßter Haft ins Unternehmen eingeschleust hätte, nahm er mit großer Zufriedenheit hin.

Kurz hinter dem Grenzübergang Lichtenbusch verließ er die Autobahn, die von Aachen in Richtung Eindhoven führte, und bog in Richtung Valkenburg ab. Er suchte einen ehemaligen Bauernhof, auf dem sich ein Luxusbordell etabliert hatte. Ursprünglich sollte er diese Station als zweite ansteuern. Aber die erste Adresse, die er anfahren sollte, war kurzerhand von der Liste gestrichen worden. Den Grund dafür hatte er am Morgen bei seiner Zugfahrt in einer herrenlosen Zeitung gelesen. Das Ecstasylabor war am Vortag von der Polizei ausgehoben worden, dabei hatten die Bullen eine millionenschwere Pillenmenge sicherstellen können.

Er wunderte sich über die Selbstverständlichkeit, mit der er an den einzelnen Stationen seiner Tour behandelt wurde. Er lieferte seine Ware ab und packte die erhaltenen Waren in den Karton. Wenn er überschlug, hatte er bestimmt einen Warenwert von mehreren Millionen Euro bei sich. Da war die Versuchung groß, sich davon zu bedienen. Aber er würde den Alten niemals hintergehen. Die bescheuerten Typen, die das versucht hatten, lebten nicht mehr.

Trotz der wertvollen Fracht trat er unbekümmert die Rückfahrt an. In einem Bordell in Eigelshoven hatte er den letzten Tausch vorgenommen. Die Region war halt das Handelszentrum für Drogen aller Art, die ins Rheinland und vornehmlich in den Kölner Bereich geliefert wurden. Er fluchte über das fehlende Navi in dieser Schrottkiste und suchte erfolglos an den Straßenkreuzungen nach Hinweisschildern in Richtung Aachen oder Köln. Er hatte sich irgendwie verfranzt. Zu den einzelnen Stellen hatte es detaillierte Angaben auf seinem Streckenplan gegeben. Die Rückfahrt nach Köln musste er ohne Hilfe bewerkstelligen.

Auf einer leeren Landstraße, die nach seiner Vermutung zur deutschen Grenze führen musste, wurde er rasant von einem Landrover mit niederländischem Kennzeichen überholt. Kaum war der an seinem Focus vorbeigeschossen, verlangsamte der Fahrer die Fahrt, sodass er genötigt war, voll in die Eisen zu steigen. Er kam gerade noch hinter dem Penner zum Stillstand, ruckte dann aber nach vorne gegen die Stoßstange des Vordermannes, als sein Wagen von hinten leicht angestoßen wurde. Im Rückspiegel erkannte er die Front eines weiteren Landrovers. Die beiden Geländewagen hatten ihn in die Zange genommen. Er wusste sofort, wo er die Fahrzeuge gesehen hatte: wenige Minuten vorher auf dem Parkplatz des Bordells.

Der Fahrer des ersten Wagens, ein in eine Lederkombi gekleideter Bartträger, kam auf ihn zu.

Als er das Seitenfenster öffnete, starrte er in den Schalldämpfer einer Pistole. Ehe er reagieren konnte, hatte er die Waffe an der Schläfe. Er kam gerade noch dazu, einen letzten Gedanken zu fassen: Sein Vertrauen in den Alten war wohl einseitig gewesen. Dann löste sich der Schuss.

25.

Das hektische Scheppern der Türglocke störte Böhnke bei seiner Zeitungslektüre am Frühstückstisch. Normalerweise interessierte er sich nicht für die Europapolitik, aber diesen Artikel las er mit Interesse. Wahrscheinlich lag es am Thema, dem Braunkohletagebau in der Region zwischen Aachen, Köln und Düsseldorf mit den drei riesigen Löchern. Ein Europaparlamentarier aus der Städteregion Aachen von der Sozialdemokratischen Fraktion im EU-Parlament sprach sich für eine langjährige, intensive Nutzung der Braunkohle aus, seine ökologisch angehauchte Parlamentskollegin Regina Engelen aus Köln hingegen beklagte einen umweltpolitischen und energiepolitischen Wahnsinn, der sofort beendet werden müsse.

Gestört durch das Läuten, erhob er sich und öffnete ungehalten die Tür. Sofort erkannte Böhnke den Besucher wieder, obwohl er ihn vor rund 15 Jahren das letzte Mal zu Gesicht bekommen hatte. Josef Lipperich stand, Einlass begehrend, im Eingang.

Er hatte wenig Ähnlichkeit mit seinem kleinen Vater. Groß und stämmig, fast schon bedrohlich, hatte er sich vor Böhnke aufgebaut. Seine Kleidung war verschmutzt und am rechten Hemdsärmel eingerissen. Das braune Haar hing Lipperich zerzaust in die hohe Stirn. Mit seinen blassen, trüben Augen wirkte er übernächtigt.

Und sein Ziel war offensichtlich der Hühnerstall von Böhnke in Huppenbroich.

»Lassen Sie mich rein, bitte«, krächzte Lipperich fast flehentlich. »Ich kann nicht mehr.« Er hatte sich am Türrahmen abgestützt und begann zu zittern.

Unwillkürlich trat Böhnke zur Seite. Bloß keine Aggressionen erzeugen!, dachte er sich. Er wusste, dass er vertrauensvoll wirken konnte, dass selbst Verbrecher Zutrauen zu ihm entwickelten. Warum also sollte er sich gegen seine Natur verhalten, in einer Situation, in der er letztendlich doch den Kürzeren ziehen würde. Der Riese vor ihm hätte im Streitfall leichtes Spiel.

»Was wollen Sie, Herr Lipperich?«, fragte er höflich. Er registrierte das irritierte Aufblitzen in den Augen des Riesen, der schnell in die Wohnung eintrat.

»Eine Tasse Kaffee, eine heiße Dusche und ein warmes Bett«, antwortete Lipperich müde und ließ sich auf den Küchenstuhl sinken. »Und dann brauche ich Ihre Hilfe, Herr Böhnke.«

»Wieso?«

»Weil mein Alter mir gesagt hat, es gibt nur einen Menschen, der mir helfen kann. Und das sind Sie.«

Nachdenklich füllte der Pensionär den Kaffee in die Tasse, die er für Lipperich aus dem Schrank geholt hatte. »Sie haben den richtigen Zeitpunkt gewählt. Ich war fast fertig mit dem Frühstück«, versuchte er zu scherzen. Er setzte sich auf die Küchenbank und beobachtete den erschöpften Mann.

»Eine Frage noch, warum sind Sie geflohen?«

»Weil mir niemand glaubt, Herr Böhnke. Ich bin unschuldig und ich kann es nicht beweisen, wenn ich in U-Haft sitze.«

Böhnke beließ es bei der Antwort. »Die Dusche ist direkt rechts neben der Haustür«, sagte er stattdessen. »Ein Bett finden Sie oben im Gästezimmer.« Er betrachtete den erschöpften Mann, der nicht nach Mitte 40, sondern eher nach Anfang 60 aussah.

»Ich gehe jetzt ins Dorf. Ich muss meinen Spaziergang machen.«

»Wehe, Sie alarmieren die Bullen«, sagte Lipperich drohend.

Böhnke lachte ihn an. »Ich denke, Sie wollen meine Hilfe. Dann müssen Sie mir auch vertrauen«, erwiderte er im Weggehen.

Er war gespannt, ob der nicht geladene Gast nach seiner Rückkehr noch in der Wohnung wäre oder ob er das Weite gesucht hätte. Er war jedenfalls froh, zunächst aus der unerwarteten und angespannten Situation herauszukommen. Große Beute würde Lipperich nicht mitnehmen, falls er abhauen sollte; allenfalls Grundlers Laptop brachte ein paar Kröten.

Aber Lipperich würde nicht flüchten, wenn er sich unschuldig sah. Schaun mer mal, zitierte Böhnke einen vermeintlichen Fußballkaiser, der in der letzten Zeit den Namen Firlefranz erhalten hatte.

Sollte er oder sollte er nicht? Er schwankte und machte sich die Entscheidung schwer. Die einzigen Menschen, die er um Rat fragen könnte und wollte, waren nicht zu sprechen. Lieselotte war auf Kundenbesuch, Tobias turnte im

Amtsgericht herum. Beide würden erst am Nachmittag erreichbar sein. Bis dahin musste er aber seine Entscheidung längst getroffen haben. Wegen seiner Verpflichtung als Staatsbediensteter und Kriminalkommissar a. D. gab es eigentlich nur eine Möglichkeit: Er musste im Polizeipräsidium in Aachen anrufen und das Auftauchen von Lipperich in Huppenbroich melden. Aber musste er sich tatsächlich an seine beamtenrechtliche Verpflichtung halten? Böhnke hatte sich im Tiefenbachtal hinter dem Jugendzeltplatz auf den Wanderweg nach Dedenborn begeben. Die schlechte Erinnerung und die Todesgefahr, die er mit diesem Weg verband, hatte er inzwischen verdrängt. Damals hatte er darauf hoffen müssen, dass ihm jemand aus der lebensbedrohlichen Lage half, jetzt schnarchte vermutlich jemand in seiner Wohnung, der darauf hoffte, dass ihm geholfen wurde. Eine Begegnung mit Schulze-Meyerdieck, seinem Nachfolger als Leiter des Kommissariats für Tötungsdelikte, würde wahrscheinlich wieder mit gegenseitiger Missachtung enden. Konnte er sicher sein, dass Lipperich ihn nicht umbringen würde, so wie er nach Auffassung der Staatsanwaltschaft schon drei Menschen nach seiner Haftentlassung getötet hatte? Wankelmütig schwankte Böhnke zwischen Tätigen und Unterlassen eines Anrufes bei der Polizei. Machte er sich strafbar, wenn er einen flüchtigen Mordverdächtigen bei sich beherbergte? Gehörte es zum Schutz eines Mandanten, wenn man ihn vor der U-Haft bewahrte? Zu einer Erkenntnis kam er: Gesetzeskonform handelte er nicht, wenn er Lipperich nicht verriet, immerhin deckte er durch sein Verhalten einen potenziellen Mörder.

Im Café in Dedenborn setzte er seine unterbrochene Zeitungslektüre fort. Ein wenig wunderte er sich, in keiner

Journaille einen Bericht über Lipperichs Flucht zu finden. Die Fahnder würden wohl einen Grund haben, warum sie die Öffentlichkeit noch nicht informiert hatten, dachte er sich. Nach den vielen negativen Schlagzeilen über die Justizvollzugsanstalt in Aachen in den letzten beiden Jahren wegen prügelnder oder an Flucht beteiligter Wachbeamter passte eine erneute Flucht eines Häftlings, auch wenn es ein U-Häftling war, nicht in das Bemühen der Anstalt, ihren ramponierten Ruf zu polieren. Diese Überlegung gab für ihn den Ausschlag: Wenn die Behörden Lipperichs Flucht verschwiegen, konnte auch er schweigen. Ihm war klar, dass er dadurch eine Entscheidung vor sich her schob. Aber warum sollte er aktiv werden, wenn die Fahnder die Öffentlichkeit noch nicht zur Mithilfe aufgefordert hatten?

Gespannt kletterte er in den Bus, der ihn zurück nach Huppenbroich bringen würde; gespannt, ob er Lipperich in seiner Wohnung antreffen würde.

Das Badezimmer war aufgeräumt und trocken, der Küchentisch leer und das Frühstücksgeschirr gespült. Im Wohnzimmer schien nichts verändert, auch der Laptop stand noch dort, wo er ihn abgestellt hatte. Lipperich hatte sich augenscheinlich als Hausmann betätigt, bevor er sich zurückgezogen hatte. Die leichten, rhythmischen Schnarchgeräusche oberhalb der schmalen Holztreppe zum Gästezimmer verrieten ihm, dass der Flüchtling tief schlief.

Beim Scheppern der Türglocke erschrak nicht nur Böhnke, auch das Schnarchen stoppte abrupt. Vorsichtig öffnete der Pensionär und erkannte Walter Lipperich.

»Ist mein Sohn schon bei Ihnen?«, fragte der kleine Mann.

»Nein«, log Böhnke spontan. »Warum sollte er bei mir sein? Der ist doch im Knast. Oder?« Das fehlte ihm noch, dass er in eine Familienangelegenheit geriet, die er nicht durchschauen konnte. »Und jetzt verschwinden Sie!«, fauchte er den Alten an. »Ich habe keine Zeit.«

Beschwichtigend hob Lipperich die Hände. »Ist ja gut. Wenn Josef bei Ihnen aufkreuzen sollte, sagen Sie ihm, ich bin in der Alten Post.«

Kaum hatte Böhnke die Haustür geschlossen, kletterte Lipperichs Sohn die Treppe herunter. »Warum haben Sie meinen Vater belogen?«, fragte er in einem höflichen Ton, weder aggressiv noch verärgert, einfach nur höflich.

»Weil ich zuerst mit Ihnen klarkommen möchte«, antwortete Böhnke. »Ihr Vater ist mir zu kompliziert und zu anstrengend und hat mich zu oft in die Irre geführt.« Er betrachtete seinen Gast, der nur mit einer bunten Boxershorts bekleidet war. »Moment.«

Er suchte in seinem Kleiderschrank nach einer alten und daher ausgeleierten Sporthose und einem großen, ungetragenen Flanellhemd, das er irrtümlich gekauft hatte. Die Sachen saßen zwar eng an dem stämmigen Lipperich, aber er bot, derart bekleidet, immer noch einen besseren Anblick als ein kräftiger Mann in einer schmutzigen Unterhose.

»Verraten Sie mir bitte zunächst was über Ihren Vater«, bat er Lipperich, als sie sich gegenüber am Küchentisch saßen und eine Dosensuppe verspeisten. »Warum hält der mit seinem Wissen hinterm Berg und sagt nur die Hälfte von dem, was ich wissen müsste, um ihm effektiv helfen zu können?«

»Der ist grundsätzlich misstrauisch«, antwortete Lipperich. »Er verrät nie mehr, als er verraten will. Das macht ihn auch für seine Freunde oft undurchschaubar.« Er lächelte kurz. »Wahrscheinlich hat er auch Ihnen nur Bruchstücke erzählt. Immer nur Häppchen, nie die ganze Geschichte. So ist er halt.« Er löffelte seine Suppe. »Aber im Prinzip hat er immer nur seine Familie im Blick gehabt.«

»Und hat erleben müssen, dass zwei seiner Kinder sterben mussten«, unterbrach Böhnke.

Lipperich nickte. »Das hat er nie verkraftet. Und dann habe ich auch noch den Scheiß gebaut.« Er lächelte verlegen. »Das wissen Sie ja genauso gut wie ich. Ich habe dafür gebüßt.«

»Und jetzt sind Sie der Racheengel Ihres Vaters?«

Kurz flackerte Zorn in Lipperichs Augen auf. »Glauben Sie das etwa auch? Das stimmt nicht. Bestimmt bin ich froh, dass dieser Scheißkerl Kardinal tot ist und auch die anderen beiden. Aber die gehen nicht auf mein Konto. Das müssen Sie mir glauben.«

Böhnke blieb stumm.

»Mein Vater war und ist sehr verbittert«, fuhr Lipperich fort, »und ich glaube, er hatte auch Angst, dass ich meine Brüder rächen würde. Aber das ist nicht so. Ich bin doch nicht blöd.« Er fischte in der Suppe nach den Grießklößchen. »Sie kennen die Geschichte meiner Brüder?«

»In groben Zügen«, bestätigte Böhnke. Endlich und zu seinem Entsetzen fiel ihm wieder ein, was es damals auf sich hatte, als er mit der Ermittlung gegen Lipperich beauftragt war. Jedoch würde er darüber nicht mit ihm reden. Lipperich schien tatsächlich unschuldig, wenn er dessen Verhalten im momentanen Gespräch zugrunde legte. Aber warum war er dann geflohen?

»Weil mir die Bullen, Verzeihung, die Polizisten, nicht

glauben würden. Oder meinen Sie etwa, die würden andere Spuren verfolgen, wenn sie einen möglichen Täter in ihren Fängen haben? Nein.« Lipperich schüttelte entschlossen den Kopf und schaute Böhnke ernst an. »Ich muss mit Ihrer Hilfe meine Unschuld beweisen oder wenigstens Möglichkeiten aufzeigen, dass es einen oder mehrere andere Täter geben kann. Mein Vater hat mir gesagt, dass Sie mir helfen werden. Das tun Sie doch, oder?«

Böhnke schwieg weiter. Langsam füllte er mit einem Schöpflöffel heiße Suppe in die Teller nach. Lipperich solle erzählen, er würde zunächst zuhören. So wie damals, als er Lipperich nach dem vermeintlichen Totschlag an dem Studenten verhört hatte. Auch damals hatte Lipperich erzählt, und er als Kommissar hatte sich das Bild gemacht, das nach seiner Sicht der Dinge das richtige gewesen war. Er erinnerte sich in einer Deutlichkeit, als sei das Geschehene erst wenige Tage und nicht viele Jahr her. Für ihn hatte Lipperich eine Körperverletzung mit Todesfolge begangen, weder einen Mord noch einen Totschlag. Staatsanwaltschaft und Gericht hatten in ihrer übergeordneten Kompetenz die Tat anders gewertet, den Totschlag gewollt; aus Gründen, die er erst viel zu spät durchschaute: Der bei der Prügelei gestorbene Student stammte aus einer angesehenen Aachener Familie, Lipperich war nur ein kleiner, unbedeutender Mensch.

Aber als er zu dieser Erkenntnis kam, war der Prozess längst gelaufen und Lipperich saß ein.

Gewissermaßen hatte Josef Lipperich etwas gut bei ihm, er würde ihm helfen, weil er ihm einfach helfen musste.

»Sie wissen, dass mein jüngerer Bruder bei einem illegalen Autorennen von Köln nach Aachen und zurück am

Europaplatz von einem Auto überfahren wurde?«, fuhr Lipperich endlich fort. »Wenn ich dann sehe, dass der durchgeknallte Fahrer wegen fahrlässiger Tötung nur eine Bewährungsstrafe bekommt, überfallen mich Zweifel an der Gerechtigkeit, wenn ich meine eigene Bestrafung sehe. Vollends habe ich den Glauben an die Gerechtigkeit dann verloren, als dieser Kardinal ohne jegliche Strafe aus dieser kriminellen Angelegenheit herauskam. Der hat das Rennen veranstaltet. Das weiß ich ganz genau, weil ein Kumpel aus Aachen zu denen gehörte, die Wetten platziert haben. Aber er leugnete bei seiner Vernehmung, der Wahrheitsgehalt meiner Aussage gegen Kardinal wurde bezweifelt, weil sie auf Hörensagen beruhte. Da ist auch in meinem Vater ein Teil Lebensglück verloren gegangen. Der Tod meines zweiten Bruders hat ihm dann noch mehr Lebenslust geraubt. Und auch da hat Kardinal seine schmutzigen Finger im Spiel gehabt. Davon bin ich überzeugt. Ich war zwar nicht bei der Schlägerei dabei, aber ich habe genug davon gehört. Mein Bruder war immer schnell mit den Fäusten zur Sache, das will ich nicht verschweigen, aber wie ich mir sagen ließ, wurde er regelrecht von ein paar Typen eingekesselt und zu Tode geprügelt. Das war reine Absicht, ihn zu töten. Und diese Typen gehörten ganz klar zur Truppe von Kardinal. Aber bei der Gerichtsverhandlung war nur von einzelnen Schlägern die Rede, kein Sterbenswort von einem organisierten Schlägertrupp. Der Polizeibericht geht von einer Schlägerei mehrerer Fans bei einer zufälligen Zusammenrottung aus.« Er schüttelte ungläubig den Kopf. »Ich kenne die Akten und die Polizeiberichte, die wir bekommen haben, auswendig. Die werde ich nie vergessen. Und jetzt?« Er rührte lustlos in seinem Suppenteller, als seien ihm Hunger und Appetit vergangen. »Jetzt verstecke ich mich bei einem ehemaligen Kriminalkommissar, der mich schon einmal eingebuchtet hat, und hoffe darauf, dass er mir hilft, die gerade wiedergewonnene Freiheit zu behalten.«

26.

Am frühen Abend, in den Lokalnachrichten des WDR-Fernsehens um 18 Uhr, wurde zum ersten Mal über die geglückte Flucht von Josef Lipperich berichtet. Der Pressesprecher der Staatsanwaltschaft bat die Bevölkerung um Mithilfe bei der Suche nach dem gewaltbereiten Flüchtling. Zuvor hatte ein Reporter in seinem Filmbericht dramatisch und besorgniserregend über die Flucht berichtet.

»Die Hälfte der Fakten hat er weggelassen«, sagte Lipperich erstaunlich ruhig. Von der Dämlichkeit seiner Begleiter auf dem Transport nach Köln wurde ebenso wenig berichtet wie von der Tatsache, dass er in einem Zivilwagen befördert worden war. Wie er es geschafft hatte zu entkommen, blieb ebenso im Dunkeln wie der Umstand, dass er einen Stau auf der Autobahn für sein Entkommen genutzt hatte. Über die Fluchtumstände werde aus Fahndungsgründen keine Angabe gemacht, hieß es lapidar. Stattdessen ließ sich der Reporter darüber aus, wie gefährlich der Entflohene sei. »Mit keiner Silbe wird die

Unachtsamkeit der Polizisten erklärt, die nicht verriegelte Autotür und die nicht richtig verschlossenen Handschellen. Wenn die mich schnappen sollten und ich das publik mache, kriegen die mächtig Ärger.«

Böhnke biss sich auf die Lippe. Bloß keine unbedachte Bemerkung!

Würde Lipperich die Umstände seines Verschwindens jemals publik machen können? Vielleicht hatte er das Pech, auf der Flucht erschossen zu werden. Er schüttelte den ungeheuerlichen Gedanken von sich. Aber nicht nur wegen der theoretischen Möglichkeit gewährte er Lipperich Unterschlupf, wenn er einmal die Sache vor 15 Jahren außer Acht ließ. Er stellte sich den Medienrummel vor, der morgen ausbrechen würde. Da hatte Lipperich einfach keine Chance, unentdeckt zu bleiben. Wenn er ihm glauben durfte, war sein Gast auf dem Weg nach Huppenbroich von niemandem erkannt worden.

Bei seiner Schilderung am späten Nachmittag hatte Lipperich sachlich über seine Flucht berichtet. Er hatte zunächst Glück gehabt. Unterhalb der Autobahnböschung hatte er an einem asphaltierten Feldweg ein zwar verrostetes, aber taugliches Fahrrad gefunden. Damit war er wenige Meter weiter durch eine Unterführung wieder auf die andere Seite der Autobahn gelangt und nach kurzer Strecke in einem Waldstück verschwunden. »Ehe die reagieren konnten, war ich weg.« Mit dem Fahrrad war Lipperich bis nach Langerwehe gefahren und dort in einen Bus gestiegen, der just die Haltestelle anfuhr, als er mit dem Rad ankam. »So bin ich bis nach Schevenhütte gekommen. Da habe ich an einer Telefonzelle mit meinem Vater telefoniert. Und ab dann bin ich zu Fuß unterwegs gewesen. Immer nur durch den

Wald mit der ungefähren Orientierung Richtung Huppenbroich. Und wie Sie sehen, habe ich mein Ziel erreicht. Ich weiß nicht, wie viele Kilometer ich gelaufen bin, aber ich bin tatsächlich in Huppenbroich angekommen.«

Und so sollte er auch in Huppenbroich bleiben, entschied Böhnke für sich.

Die Stunden zuvor waren anstrengend und von einer intensiven Informationsfülle gewesen, obwohl es zunächst danach nicht ausgesehen hatte. Lipperich hatte sich nach dem Mittagessen zum Schlafen zurückgezogen. Böhnke bemühte sich derweil bei seinem Spaziergang, einen großen Bogen um die Dorfgaststätte zu machen. Er legte keinen gesteigerten Wert darauf, Josefs Vater in die Hände zu fallen.

Nach seiner Rückkehr hatte er erneut Grundlers Nummer gewählt. Aber es meldete sich niemand. So blieb er mit seinem ungewöhnlichen Gast und seinen ungeordneten Gedanken allein. Er würde die Offensive antreten, nahm er sich vor. Möglicherweise könnte ihm Lipperich helfen und es gelang ihnen gemeinsam, andere Tatverdächtige zu finden. Immerhin hatte er die Informationen von Kardinal, die er gemeinsam mit Lipperich durchforsten würde. Schlimmstenfalls würde er dabei erkennen müssen, dass sein Überraschungsgast doch an der Sache beteiligt war.

Mit welchen Konsequenzen für ihn selbst?

Darüber wollte Böhnke nicht nachdenken. Insofern hoffte er auf Grundler, den er dringend um Rückruf gebeten hatte.

Lipperich brachte den Computer schnell zum Laufen und öffnete die Dateien. »Hatte ja im Knast viel Zeit, mich mit der neuesten Computertechnologie zu beschäftigen«, meinte der Mann leicht grinsend. Sie hatten sich nebeneinander an den Küchentisch gesetzt und schauten gemeinsam auf den kleinen Bildschirm.

»Was wollen Sie denn als Erstes? Sie haben die freie Auswahl zwischen diversen Unterdateien.«

Böhnke schaute auf die vielen Symbole mit unterschiedlichen Bezeichnungen, die allesamt auf den ersten Blick wenig Sinn ergaben, die aber alle für einen bestimmten Bereich stehen mussten. Wie etwa WA für Wohnung Aachen. Dieser Titel stand über einer neuen Datei, die sich nach dem Anklicken des WA-Symbols geöffnet hatte.

»Puh«, stöhnte Böhnke in Anbetracht der diversen Buchstabenkombinationen.

»Dahinter scheint sich viel Zeug zu verstecken. Wollen wir sie alle durchchecken?« Fragend sah Lipperich seinen Tischnachbarn an, der unsicher und unentschlossen auf den Bildschirm stierte.

»Wenn wir schon einmal dabei sind«, brummte Böhnke. »Ich dachte, ich soll Ihnen helfen, und vielleicht finden wir in diesem Laptop den Schlüssel zur Hilfe.«

»Sie sind der Boss«, entgegnete Lipperich. »Ich bin nur die Tippse.«

Der Titel ›Wohnung Aachen‹ enthielt mehr Brisanz, als er zunächst ausdrückte. Dahinter versteckte sich die komplette Beziehung zwischen Kardinal und Sybilla Großknecht einschließlich der pdf-Dateien der Hochzeitsurkunde, des Aufhebungsvertrags ihrer Ehe und der Unterlagen über die unentgeltliche und unbefristete Überlassung der Wohnung.

Lipperich staunte nur mit offenem Mund. »Der hat die Tussi ausgenommen wie eine Weihnachtsgans. Wenn der

Scheißkerl nicht gerade Kardinal wäre, könnte man fast Respekt vor seiner Leistung haben. Hat er gut hingekriegt.«

Im Nachhinein ärgerte sich Böhnke über seine Aktion, Lipperich um Mitarbeit am Laptop zu bitten. Was war, wenn der mit seinem Wissen hausieren ging? Aber jetzt war es auch egal, konnte und wollte er nicht mehr zurück. Er würde ihm begreiflich machen müssen, dass er das, was er hier gelesen hatte, nie zu Gesicht bekommen hatte. Nicht nur er, auch Grundler käme sonst womöglich in Teufels Küche.

»Das war ja ein richtiger Bürokrat«, hörte er Lipperich verblüfft sagen. »Der hat ja jeden Tag aufgeschrieben, den er in der Wohnung verbracht hat. Wenn der in anderen Dingen auch so sorgfältig Buch geführt hat, dann aber gute Nacht, Marie.«

Hinter ›RA‹ verbarg sich, wie Böhnke richtig vermutete, die Ratsarbeit, aber auch deren Vorgeschichte. Es hatte den Anschein, als hätte Kardinal seine kommunalpolitische Arbeit von langer Hand geplant. Dem Dokument der Vereinsgründung der KGB entnahm er, dass die erforderlichen sieben Vereinsgründer allesamt aus dem familiären Umfeld von Kardinal stammten. Entweder trugen sie seinen Familiennamen oder den Geburtsnamen seiner Frau. Seit der Gründung hatte es keinerlei Wechsel im KGB-Vorstand gegeben. So einfach konnte man in die Kommunalpolitik kommen, staunte Böhnke. Das galt umso mehr, nachdem Kardinal mit seinem Zeitungsblättchen öffentliche Aufmerksamkeit gewann. Randnotizen erklärten Böhnke, dass Kardinal mit dieser Strategie zu Werke gegangen war.

Des Weiteren enthielt die Unterrubrik sämtliche Protokolle, Anträge und sonstigen Unterlagen, die mit der Arbeit in der KGB-Fraktion zusammenhingen. Auch hatte Kardinal Dossiers über seine Fraktionskollegen angefertigt. Er erdreistete sich sogar, einen seiner Ratsherrn als ›schwul, schwach und harmlos‹ zu beurteilen.

»Der hat ja alles notiert. Ist der bekloppt?«, staunte Lipperich. »Da bin ich ja richtig gespannt, was wir in den anderen Ordnern finden. Was glauben Sie?«

Böhnke wollte nichts glauben. Ihn interessierten viel mehr die Ziffern, die in den Texten an verschiedenen Stellen in Klammern eingefügt waren. Das war ihm schon in der Anlage WA aufgefallen und hatte sich in dieser Anlage RA wiederholt. Er pustete durch. Wenn sich in den übrigen Dateien eine ebensolche Informationsfülle finden würde, würde ihm der Kopf qualmen. Diese Fülle könnte er nicht mit einem Mal verdauen.

»Weiter!«, sagte er deshalb. »Lassen Sie uns heute nur einen generellen Überblick verschaffen. Mehr geht nicht.«

Lipperich klickte das ›PA‹ an und gelangte zu Privatangelegenheiten. Eine Abteilung darin befasste sich mit ›privaten Urteilen und Verfahren‹. Darunter befand sich sogar eine Unterabteilung, in der Kardinal seine nicht bezahlten Knöllchen wegen Falschparkens und Geschwindigkeitsüberschreitungen aufgelistet hatte. Der schnelle Überblick brachte auch sämtliche Unterlagen über die Stadtteilzeitung ›Gewitter‹ zutage.

Lipperich drängte darauf, noch einmal auf die Sammlung mit den Verfahren zurückzukehren. Er suchte in der Chronologie den Zeitraum, in dem das illegale Autorennen stattgefunden hatte. Sein Entsetzen wuchs mit jeder Seite, die er aufblätterte. Kardinal hatte tatsächlich nicht nur das Rennen organisiert, sondern auch Wetten angenommen, die er ebenfalls einschließlich der Namen detailliert verewigte , und er hatte, wie er dreist vermerkte, ›Schmiergelder‹ gezahlt.

»Hier, sehen Sie!« Lipperich deutete auf den Namen. »Das ist mein Aachener Kumpel. Der hat 500 Mark bekommen, damit er die Klappe hält. Scheißkerl!«, fluchte er. Er schluckte schwer. »Wenn mein Vater das erfährt, kriegt der 'nen Herzinfarkt.« Lipperich blätterte hastig in der Chronologie rückwärts.

Böhnke ahnte, worauf er hinauswollte.

»Jetzt will ich auch die Schlägerei klären.« Wieder wurde Lipperich fündig. »500 Mark an Wolfgang Adamczik und 500 Mark an Heinz-Willi Büchse«, stand dort unter anderem. Beide waren Entlastungszeugen für Kardinal gewesen.

»Wenn das kein Grund ist, Rache zu üben!«, entfuhr es Böhnke, der über seine Bemerkung erschrak.

Doch Lipperich blieb erstaunlich ruhig. »Wenn ich das Wissen von heute bei meiner Entlassung gehabt hätte, dann hätte ich Ihnen vielleicht sogar recht gegeben. Aber ich habe diesen Abschaum nicht gekillt. Leider. Das müssen Sie mir glauben.«

Lipperich zu glauben, fiel Böhnke nicht leicht. Er beobachtete interessiert, wie Lipperich auf dem Bildschirm einen weiteren Unterordner von ›PA‹, nämlich ›BK‹, anklickte. Dahinter verbargen sich diverse Bankkonten, und Böhnke erkannte den Sinn der Ziffern in den Texten der anderen Ordner. Sie standen für Überweisungen, Auszahlungen und Einnahmen. In einer Gesamtbilanz hatte Kardinal seinen aktuellen Finanzstatus dargelegt.

Danach hatte er in der Summe aller Bankkonten ein Plus von mehreren Zigtausend Euro.

»Nicht gerade der ärmste Mann auf der Welt«, staunte Lipperich. »Aber woher hatte er das Geld?«

»Diese Frage stellt sich in der Tat«, pflichtete ihm Böhnke bei. Kardinal war alles, nur nicht die arme Kirchenmaus, als die er in Köln bekannt war. Respekt konnte Böhnke für diesen offenbar skrupellosen Mann nicht empfinden. Der hatte seine Ehefrau gemolken sowie bis zu seinem Tod Sybilla Großknecht und hatte allem Anschein nach auch Menschen auf dem Gewissen.

»Weiter?«, fragte Lipperich und übernahm damit Böhnkes Gedankengänge. Er wirkte erregt und neugierig.

Böhnke nickte stumm. Er beobachtete, wie sich auf Lipperichs Befehl der Ordner ›PS‹ öffnete. Die Buchstaben standen für ›Politische Sachen‹. Damit waren weder die Ratsarbeit noch die KGB gemeint, wie Böhnke schnell erkannte. ›PZ‹ hätte besser gepasst, dachte er sich. ›PZ‹ wie ›Politischer Zündstoff‹. In einer ersten Abteilung hatte Kardinal die Lustreisen-Affäre verpackt, sie aber als ›wenig ergiebig‹ beurteilt. Diese Wertung hatte ihn aber nicht abgehalten, detailliert in alphabetischer Reihenfolge die Namen der Teilnehmer, deren Partner, der Reiseanbieter und die Reiseziele zu dokumentieren. Böhnke hielt den Atem an, als er den Namen eines bekannten Landtagsabgeordneten las, der mit seiner Frau in Rom, in Norwegen und sogar in Florida gewesen war, bei allen Reisen eingeladen von einem großen Energieversorger. Wenn er tief genug suchen würde, da war sich Böhnke sicher, würde er im Rechner auch Hinweise auf die Quellen von Kardinal finden. Diese Arbeit würde er sich jetzt aufsparen müssen. Es ging im Moment nur darum, sich einen ersten Überblick zu verschaffen.

Geradezu lächerlich machte sich Kardinal in seiner Datei über die ›Fleischwurst im Dior-Kleid‹: ›Gut im Bett – aber nur für eine Nacht‹. Sein Fazit: ›Hat kein Geld‹. Über die Frau hatte er alles gesammelt, was er über sie gelesen oder gehört hatte. Sie schien ihm wenig ergiebig.

Ebenso war er bei einem CDU-Ratsherrn verfahren, gegen den er wegen des Aufrufs zum Werbeboykott geklagt hatte. ›Seniler Spinner. Scheidet bald aus dem Rat aus. Wertlos.‹ Offenbar war der Mann für Kardinal schon tot.

Wesentlich umfangreicher als die Datensammlung über die Mitglieder des Kölner Stadtrates war die Datei, die Kardinal über eine Abgeordnete des Europaparlaments angelegt hatte. Deren Name fiel Böhnke sofort auf, er hatte ihn am Morgen noch in seiner Tageszeitung gelesen. Sie war quasi in Brüssel das umweltpolitische Sprachrohr ihrer Fraktion. Aber auf diese Funktion bezog Kardinal sich nicht. Er hatte sie von einer anderen Seite her aufs Korn genommen.

Nach der Lektüre des umfangreichen Stoffes fasste Böhnke für sich zusammen: Regina Engelen hatte vor einigen Jahren einen Förderverein für einen Kindergarten in Köln gegründet, der vornehmlich von türkischen oder türkischstämmigen Kindern besucht wurde. Ziel des Fördervereins war es auch, einen Kindergarten in Anatolien zu unterstützen, der zu diesem Zwecke ebenfalls einen Förderverein ins Leben gerufen hatte. Dafür sammelte die Frau, damals noch Mitglied im Kölner Stadtrat, eifrig Spenden und erhielt auch einen Zuschuss aus der Stadtkasse, den sie als Vorsitzende des Fördervereins beantragt hatte. Doch kam in dem Kindergarten in Anatolien nur ein Bruchteil des Geldes aus Köln an. Der Großteil floss vom Konto des türkischen Fördervereins in die Kasse der PKK. Obwohl die damalige Ratsfrau von diesem Spendenmissbrauch erfuhr, behielt sie das Wissen für sich und sammelte weiterhin Geld für den Förderverein. Wegen ihres großen Engagements für Kinder in der Türkei und der Förderung des europäischen Gedankens wurde sie von ihrer Partei bei der Wahl für das Europaparlament als Kandidatin nominiert und auch über die Bundesliste gewählt.

Dieser Zeitpunkt bot Kardinal die passende Gelegenheit, sich einzuschalten. Er sah seine große Stunde gekommen, nachdem er von der Sache erfahren hatte, und machte sein Wissen zu Geld. Wie er an die Informationen gekommen war, war nicht erkennbar. Vielleicht hatte er sie in seiner Funktion als vom Rat bestimmtes Mitglied des Kindergartenbeirates erhalten oder von einem Gesinnungsgenossen aus dem Förderverein. Die Quelle herauszufinden, war eine Aufgabe für später, entschied Böhnke für sich.

Kardinal jedenfalls erpresste die Europaabgeordnete schlichtweg mit seinem Wissen und kassierte jeden Monat 1.000 Euro von ihr.

Mit flinken Fingern fand Lipperich unter den Bankkonten die Zahlstelle. Der Betrag floss allmonatlich auf ein nicht namentlich gekennzeichnetes Konto bei einer Filiale einer Schweizer Bank in Luxemburg.

Der letzte Eintrag von Kardinal machte Böhnke nachdenklich: ›Vorsichtig. Sie wird zickig. Aufpassen!‹

»Wenn das kein Motiv ist, den Scheißkerl aus dem Weg zu räumen, was sonst?«, fragte Lipperich triumphierend.

»Begründet die Erpressung den Mord an Kardinal? Oder an den anderen beiden Männern?«, hielt Böhnke dagegen. Er wunderte sich über die Ruhe, mit der Lipperich zu Werke ging. Er hatte gedacht, der Mann würde wütend werden oder anders reagieren. Aber nein, Lipperich verhielt sich sachlich wie ein Chirurg, der sich langsam durch das Bauchfett schnitt, um zu einer Magenoperation anzusetzen.

Wenige Klicke weiter stellte Böhnke die gleiche Frage: »Wenn das kein Motiv ist?« Er hätte diese Frage gleich drei Mal stellen können. Kardinal hatte Fotografien in seine Dateien aufgenommen, die mit Namen gekennzeichnete Ratsmitglieder in eindeutigen Situationen zeigten. Zwei nackte Ratsherren hatten es sich zwischen ebenfalls nackten Frauen bequem gemacht und schienen verzückt entrückt. Ein dritter Ratsherr war sogar mit einem Videofilm verewigt, auf dem sein Treiben mit zwei noch sehr knabenhaft wirkenden Jünglingen gezeigt wurde.

Alle drei Männer zahlten schon seit geraumer Zeit 100 beziehungsweise 200 Euro monatlich auf ein Konto von Kardinal, das er unter einem falschen Namen in Frankfurt angelegt hatte.

Nur ein vierter Mann kam anscheinend ungeschoren davon: Müller ließ es sich mit einer Asiatin gut gehen. Aber vom Kölner Oberbürgermeister verlangte Kardinal keinen Schweigelohn.

»Verstehen Sie das?«, fragte Lipperich erstaunt.

»Nein«, antwortete Böhnke, wenig zufrieden mit seiner Antwort. Hinter dieser Situation musste etwas anderes stecken. Aber was? Warum erhielt Müller eine Sonderstellung, blieb er unbehelligt von Kardinal? Gab es zwischen den beiden doch mehr, als Müller gesagt hatte? Es gab mindestens zwei Möglichkeiten. Entweder waren die beiden Männer, Kardinal und Müller, besser befreundet, als es den Anschein hatte. Oder hatte Müller sich mit einer nicht verbuchten Einmalzahlung aus der Affäre gezogen? Oder hatte Müller etwas im Gegenzug gegen Kardinal in der Hand? Oder, oder, oder?

»Ist ja auch egal«, meinte Lipperich salopp. »Jedenfalls wächst die Zahl derjenigen, die sich freuen können, dass Kardinal und seine Handlanger, denn das sind Adamczik und Büchse ja wohl gewesen, von der Bildfläche verschwunden sind. Vielleicht haben ja auch zwei, drei oder sogar alle zusammen gemeinsame Sache gemacht.« Er schnaubte. »Wie hieß der Arsch noch? Genau, Kardinal! Von wegen fringsen. Der Kardinal Frings würde sich im Grabe umdrehen, wenn er wüsste, welch Schindluder mit seinem guten Ansehen getrieben wird.«

»Weiter!«, forderte ihn Böhnke auf. »Meinetwegen können Sie morgen die Sachen von vorne bis hinten von der ersten bis zur letzten Zeile durchackern.« Er gähnte. »Ich bin müde. Machen Sie den letzten Ordner auf!«

Der Ordner trug die Aufschrift ›CS‹ und führte vieldeutig zu ›Chefsache‹.

»Wissen Sie, was das bedeuten soll?«, fragte Lipperich.

»Woher soll ich das wissen?«, brummte Böhnke. »Meinen Sie etwa, ich bin Hellseher?«

Beim Durchklicken durch die Dateien verschlug es ihm den Atem. Das ›Chef‹ war schnell und leicht erklärt.

Chef war für Kardinal der Vater, der Alte, der Patron. Für ihn, den Chef, war er als Drogenkurier beschäftigt. Im niederländischen Limburg holte Kardinal das Rauschgift, das er in Nachtclubs, Diskotheken und Bordellen im Umkreis von 50 Kilometern rund um Köln verteilte. Erstaunlich war allenfalls, dass Kardinal für diese Kurierdienste anscheinend keine Entlohnung erhielt. Jedenfalls gab es in seinen elektronischen Aufzeichnungen keine entsprechenden Hinweise.

Böhnke konnte sich durchaus Gründe für dieses Vorgehen erklären. Auszahlung in Naturalien, kostenlose Nutzung diverser Etablissements, andere Gefälligkeiten; es musste nicht immer Geld sein, mit dem Dienste entlohnt wurden. Vielleicht stand Kardinal ja auch in der Kreide bei seinem Alten.

Nach den Dateien war Kardinal schon seit mehreren Jahren für den ›Padrone‹ tätig, wie er den Chef wiederholt bezeichnete. Er begann seine Tätigkeit kurz nach dem Zeitpunkt, an dem ein Kurier ums Leben gekommen war. Der Mann war mit seinem Wagen von der Straße abgekommen und in den Möhnesee gefahren und erst Monate später bei einer Übung der Feuerwehrtaucher zufällig entdeckt worden. Kardinal hatte bei dem vermeintlichen Unfall tatkräftig mitgeholfen und ihn mit Unterstützung von Adamczik und Büchse in die Tiefe versenkt. Kardinal schrieb über den von ihm verübten Mord, als sei es eine Selbstverständlichkeit. Sie hatten den an Bremsen und Lenkung manipulierten Wagen mit einem Lkw von der Straße gedrängt. Die kopierten Zeitungsberichte sprachen von einem lange nicht entdeckten Unfall und von einer nicht identifizierbaren, wahrscheinlich männlichen Leiche.

»Oho!« Lipperich staunte nicht schlecht, und auch Böhnke rieb sich verwundert die Augen. Seine Müdigkeit verschwand auf der Stelle, zu heiß war die Information hinter dem Kürzel ›KM‹.

»Da sehen Sie, warum Kardinal anscheinend kostenlos für seinen Chef die Drogen besorgte«, erläuterte Böhnke, obwohl Lipperich mit Sicherheit selbst die Zusammenhänge erkannte. Seine Vermutung hatte ihn nicht getrogen. »Kardinal hat Müller regelmäßig mit Kokain versorgt.«

›KM‹ stand unzweifelhaft für ›Kölns Müller‹.

»Der verkauft den Stoff für richtig Zaster«, staunte Lipperich. Nach den Unterlagen kassierte Kardinal 2.000 Euro monatlich von Müller. »Ist doch klar«, fuhr er fort, »dass dann irgendwann einmal das Fass überläuft. Ich sage Ihnen, Müller hatte die Schnauze voll. Der steckt dahinter!«, behauptete er heftig.

Möglicherweise hatte Lipperich recht. Dennoch sagte Böhnke: »Oder auch nicht.« Er war gespannt, wie Müller auf diese Entdeckung reagieren würde.

Diese Aufgabe würde er gemeinsam mit Grundler wahrnehmen. Allein traute er sich vorläufig nicht mehr in die Nähe des Ersten Bürgers von Köln.

»Was ist das denn für eine Schönheit?« Lipperich störte seine Gedankengänge. Er hatte in den Dateien weitergeblättert und war unter dem Stichwort ›RF‹ auf das Foto einer durchaus attraktiven Frau mit dem Namen Roswitha Fabritius gestoßen. Schnell wurde erkennbar, dass Kardinal sich in ihrem Appartement am Rheinufer eingenistet hatte und sie im Nachbarappartement Herrenbesuche empfing.

»Das ist 'ne Edelnutte«, urteilte Lipperich durchaus

respektvoll. »Schauen Sie mal, welche Beträge die locker täglich gemacht hat. Die hat mit ihrem Unterleib an einem Tag mehr Geld verdient, als ein Fabrikarbeiter in zwei Monaten nach Hause bringt. Der Kardinal war der Zuhälter von der.« Lipperich klatschte in die Hände. »Jetzt ist doch alles klar. Die hatte 'nen neuen Luden und Kardinal musste die Platte putzen.« Er strich sich mit der Handkante über die Kehle. »So ist das nun mal im Bordsteinschwalbengeschäft. Wenn nicht Müller, dann hat dieses Spitzenweib Kardinal auf dem Gewissen. Bestimmt!« Lipperich lachte gehässig. »Kardinal stirbt durch Nuttenhand. Na ja, zumindest im übertragenen Sinne.«

»Möglich ist alles.« Böhnke hatte genug. Ihm brummte der Schädel. Das waren zu viele Informationen, die zu viele Interpretationen zuließen. »Viele könnten ein Motiv haben, aber bis jetzt hat die Staatsanwaltschaft nur Sie im Visier.« Er erhob sich schwerfällig und streckte sich gähnend. »Sie können von mir aus noch ein wenig mit dem Ding da spielen«, sagte er freundlich und zeigte auf den Laptop. »Ich mache mich bettfertig.«

Als Böhnke aus dem Badezimmer zurückkehrte, winkte ihm Lipperich heftig zu. »Zwei Dinge müssen Sie sich noch angucken. Dann können Sie von mir aus in die Heia.«

»Und was?«

Lipperich fuhr flink durch die Seiten. »Hier, am Tag vor seinem Tod hat Kardinal einen Karton mit Präservativen nach Aachen gebracht. War bestimmt für eine Tour nach Holland vorgesehen.«

Böhnke wollte über diese Ansicht nicht nachdenken. »Und das zweite?«

»Sekunde.« Wieder ließ Lipperich den Cursor kreisen und klickte auf eine Datei, auf der ein Terminkalender dargestellt war. »Da, sehen Sie. Lesen Sie, was unter dem Datum vom 25. steht. Bitte!« Die Aufforderung klang eher wie ein zu befolgender Befehl als eine höfliche Empfehlung.

Böhnke konzentrierte sich. Seine müden Augen brauchten geraume Zeit, bis er ein klares Bild vor sich hatte. Endlich konnte er die kleine Schrift lesen: ›Achtung! J. L. aus dem Knast!!!‹

Entgeistert starrte der Pensionär seinen aus dem Polizeigewahrsam geflüchteten Gast an. »Das sind doch Sie! Kardinal hatte Angst vor Ihnen.«

27.

In der kleinen Runde, deren Zusammenkunft er als unaufschiebbar bezeichnet hatte, kam man schnell zu einer einstimmigen Ansicht. Die Luxusreisen-Angelegenheit, die ja eigentlich gar keine Affäre gewesen war, wie Neider und andere vermeintliche ›Gut-Menschen‹ immer behauptet hatten, war nicht der Rede wert. Die Angelegenheit war juristisch geklärt. Die nächste Reise, diesmal nach Istanbul, wo der europäisch-asiatische Stromhandel begutachtet worden war, hatte bereits stattgefunden, vorab legalisiert durch eine Mitteilung des Justizministeriums, das an einer entsprechenden Regelung arbeitete. Danach sollten derartige Informationsreisen verrechnet werden mit den jeweiligen Aufwandsentschädigungen der Reiseteilnehmer, die wiederum vorab um die möglichen Kosten inklusiver steuerlicher Belastungen aufgestockt werden sollten.

»Da hat der Kardinal im Prinzip, ohne dass er es wusste, wie er sein Wissen verwenden konnte, unsere Reisen sogar noch gefördert«, feixte ein Mitglied der kleinen Runde.

Der Oberbürgermeister hatte der Gruppe einen Auszug aus den Informationen vorgelegt, die er von Grundler erhalten hatte. Die Politiker brauchten nicht alles zu wissen, so Müllers Standpunkt. So hatte sie sein eigenes Koks-Geschäft mit Kardinal nicht zu interessieren. Das hatte nur ihn und Kardinal betroffen. Eine neue Bezugsquelle zu finden, würde schwierig werden. Vielleicht sollte er es doch mit einer Entziehungskur versuchen; war auf Dauer wahrscheinlich die billigere und auch gesündere Alternative zum Drogenkonsum.

»Also«, fuhr der Oberbürgermeister fort, »kommen wir nun zu den delikaten Einzelheiten. Ich fange bei mir an, gehe quasi mit gutem Beispiel voran.« Wie zuvor bei den Lustreisen, ließ er eine Kopie des Bildes durch die Runde kreisen, das ihn in den Armen der thailändischen Dirne zeigte.

Lediglich die ökologisch angehauchte Pohlke ließ einen spitzen Aufschrei hören: »Das ist ja empörend, Herr Bürgermeister.«

›Fehlt nur noch, dass die Ökopaxe meinen Rücktritt fordert‹, dachte sich Müller, der mit Pohlkes Reaktion gerechnet hatte.

»Das ist nicht empörend, dass ist menschlich beziehungsweise männlich«, widersprach ausgerechnet der Konservative Schlingenheim. »Ich finde es schlichtweg skandalös, dass Kardinal derart diskriminierende Bilder aus dem Privatbereich unseres Bürgermeisters in Besitz hatte. Wenn er die Bilder an den Blitz weitergegeben oder sie als Drohmittel genutzt hätte …«, er schaute in die Runde, »das wäre eine politische Katastrophe geworden.«

Müller hörte dem Disput zwischen Pohlke und Schlingenheim interessiert zu. Wenn die wüssten, sagte er sich und erinnerte sich mit Wehmut an die heißen Orgien, die Kardinal in dem Appartement am Rhein organisiert hatte. Die waren jetzt leider vorbei.

»Sie können versichert sein, dass Kardinal bislang von diesen Fotos keinen Gebrauch gemacht hat«, ließ er sich endlich vernehmen. Wie von ihm erwartet, blieben die anderen Mitglieder der Runde aus ihm verständlichen Gründen stumm. Ob sie schon ahnten, was ihnen bevorstand?

»Mit diesen Bildern hat er mich nicht erpresst«, sagte er mit energischer Stimme. ›Brauchte er auch nicht‹, dachte er für sich, ›er hatte mich ja wegen des Kokains in der Hand.‹ Aber das hatte die anderen nicht zu interessieren.

»Der Nächste bitte, beziehungsweise die Nächste.« Geradezu genüsslich ließ Müller die Informationen über die Fraktionskollegin von Pohlke kursieren. Das Schmunzeln auf den Gesichtern der Ratsherren gefiel ihm ebenso wie der spitze Aufschrei der einzigen Frau in der Runde.

»Ih, das ist ja wohl die größte Unverschämtheit, die ich je mitbekommen habe«, entrüstete sie sich. »Die Information muss sofort vernichtet werden. Darauf bestehe ich!« Was sollte bloß die Öffentlichkeit denken, wenn sie erfuhr, dass eine ›Fleischwurst im Dior-Kleid‹ mit dem Kardinal in die Kiste geklettert war, geschweige denn Kenntnis erhielt von der wenig erbaulichen Beurteilung des Sexualverhaltens ihrer Fraktionskollegin. Wie stand die dann da, wo sie doch schon seit Jahren öffentlich einen erbitterten Kampf gegen Kardinal führte? Die würde gewiss niemand mehr für voll nehmen. Die Glaubwürdigkeit der gesamten Fraktion stand auf dem Spiel, wenn diese Information in die Welt gelangte.

»Ich bring den Kerl um!«, entfuhr es ihr. Erschrocken über ihre eigene Bemerkung, hielt sich Pohlke die Hände vor den Mund.

»Ihre Drohung ist glücklicherweise rein theoretisch und weder tatsächlich noch politisch mehr umsetzbar, werte Kollegin«, sagte der Sozialdemokrat Ringelzweig pointiert. »Aber vielleicht hat Ihre Freundin das verwirklicht, was Sie gerade ausgesprochen haben.«

Bevor es laut und hitzig in der Runde werden konnte, schritt Müller schnell ein. »Selbstverständlich werden diese Informationen diesen Raum niemals verlassen. Alle werden von mir getilgt.«

Ringelzweig meldete sich räuspernd zu Wort. »Woher haben Sie eigentlich diese diskriminierenden Dinge?«

Müller lächelte überlegen. »Ich habe da so meine Quelle. Aber ich kann Ihnen verraten und versprechen, dass diese Quelle absolut verlässlich und diskret ist. Sie hat mir eine CD zukommen lassen, die es nur ein einziges Mal gibt. Diese CD werde ich vernichten, wenn Sie wollen, gerne auch in Ihrer Gegenwart«, bot er an. Er verschwieg, dass er längst eine Kopie für sich gezogen hatte, und verschwieg außerdem, dass er nicht davon ausgehen konnte, alle Informationen von Grundler erhalten zu haben. Für diese Vermutung sprach aus seiner Sicht, dass sich auf der CD von Grundler kein einziger Hinweis auf seinen Kokainkonsum befunden hatte. Aber diese Sache würde er unter vier Augen mit dem Anwalt klären müssen. Wenn Grundler Pech hatte, würde dieses Gespräch das letzte sein, das sie miteinander führten.

»Apropos, diskriminierende Dinge.« Müller griff zum nächsten Blatt in seiner Dokumentenmappe. Interessiert hatte er beobachtet, dass Ringelzweig seine außerehelichen sexuellen Eskapaden offensichtlich in dem gleichen Appartement betrieben hatte wie er, allerdings mit einer Frau, die ihm nicht bekannt war.

Ringelzweig lief puterrot an. Pohlke schnappte wiederum empört nach Luft. Schlingenheim gab sich teilnahmslos, der Liberale Bückenfänger schüttelte nur den Kopf, als überlege er, was noch alles kommen könnte. Er konnte nur hoffen.

»Davon weiß ich nichts«, stotterte Ringelzweig, »die Bilder habe ich noch nie gesehen.«

»Sie wussten bisher nichts von ihrer Existenz?«, fragte Schlingenheim.

»Nein. Und ich will mich nicht einmal in dieser vertraulichen Runde rechtfertigen. Ein einziges Mal habe ich die Dienste dieser Dame in Anspruch genommen. Kardinal hatte mich zu der Adresse gebeten, angeblich, um sich dort mit mir vertraulich zu unterhalten. Er hätte brisante Informationen über die Konservativen und die Liberalen. Da müsse man überlegen, ob man nicht gemeinsame politische Sache machen könnte. Aber es war nur diese«, er legte eine Denkpause ein, »diese Frau da. Da ist es dann passiert.«

»Männer!«, fauchte Pohlke zornig.

»Frauen sind auch nicht besser«, keifte Ringelzweig

zurück, »aber anscheinend sogar schlechter, wenn ich an Ihre Kollegin denke.«

Prompt zog Pohlke beleidigt einen Schmollmund.

Aus ihrem Schmollen wurde blankes Entsetzen, als sie die letzten Blätter betrachtete, die Müller in die Runde geworfen hatte, um den aufkommenden Streit zu unterbinden. »Sie Ferkel! Das hätte ich ja nie von Ihnen gedacht. Das ist ja ekelhaft!«, schimpfte Pohlke. Bückenfänger in den Armen zweier Jungen, das war zu viel für ihre Moralvorstellung.

»Ist menschlich, aber nicht unbedingt männlich«, kommentierte Ringelzweig trocken, froh darüber, nicht länger peinlich im Mittelpunkt stehen zu müssen.

»Das ist Ihre Privatangelegenheit«, heuchelte Schlingenheim Verständnis. Er würde dieses Wissen um die Homosexualität des liberalen Frontmanns politisch ausschlachten. Die Liberalen gingen ihm in letzter Zeit zu sehr auf den Keks. Endlich hatte er ein wunderbares Argument in der Hinterhand.

Bückenfänger schwieg mit verkniffenen Lippen. Jetzt war es raus, wussten alle von seinen sexuellen Vorlieben. Er hätte Kardinal umbringen können.

»Ich frage mich eins.« Müller beendete die eingetretene Stille. »Was bezweckte Kardinal mit diesem diskriminierenden Material? Mich jedenfalls hat er nie damit konfrontiert.«

»Mich auch nicht«, sagte Ringelzweig spontan.

Bückenfänger schloss sich an.

Pohlke wusste von rein gar nichts – wie immer, wie Müller für sich spöttelte, und Schlingenheim war schlichtweg nicht im Bilde. Der einzig wahre Heilige unter den Politikern, so schien es.

Stimmten diese Aussagen oder waren sie gelogen? Müller traute den Typen um ihn herum nicht. Wahrscheinlich traute er ihnen ebenso wenig wie sie ihm, auch wenn sie hier in der vermeintlich vertrauten Runde saßen.

»Sie sehen oder haben erkannt, jeder einzelne, oder fast jeder einzelne von uns hätte Grund genug gehabt, Kardinal auszuschalten. Da wir aber bis eben nichts von dem Material wussten, haben wir auch kein Motiv und dürften somit als Mörder ausscheiden.«

Die Runde stimmte kopfnickend dieser Interpretation zu, auch wenn sie nicht unbedingt schlüssig war. Aber spielte das eine Rolle, wenn sie sich einig waren? Und einig waren sie sich darüber, über die peinliche Angelegenheit den Deckel zu schieben und sie zu vergessen. Das war wohl im Sinne aller.

Mit dieser gegenseitigen Beteuerung löste sich die Runde auf. Niemand verspürte Interesse, sich mit einem Kollegen zu unterhalten. Alle strebten schnell alleine davon.

Ein Teilnehmer griff auf der nächsten Toilette am Ende des langen Flures zum Handy und rief die Redaktion des Blitz an. Doch als sich ein Journalist meldete, legte er wieder auf. Es war besser zu schweigen, so dachte er sich, auch wenn er damit gegen den Deal mit seinem Freund verstieß.

Müller schredderte in seinem Büro die Papiere und die CD. Er vermutete, dass er damit nicht aus der Schusslinie war. Aber ein Ziel hatte er erreicht. Es gab Mitwisser, die alle in die Fänge von Kardinal geraten waren. Jedem konnte er öffentlich die Hammelbeine lang ziehen, wenn er selbst an den Pranger gestellt werden sollte. Vertraulichkeit hin, Vertraulichkeit her: Solange alle den Schein wahrten, war es gut.

28.

Auch Böhnke bekam es mit der Angst zu tun. Mit dieser Erkenntnis, die ihm Lipperich mit geradezu kaltblütiger Gelassenheit aufgedrängt hatte, würde er in der Nacht kein Auge zutun. Wahrscheinlich hätte er es hinter sich, bevor er im Bett war. Der entflohene Verbrecher würde ihn töten.

»Unsinn«, sagte Lipperich freundlich lächelnd, als sei er ein Freund und kein Killer. »Haben Sie denn so wenig auf das Datum geachtet? Ich dachte, Sie sind ein mit allen Wassern gewaschener Kriminalkommissar?« Er deutete auf den Bildschirm. »Am 25. war ich doch noch im Gefängnis. Ich bin einen Monat später, ausgerechnet an einem Freitag, den 13., entlassen worden. Dieser J. L. ist mit absoluter Sicherheit ein anderer. Ich habe für diesen Zeitpunkt wohl das beste Alibi, das ich mir denken kann.«

»Dieser Eintrag bedeutet aber nicht zwangsläufig, dass besagter J. L. auch der Mörder von Kardinal ist«, gab Böhnke zu bedenken. Er fühlte sich zwar für den Moment erleichtert, aber blieb dennoch vorsichtig.

»Richtig«, bestätigte Lipperich, »aber alles ist möglich. Und damit gute Nacht für heute. Schlafen Sie schön. Ich sorge dafür, dass Ihnen garantiert nichts passiert.«

In der Tat schlief Böhnke gut und fest. Erst der Geruch von frisch aufgebrühtem Kaffee, der am Morgen durch die kleine Wohnung wehte, weckte ihn.

Lipperich begrüßte ihn mit größter Höflichkeit. »Ich hoffe, ich habe den Frühstückstisch zu Ihrer Zufriedenheit gedeckt.«

Böhnke wunderte sich einmal mehr über den Mann, der so wenig mit dem Bild eines entlassenen Sträflings in Einklang zu bringen war, das er bisher hatte. Lipperich wirkte zuvorkommend und hilfsbereit, er war intelligent, hatte sogar, wenn sich Böhnke richtig an die Personalakte erinnerte, das Abitur in der Tasche.

»Was werden Sie machen?«, fragte er, am Küchentisch sitzend und das Frühstück betrachtend.

»Irgendetwas«, antwortete Lipperich. »Hört sich blöd an. Zugegebenermaßen. Aber ich weiß es nicht. Ich kann ja vom Geld meines Vaters leben. Der hat ja genug davon.« Lipperich lächelte verlegen, während er eine Brotscheibe mit Butter beschmierte. »Ich weiß, das ist nicht prickelnd. Aber ich bin skeptisch, ob ein Knacki eine vernünftige Anstellung findet. Meine Ausbildung zum Bankkaufmann nützt mir da nicht viel.« Und als Einkaufswagenschieber auf dem Parkplatz eines Supermarktes würde er sich auch nicht verdingen.

Er zuckte ebenso zusammen wie Böhnke, als die Türglocke schepperte. Angst machte sich bei Lipperich breit.

»Die Bullen«, flüsterte er und sah sich nach einem möglichen Versteck oder nach einer Fluchtmöglichkeit um.

»Glaub ich nicht«, sagte Böhnke beruhigend, obwohl er selbst verunsichert war. Die Kollegen vor seiner Haustür, das war nicht gerade eine der Vorstellungen, die er sich gerne machte. Er ließ sich Zeit auf seinem Weg zum Eingang. »Bleiben Sie ruhig!«, raunte er Lipperich zu, als er sich langsam von seinem Stuhl erhob.

Der kleine Mann vor ihm im Türbogen ließ ihn erleichtert aufatmen. »Hat sich mein Sohn inzwischen bei Ihnen gemeldet? Langsam werde ich unruhig. Oder wissen Sie, ob er geschnappt wurde?«

Als ob ein pensionierter Kriminalkommissar das alles wissen müsste! Stumm betrachtete Böhnke den alten Mann in der zerschlissenen Kleidung.

»Ich bin davon überzeugt, dass meine Kollegen Ihren Sohn noch nicht eingefangen haben«, sagte er endlich förmlich und gestelzt. »Ich glaube nicht, dass sie eine Erfolgsmeldung verschwiegen hätten. Da wäre garantiert schon eine Nachricht im Radio vermeldet worden.«

Seine Absicht ging auf. Der alte Lipperich blinzelte ihn an.

»Wenn Sie etwas von meinem Sohn hören, lassen Sie es mich wissen. Bitte.«

Böhnke nickte. »Ich werde Sie garantiert informieren, wenn es Neuigkeiten gibt. Aber bei mir hat sich über Nacht nichts geändert.«

Er drängte den Alten geradezu zum Rückzug und kehrte zu dem erleichterten Lipperich Junior zurück.

»Ich habe nicht gelogen«, betonte Böhnke. »Ihr Vater hat meine Worte nur so ausgelegt, wie er sie verstehen wollte.«

»Aber warum haben Sie ihm nicht gesagt, dass ich hier bin?«

»Weil es besser für Sie ist. Je weniger Menschen wissen, dass Sie sich in meiner Wohnung aufhalten, umso besser. Wer weiß schon, wie Ihr Vater reagiert? Vielleicht kollabiert er wieder. Und dann?« Böhnke verschwieg, dass es auch besser für ihn war, wenn niemand sonst von Lipperichs Anwesenheit im Hühnerstall wusste.

Als er sich zu seinem morgendlichen Spaziergang aufmachte, mahnte er Lipperich eindringlich, sich nicht zu zeigen. »Treten Sie nicht zu nahe ans Fenster und machen Sie keinen unnötigen Lärm. Von mir aus spielen Sie am

Laptop. Aber bleiben Sie bitte in Ihrem und in meinem Interesse ungesehen.«

Als sei es abgesprochen, stieß Böhnke auf der Kapellenstraße auf einen Streifenwagen der Polizeistation Simmerath. Mit langsamer Geschwindigkeit fuhren die beiden Uniformierten auf ihn zu und hielten neben ihm.

»Na, Kollege«, grüßte einer der beiden freundlich. »Irgendwelche besonderen Vorkommnisse?«

Böhnke schaute sich demonstrativ um. »Nichts Besonderes. Alle Bäume stehen noch.«

Sie lachten gemeinsam. »Sie haben bestimmt schon gehört, dass Josef Lipperich geflüchtet ist?«, fragte ihn der Beifahrer.

»Glauben Sie etwa, ein ausgebüxter Häftling treibt sich ausgerechnet hier in Huppenbroich herum?«, reagierte Böhnke mit einer Gegenfrage.

»Wahrscheinlich nicht«, erhielt er zur Antwort. »Der wird dieses Kaff nicht einmal kennen. Das ist ja wirklich das Ende der Welt.«

Die Uniformierten grüßten und fuhren langsam weiter. Und Böhnke freute sich, endlich unbehelligt an diesem schönen Ende der Welt seine Runde drehen zu können.

Jetzt musste er nur noch darauf achten, nicht dem alten Lipperich über den Weg zu laufen.

»Was soll das denn?« Grundler erstarrte in seiner Bewegung. Irritiert schaute er Böhnke an. »Bin ich im falschen Film?«

Der Kommissar behielt die Ruhe und beschwichtigte den Anwalt ebenso wie Lipperich, der erschrocken aus dem Sessel aufgesprungen war. Grundler hatte vehement

Einlass begehrt und war an Böhnke vorbei in den Hühnerstall gestürmt.

»Ich muss dir was Wichtiges sagen«, hatte er dabei gemeint. Doch jetzt stand er vor einer Situation, mit der er nicht gerechnet hatte.

»Was soll das?«, wiederholte er. Sein flüchtiger Mandant, ein vermeintlicher Mörder, hielt sich wie selbstverständlich in der Wohnung seines besten Freundes auf. »Kann mir jemand das erklären?«

Doch zunächst wandte sich Böhnke dem erschrockenen Lipperich zu. »Machen Sie sich keine Sorgen. Herr Grundler steht ganz auf Ihrer Seite. Immerhin ist er Ihr Anwalt und mein Freund.«

Er drehte sich zu Grundler. »Lipperich ist unschuldig, Tobias.«

»Das glaubst du?«, fragte der Anwalt mit verkniffenem Blick.

»Nein«, antwortete Böhnke gelassen, »das weiß ich. Lipperich kann Kardinal gar nicht getötet haben. Davon bin ich überzeugt.«

»Warum nicht und wer war es dann?«

»Wen interessiert's? Für dich als Verteidiger ist doch nur von Belang, dass dein Mandant nicht der Täter ist.«

»Aber er ist abgehauen«, warf Grundler ein. Er hatte schnell seine Beherrschung wiedergefunden. »Das lassen die Bullen nicht gerne auf sich sitzen. Besonders in Aachen. Da ist ja einiges schiefgelaufen rund um den Knast. Das mögen die überhaupt nicht, wenn sie zum Gespött werden. Stell dir mal die Presse vor: Die lassen den Tatverdächtigen laufen, läuten eine Großfahndung mit allem Brimborium ein und müssen dann kleinlaut erklären, dass der Böse gar nicht der Böse ist. Peinlich.«

»So ist es«, pflichtete ihm Böhnke bei. »Deshalb werden wir ja auch erstens Lipperich weiter hier bei mir verstecken und zweitens versuchen, die Umstände der Morde zu klären. Ich nehme an, deswegen bist du auch zu mir gekommen. Oder?«

Böhnke war froh, dass sich die Situation entkrampfte. Lipperich hatte sich schließlich entspannt in den Sessel fallen lassen. Grundler gab sich wieder locker und dreist.

»Was hast du uns denn Wichtiges zu sagen?«, fragte Böhnke. Er machte damit deutlich, dass er Lipperich in die Unterredung einbeziehen wollte. Grundler sollte entscheiden, ob er zustimmen oder lieber ein Gespräch unter vier Augen führen wollte. Aber auch er schien keine Bedenken gegen einen Mithörer zu haben.

»Da pack ich mich an den Kopf«, schimpfte der Anwalt unvermittelt. »Kaum bin ich mal für ein Jahr von der Bildfläche verschwunden, da meinen die Jungs, sie bräuchten mich nicht mehr zu informieren.«

Wen Grundler mit den ›Jungs‹ meinte, war Böhnke sofort klar. Es waren einige Informanten aus dem Polizeipräsidium und der Staatsanwaltschaft, mit denen er im gegenseitigen Interesse vertrauensvoll zusammengearbeitet hatte. Jedenfalls in dem Sinne vertrauensvoll, wie Grundler es verstand. Er konnte in Strafprozessen ziemlich spitzfindig und aggressiv werden und manchen Ordnungshüter, der als Zeuge aussagte, mächtig in die Mangel nehmen. Da war es von Vorteil, wenn man sich mit ihm gutstellte. Nicht für die Öffentlichkeit bestimmte Informationen oder die frühzeitige Herausgabe von Informationen waren einer vertrauensvollen Zusammenarbeit durchaus förderlich. »Da musste ich einige dicke Bretter bohren und herumkasperln, ehe die mich wieder ernst nahmen. Aber ich habe dann doch noch die Infos bekommen, die mir weiterhelfen. Obwohl«, er schaute zu Lipperich, »diese Informationen sind nicht unbedingt dazu angetan, Sie zu entlasten. Im Gegenteil.«

»Wieso?«, stammelte Lipperich. »Ich habe doch ein Alibi.«

Grundler sah keinen Anlass, ihm darauf zu antworten.

»Inzwischen haben die Jungs aus dem PP mächtig gerödelt und waren dabei so pfiffig, sich die Aufnahmen der Kameras anzusehen, die rund um den Tivoli bei den Fußballspielen in Betrieb sind. Die Apparate kriegen zwar nicht alles, aber viel mit. Jedenfalls sind sie beim Anschauen der Filme auf eine schwarze Limousine aus Köln gestoßen, die bei beiden Spielen zwischen der Alemannia und dem FC zum Tivoli gefahren ist. Beim ersten Spiel saßen vier Männer im Fahrzeug. Man konnte einen vermeintlich schlafenden Kardinal auf der Rückbank hinter dem Fahrersitz, den neben ihm sitzenden Adamczik und auf dem Beifahrersitz vorne Büchse identifizieren. Der Mann am Steuer ist nicht eindeutig erkennbar. Aber er hat große Ähnlichkeit mit Ihnen, Herr Lipperich. Auch wenn Sie es nicht gewesen sein können.«

Er winkte herrisch ab, als sich der erregte Lipperich äußern wollte, und fuhr mit seinem Bericht fort. »Beim zweiten Mal wurde die Limousine gesehen mit Ihnen oder einem Ihnen sehr ähnlichen Mann am Steuer. Als Beifahrer wurde Adamczik erkannt.« Grundler streckte sich.

»So, das ist die eine Sache. Und jetzt komme ich zur zweiten, bevor ihr mich danach fragt. Natürlich haben die Jungs auch das Kennzeichen gelesen. Und was soll ich sagen? Es ist gefälscht. Auf eine ganz geschickte Art. Das haben die festgestellt, weil sich beim zweiten Mal der Zipfel eines weißen Klebestreifens am Nummernschild gelöst hatte. Mit anderen Worten: An dem Autokennzeichen wurde mit schwarzen und weißen Klebestreifen manipuliert.«

Böhnke grübelte, Lipperich staunte, Grundler grinste.

»Unsere Jungs sind ja nicht von gestern. Die haben natürlich den Computer angeschmissen, zunächst nach allen regulären Kennzeichen gesucht und dann alle möglichen Zahlen- und Buchstabenkombinationen ausprobiert. Und was soll ich sagen?« Grundler schaute sich triumphierend um.

»Na, sag endlich«, maulte Böhnke. Ihm ging Grundlers Theatralik auf den Geist.

»Es kam ein Kennzeichen zutage, das zu der Limousine passt.« Grundler gähnte, als sei ihm langweilig, bevor er fortfuhr. »Und diese Limousine mit dem tatsächlichen Kennzeichen gehört dem Oberbürgermeister von Köln.«

29.

So bescheuert könne Müller doch gar nicht sein, schimpfte Grundler auf der Fahrt nach Köln.

Böhnke antwortete nicht. Er hielt sich krampfhaft am Sitz und am Haltegriff über der Tür fest und hoffte, dass er die rasante Fahrt schadlos überstand. ›Eile mit Weile‹ galt für Grundler nicht. Er knüppelte seinen Astra bis zum Anschlag, auf den Straßen von Huppenbroich zur Autobahn ebenso wie auf der A4.

»Was machen wir, wenn meine Kollegen Müller inzwischen schon haben?«, fragte Böhnke kurz vor dem Ziel, der Privatwohnung des Oberbürgermeisters im Hahnwald.

Grundler war am Kölner Ring auf die A 555 in Richtung Bonn abgebogen und peilte schon die nächste Ausfahrt an, von der sie zum Prominentenviertel der Domstadt kommen würden.

»Keine Bange«, sagte er, »zum einen habe ich unseren Besuch angekündigt, ich wäre dann sein Rechtsvertreter, zum anderen ist es sehr wahrscheinlich, dass die Jungs nicht so flott sind. Immerhin handelt es sich um den Oberbürgermeister von Köln. Da wird erst auf höchster landespolitischer Ebene abgeklopft, ob eine Vernehmung opportun ist. Und dieses Verfahren dauert seine Zeit bei den vielen zaudernden Bedenkenträgern und der Prüfung, ob vielleicht der Regierungspräsident mit ihm befreundet ist oder ob er eventuell verwandtschaftliche Beziehungen zu irgendeinem Staatssekretär der Landesregierung hat.«

Grundler lächelte Böhnke kurz an. »Nein. Ich glaube, wir sind noch ungestört.«

Suchend blickte er sich um. Die Einfahrt in das exklusive Wohnviertel im Kölner Süden gestaltete sich schwieriger als gedacht, zumal einige Zufahrtswege durch Schranken abgesperrt waren. Endlich hatte Grundler eine durchfahrtsfreie Straße gefunden. Langsam fuhr er in das Viertel. Von Häusern war nur wenig zu sehen. Die meisten Villen versteckten sich hinter dichten Hecken oder mannshohen Zäunen und Mauern, die die privaten Grundstücke von den öffentlichen Wegen trennten. An den stabilen Einfahrtstoren standen in der Regel auffällig unauffällige Männer. Langsam umherfahrende, massige Geländewagen mit getönten Scheiben deuteten auf eine permanente Überwachung des Viertels hin.

»Hier möchte ich auch nicht als Einbrecher tätig sein«, schmunzelte Grundler. »Die haben dich am Kragen, bevor du überhaupt ein Haus betreten hast.«

Er war am Zielort angekommen, fuhr nach rechts in eine Einfahrt und hielt vor einem massiven Holztor in einer weiß getünchten Mauer.

Er brauchte nicht lange auf eine Reaktion zu warten, nachdem er die Zahlen in sein Handy getippt hatte. »Wir sind's, Werner. Mach auf!«, sagte er vergnügt.

Das Tor öffnete sich automatisch. Die zwei Flügel glitten zur Seite. Sie fuhren über einen gepflasterten, von Büschen gesäumten Weg in einem Bogen durch eine Parklandschaft.

»Hier lässt sich's auch leben«, sagte Grundler, beeindruckt von der Weitläufigkeit. »Aber ich selbst möchte nicht so hinter Mauern hausen. Der Preis wäre mir zu hoch. Da doch lieber klein und bescheiden im schönen Aachen oder im noch schöneren Huppenbroich.«

Vor der breiten Eingangstür zu einem weiß getünchten, großen Bungalow stehend, winkte Müller ihnen zu. Durch die helle Eingangshalle, die größer war als Böhnkes gesamter Hühnerstall, führte er seine beiden Besucher in ein Wohnzimmer und bot ihnen Plätze in einer Sitzecke aus hellem Leder an. Müller wirkte konzentriert. Wieder trug er einen dunklen Anzug und die markante Fliege über einem weißen Hemd.

Böhnke staunte. Sein Blick durch die wandhohe Fensterfront fiel in eine Parklandschaft mit mächtigen Laubbäumen, einigen Buschgruppen und viel Rasenfläche, die anscheinend erst im Nirgendwo endete. Er war schon an große Gartenanlagen in Huppenbroich gewöhnt, dort, wo das Grünland vergleichsweise billig und im großen Umfang vorhanden war. Aber eine derartige Grundstücksgröße wie im Hahnwald hätte er sich nicht vorstellen können.

Grundler brachte ihn schnell auf den Anlass ihres Besuches zurück. »Wenn du nicht aufpasst, Werner, blickst du bald durch ein kleines, vergittertes Zellenfenster in einen dunklen, trostlosen Gefängnishof«, sagte Grundler frech und zugleich sachlich, »denn du stehst mit einem Bein im Knast.«

»Wieso?«, entgegnete Müller ungläubig. »Ich habe dich eben am Telefon nicht verstanden und jetzt verstehe ich dich auch nicht.« Auch im Sessel wirkte er groß und mächtig. Nur sein nervöses Augenzucken verriet seine innere Anspannung.

Ernst betrachtete ihn Grundler. Böhnke hörte still zu, als sein Freund seine Sicht der Dinge zum Besten gab.

»Wie kann es sein, dass ein Auto wie das deine mit deinem Kennzeichen Mörder und Mordopfer transportiert?

Wie kann es sein, dass du dich von dem Mordopfer mit Kokain beliefern lässt? Wieso kommt es dazu, dass du in flagranti mit einer Nutte abgelichtet wirst, die mit dem toten Kardinal liiert war?«

Böhnke freute sich über die offene Art von Grundler, so hatte er seinen Freund in Erinnerung. Nicht um den heißen Brei redend, auf den Punkt kommend, wenn es entscheidend und angebracht war.

»Du kannst dich schon einmal darauf einstellen, dass dir der Staatsanwalt solche oder ähnliche Fragen stellen wird«, fuhr der Anwalt fort. »Und garantiert weiß auch spätestens dann die Presse Bescheid. Also, lass die Hosen runter!«

Der Blick des Oberbürgermeisters wechselte unruhig zwischen Grundler und Böhnke. Er atmete tief durch und schüttelte den Kopf.

»Einiges von dem, was du sagst, stimmt, anderes nicht«, begann er langsam und hob beschwichtigend die Hände, als der Anwalt ihn aufbrausend unterbrechen wollte.

»Tobias, keine Sorge, ich komme sofort zur Sache. Also, richtig ist, dass mich Kardinal mit Koks versorgt hat, aber ich habe schon Ärzte kontaktiert, um meine Sucht zu bekämpfen. Richtig ist auch, dass ich mit der ›Weißen Rose‹«, er lächelte beinahe schon versonnen, »einige Bettabenteuer erlebt habe. Ich wusste aber nicht, dass sie mit Kardinal unter einer Decke steckte.«

Böhnke vermied krampfhaft, wegen dieses Satzes zu schmunzeln: Müller erlebte Bettabenteuer, derweil seine Gespielin mit Kardinal unter einer Decke steckte. War das etwa ein flotter Dreier gewesen?

»Aber ich kann mir nicht erklären, wie mein Auto in die Mordsache hineingeraten sein könnte«, sagte Müller.

»Ich habe damit nichts zu tun. Das müsst ihr mir glauben.« Hilfe suchend wanderte sein Blick wieder zwischen den beiden Besuchern.

»Wie heißt denn deine Weiße Rose mit richtigem Namen?«, fragte Grundler scheinbar nebenher.

»Weiß ich nicht.«

›Ich aber‹, hätte Böhnke mit seinem Wissen antworten können. Aber er würde es Müller nicht preisgeben.

»Es war halt ein heißer Betthase, den ich gelegentlich in einem Appartement in der neuen Häuserzeile am alten Hafen getroffen habe.«

»Punkt eins«, unterbrach ihn Grundler unzufrieden. Er wollte erst gar nicht zulassen, dass Müller ins belanglose Schwafeln abdriftete. »Du findest heraus, wem dieses Appartement gehört. Und auch das danebenliegende. Verstanden?«

Müller nickte. »Wird gemacht.«

»Gut. Punkt zwei: Gibt es in Köln noch weitere Exemplare deines Automodells? Deine Limousine ist ja nicht gerade ein Allerweltsauto, sondern fällt schon auf. Das herauszufinden, dürfte für dich ebenfalls kein Problem sein. Verstanden?«

Wieder nickte der Oberbürgermeister. »Werde ich beides gleich vom Büro aus erledigen.«

»Okay.« Grundler wirkte zufrieden. »Nun noch zu Punkt drei. Hat sich in der Zwischenzeit vielleicht jemand gemeldet, der dich nach dem Ableben deines Lieferanten mit Koks versorgen will?«

Müller verneinte schnell. Die Frage konnte ihn nicht überraschen, er hatte mit ihr gerechnet. »Ich habe immer nur mit Kardinal verhandelt. Er war meine Quelle.« Fragend runzelte er die Stirn. »Warum willst du das wissen?«

Grundler betrachtete ihn ernst. »Sag ich dir, wenn es so weit ist. Ich ziehe zunächst so meine eigenen Schlüsse.«

Böhnke wusste nicht, worauf Grundler hinauswollte. Interessiert hörte er dessen nächster Frage zu.

»Seit wann bist du denn auf dem Koks-Trip?«

»Seit meiner Geschichte mit der ›Weißen Rose‹. Sie hat mich zum Koksen animiert.«

Grundler sah Müller durchdringend an. »Und was war dein politischer Preis für deine Liebesaffäre und deinen Drogenkonsum?«

»Es gibt keinen politischen Preis. Kardinal hat nie etwas gefordert, das ihm kommunalpolitisch einen Wissensvorsprung vor anderen Ratsmitgliedern verschafft hätte.«

Grundler sprang auf. »Das habe ich mir gedacht. Wie heißt es doch so schön? ›Bier ist Bier und Schnaps ist Schnaps.‹ Ich glaube, ich kann dir jetzt erklären, dass der Mord an Kardinal keinen politischen Hintergrund hat.«

Er grinste Böhnke an. »Damit endet natürlich mein Auftrag für dich. Ab sofort bekommst du kein Honorar mehr von mir.«

Böhnke verstand nichts. Wahrscheinlich, so hoffte er für sich, würde er verstehen, wenn er in Ruhe über das Gespräch nachdenken würde.

»Aber damit bist du längst noch nicht aus der Schusslinie, Werner. Aus Sicht der Staatsanwaltschaft würde ich behaupten, Kardinal habe dich erpresst und du hättest ihn deshalb töten lassen. Immerhin hast du deine Limousine für den Mord zur Verfügung gestellt.«

»Du tickst nicht ganz sauber!« Auch Müller war aufgesprungen und pflanzte sich mit seinen fast zwei Metern vor Grundler auf. »Und was ist mit dem Typen, der den Bullen entfleucht ist? Der ist doch der Mörder, denke ich.«

»Du kannst denken, was du willst.« Grundler lächelte böse. »Wer sagt denn, dass dieser Typ nicht von dir bezahlt wurde, um Kardinal zu töten? Und auch die beiden anderen Vögel?«

Für eine geraume Zeit herrschte Stille in dem großen Raum. Grundler blinzelte Böhnke zu.

›Mach mal!‹, forderte er ihn wortlos auf. ›Jetzt bist du dran, Müller zu kitzeln.‹

Räuspernd machte Böhnke auf sich aufmerksam. »Wenn nicht Sie, könnten dann nicht andere Mitglieder des Stadtrates den Mord an Kardinal in Auftrag gegeben haben?« Er wusste, dass er mit dieser Frage Grundler im gewissen Sinne widersprach, aber es musste sein. »Soll ich Ihnen Namen nennen? Ringelzweig beispielsweise, oder Bückenfänger.«

»Oder unsere beliebte Fleischwurst im Dior-Kleid«, ergänzte Grundler schnell.

»Darüber habe ich natürlich auch nachgedacht«, behauptete Müller und kramte sich die Diskussion und das Ergebnis der letzten kleinen Runde in Erinnerung. Die Teilnehmer hatten klare Absprachen getroffen, daran hatten sich alle zu halten. Oder gab es andere Koalitionen hinter seinem Rücken, die anders handelten, als sie redeten? Er hatte sich, ebenso wie Grundler, wieder gesetzt.

»Für wen würden Sie eigentlich Ihre Hand ins Feuer legen, Herr Oberbürgermeister?«, fragte Böhnke.

»Wenn ich ehrlich bin, für niemanden.«

Grinsend wandte sich Böhnke Grundler zu. »Ich glaube, du warst zu schnell mit deiner Behauptung, meine honorierte Ermittlertätigkeit sei vorbei.«

Erneut richtete er seine Aufmerksamkeit auf Müller. »Was sagt Ihnen der Name Regina Engelen?«

Der Oberbürgermeister stutzte. »Sie meinen die Europaabgeordnete, die vorher Ratsfrau in Köln war? Das war vor meiner Zeit. Die habe ich nicht mehr mitbekommen.«

»Waren denn auch die Zuschüsse an ihren Förderverein, der in der Türkei tätig war, vor deiner Zeit?«, sprang Grundler dazwischen.

Müller nahm sich wieder eine längere Denkpause. Er wirkte verunsichert. Zum ersten Mal schien es, als nähme das Gespräch einen Verlauf, den er zuvor bei seiner Vorbereitung nicht beachtet hatte. »Soviel ich weiß, endeten die Zuschüsse in dem Jahr, in dem die Frau den Stadtrat verließ. Ich kann mich jedenfalls nicht erinnern, dass es jetzt noch Zuschüsse geben sollte.«

»Du weißt, was mit den Zuschüssen geschah?«, unterbrach ihn Grundler.

»Ich habe davon gehört, dass da etwas schiefgelaufen sein soll«, antwortete Müller bedächtig.

»Schief ist gut.« Grundler lachte bitter. »Da hat jemand unter Vortäuschung falscher Tatsachen Privatleute und die Stadt Köln geschröpft. Und das weißt nicht nur du, das wusste auch Kardinal«, behauptete Grundler mit überzeugter Stimme.

Der Oberbürgermeister wand sich unbehaglich in seinem Sessel. »Es gab und gibt eine Vereinbarung, die Sache auf sich beruhen zu lassen, solange nichts an die Öffentlichkeit gerät. Zum einen, um die deutsch-türkischen Beziehungen nicht zu belasten, zum anderen, um keine Unruhe in Köln und besonders in dem Kindergarten zu stiften. Die Sache sollte gewissermaßen in aller Stille begraben werden.«

»Unter den Teppich gekehrt werden, ist wohl besser ausgedrückt. Verrate mir mal, stolpert ihr in Köln noch nicht über die vielen Hügel, die ihr unter euren Teppichen habt?«, lästerte Grundler polemisch. »Das wäre doch ein Politskandal allergrößter Ordnung geworden, wenn Kardinal damit rausgerückt wäre. Die Abgeordnete hat doch wohl allen Grund, über Kardinals Ableben hoch erfreut zu sein. Oder?« Sie hatte vermutlich mit dem Mord nichts zu tun, dachte sich Grundler. Immerhin hatte sie brav und artig monatlich 1000 Euro an Kardinal abgedrückt.

Aber diese Information wollte er Müller nicht geben.

Der Oberbürgermeister starrte lange aus dem Fenster in den Garten. »Ich weiß gar nichts mehr. Alles ist möglich. Nur eines weiß ich definitiv: Ich habe mit dem Mord nichts zu tun, weder unmittelbar noch mittelbar.«

»Aber dein Wagen«, hielt Grundler sofort dagegen. »Du kennst deine Aufgaben. Ich höre in spätestens drei Stunden von dir.«

Die nächsten Aufgaben verteilte Böhnke. Noch während der Rückfahrt nach Huppenbroich suchte er den telefonischen Kontakt zu Küpper.

»Du musst noch einmal zu wenig legalen Mitteln greifen, um der Legalität einen Dienst zu erweisen«, bat er seinen langjährigen Weggefährten. »Du bist doch mittlerweile geschickt im Umgang mit allen Computern und Programmen der Kripo, der Staatsanwaltschaft und der Ministerien.«

»Nun übertreib nicht so maßlos«, brummte der Kriminalrat, »und komm endlich zur Sache. Ich muss gleich in ein langweiliges Seminar.«

»Na gut, dann mache ich es kurz. Ich suche einen Haftentlassenen mit dem Namen J. L., der seit dem 25. vor drei Monaten wieder auf freiem Fuß ist. Vermutlich hielt er sich seitdem im Rheinland auf, aber das muss nicht zutreffen.«

»Sonst noch was? Das erledige ich doch mit links«, sagte Küpper gelangweilt.

»Wenn du so gut bist, wirst du mir auch noch seinen Wohnort nennen können. Eines kann ich dir allerdings sagen. Das J. L. steht nicht für Josef Lipperich. Das wäre nun doch zu einfach für einen der führenden Köpfe der Ausbildungsakademie.«

Küpper lachte. »Damit wird's zum Wunder. Unmögliches hätte ich bekanntlich sofort erledigt, bei Wundern dauert es etwas länger. Ich melde mich am Nachmittag bei dir.«

»Commissario, ich glaube, wir biegen auf die Zielgerade ein«, sagte Grundler zufrieden, als er den Hühnerstall ansteuerte. »Ich glaube, wenn wir alle Fakten zusammenfügen, bekommen wir schon ein sehr klares Bild, wenn auch nicht ein vollkommenes.«

Böhnke blieb stumm. Ihn beschlich ein merkwürdiges Gefühl, als er die Haustür öffnete. Sein Gefühl hatte ihn nicht getrogen. Als sie eintraten, bemerkten sie, dass die Wohnung leer war .

Lipperich war verschwunden und mit ihm, zu Grundlers Entsetzen, der Laptop.

30.

Der alte Lipperich harrte immer noch in der Alten Post aus. Ungeduldig hockte er in der Gaststube, zu der es ihn jeden Tag trieb. Nein, er habe nichts von seinem Sohn gehört oder gesehen, jammerte er Böhnke vor. Der Junge bliebe wie vom Erdboden verschluckt. Die vage Hoffnung, hier fündig zu werden, hatte sich zerschlagen.

»Bestimmt haben die Josef wieder geschnappt«, stöhnte der Mann. »Aber sie sagen es uns nicht.«

Böhnke und Grundler sahen sich an. Von dem Zwerg konnten sie sich offensichtlich keine Unterstützung erhoffen.

Sie würden alles tun, um seinen Jungen zu finden, versicherten sie Lipperich, bevor sie sich wieder zurückzogen.

»Scheiße, Scheiße, Scheiße!«, fluchte Grundler lautstark auf dem Rückweg zum Hühnerstall. »Wenn ich mir vorstelle, dass Lipperich den Laptop mit den Daten verhökert, werde ich verrückt. Dann kann ich mich begraben lassen. Wir müssen unter allen Umständen verhindern, dass jemand die Daten bekommt.«

»Und wie?«

»Weiß ich doch nicht!«, bellte Grundler. »Ich bringe den Kerl um!«

Gerade noch rechtzeitig, um das Telefonat entgegennehmen zu können, trafen sie erneut in Böhnkes Wohnung ein.

»Ich hätte es nur noch ein Mal schellen lassen, dann hättet

ihr euch bis heute Abend gedulden müssen«, knurrte Küpper. »Oder glaubt ihr etwa, ein viel beschäftigter Dezernent im Landeskriminalamt hätte nichts anderes zu tun, als sich die Finger wund zu wählen, nur um einen Pensionär zu unterhalten? Warum hast du eigentlich ein Handy?«

»Zur Sache, du Dummschwätzer«, bellte Böhnke zurück.

»Okay, aber schalte den Lautsprecher ein, damit dein Mithörer alles mitbekommt. Du bist doch nicht alleine und du vergisst doch die Hälfte«, lästerte Küpper. Er hustete kurz. »Also, die Fakten. Josef Langenwang, 63 geboren, entlassen aus der JVA Ossendorf, verurteilt wegen schwerer KV in der Bewährungszeit, gemeldet in Aachen in einer Wohnung an der Euskirchener Straße. Die Mietwohnung gehört zu einem Gebäudekomplex einer Immobiliengesellschaft, die wiederum Teil einer GmbH ist, die in Aachen registriert ist.«

»Die GmbH gehört nicht zufälligerweise zum Imperium der Familie Großknecht?« Böhnke hätte nicht sagen können, welcher Teufel ihn geritten hatte, als er die Frage stellte. Erschrocken sah er Grundler an. Er merkte, dass sein Freund sich vor der Antwort sorgte.

»Das weiß ich nicht. Der Zugriff auf die Dateien in Aachen ist momentan gestört. Aber das könnt ihr wohl selbst rausfinden, denke ich mal. Ihr seid ja keine kleinen Dummen.«

»Das fehlt mir noch, dass wir uns die ganze Zeit im Prinzip im Kreis gedreht haben und ich den Mördern vielleicht auch noch geholfen habe«, stöhnte Grundler. »Ich möchte mir gar nicht ausmalen, dass eventuell die Großknechts hinter allem stecken.«

»Kann ich mir nicht vorstellen«, erwiderte Böhnke, wenig überzeugt. Das Geschehene war gewiss nicht der Stil des Aachener Geldadels. Der ging lieber mit wehenden Fahnen unter, als sich mit unerlaubten Mitteln über Wasser zu halten. Aber es gab bekanntlich keine Regel ohne eine Ausnahme.

»Warten wir ab, was uns dein Freund Müller an Infos liefert. Dann sehen wir weiter«, versuchte er, seinen verunsicherten Freund zu beschwichtigen. »Bestimmt kommt alles ganz anders«, sagte er floskelhaft.

Langeweile kam erst gar nicht auf. Sie kamen nicht einmal dazu, das Gehörte zu diskutieren.

Als sei es zeitlich abgesprochen, meldete sich Müller auf Grundlers Handy und rief auf dessen Empfehlung wenige Augenblicke später wegen der Lautsprecherfunktion auf Böhnkes Festnetzanschluss an.

Müller hielt sich nicht lange mit Einleitungen auf. »Also, zu Punkt eins: In Köln sind insgesamt vier Fahrzeuge vom Typ meiner Limousine registriert. Zwei gehören seriösen Nachbarn von mir aus dem Hahnwald, für die ich mich mit allem, was ich habe, verbürge. Der vierte Wagen gehört einem Industriellen, der dieses Fahrzeug aber in einer Garage auf Sylt stehen hat. Ich kenne ihn. Er hat es mir gesagt. An den Tagen, an denen mein Wagen angeblich in Aachen am Tivoli gesichtet wurde, war er nachweislich in Westerland. Da bleibt nur noch mein Auto.« Der Oberbürgermeister klang resigniert. »Ich weiß nicht, wie das sein kann.«

›Ich schon‹, hätte Böhnke sagen können, aber er sagte es nicht. Müller sollte ruhig weiter im Ungewissen bleiben. Vielleicht war er ja doch an den Verbrechen beteiligt.

»Okay, dann lassen wir das mal so im Raum stehen.« Grundler räusperte sich. »Dann erzähl uns mal was zu Punkt zwei, zu deiner Liebeshöhle am Rheinhafen.«

»Haha«, fauchte Müller zornig, »mach dich bloß lustig über mich. Ich bin froh, dass ich bis jetzt meine Frau und meine Kinder aus der Sache raushalten konnte. Aber noch so ein paar Witzbolde wie du und ich bin mittendrin.« Er hustete und blätterte geräuschvoll in Papieren.

»So, da habe ich es. Die Wohnung gehört einer Immobiliengesellschaft, die auch Eigentümerin von drei anderen Wohnungen in diesem Komplex ist. Außerdem besitzt die Gesellschaft noch etliche andere Immobilien im Kölner Raum. Die Immobiliengesellschaft selbst ist Teil einer GmbH, die in Aachen registriert ist.«

»Und damit endet deine Recherche«, unterbrach ihn Grundler in einem Tonfall, als wolle er gar nichts mehr hören. Aber Müller tat ihm diesen Gefallen nicht.

»Natürlich nicht. Wie kommst du darauf? Ich habe selbstverständlich weiterrecherchiert. Die Gesellschaft heißt ›GKI‹ und besitzt noch einige andere Unternehmenszweige, darunter einige Betriebe aus dem Rotlichtmilieu im Großraum Köln-Bonn-Nordeifel. Dazu gibt es noch ein paar seriöse Abteilungen, etwa eine Bauunternehmung und, ganz schön clever, eine eigene Autoverleihfirma. Aber die ist gar nicht aktiv. Darin bunkert die GmbH alle Unternehmensfahrzeuge und schreibt sie als Leihfahrzeuge ab.« Erneut raschelte Müller mit Papieren.

»Das war's von meiner Seite. Ihr könnt bestimmt was mit den Fakten anfangen.«

Das war's in der Tat. Jedenfalls für den Anwalt. »GKI steht garantiert für Großknecht Investment oder so. Die hängen da mit drin. Bestimmt.«

Böhnke ließ sich von der ungewohnten Resignation seines Freundes nicht anstecken. Wortlos griff er zum Telefonbuch, suchte eine Nummer und wählte. Er reichte den Hörer an Grundler weiter. »Frag sie doch selbst, bevor du heulst.«

Nach dem Telefonat strahlte Grundler. »GKI hat mit Großknechts nichts zu tun. Die ärgern sich zwar über die Gesellschaft wegen einer vermuteten Namensähnlichkeit zu ihren eigenen Gesellschaften, aber sie kennen die GKI nicht. Man hat zwar eigene Recherchen aufgenommen, ist aber nicht sehr weit gekommen. Jetzt habe ich den Auftrag, mich darum zu kümmern. Aber das nur am Rande. Also, Gesellschaften und Geschäftsführung dieser ominösen GKI wiederum sind Gesellschaften in Holland und Belgien, und dahinter stehen dann vermutlich GmbHs nach dem englischen Gesellschaftsrecht, die wiederum im Besitz von Deutschen sind.« Er lächelte. »Ehe wir dieses System aufgebröselt haben, sitzt Lipperich wieder hinter Gittern und wird Müller vermutlich seinen Bürgermeisterposten quitt sein wegen seiner politischen und moralischen Verfehlungen. Aber«, er schaute Böhnke entschlossen an, »wieder kommen wir der Lösung einen großen Schritt näher. Wetten?«

Das dritte Telefonat des Nachmittags stärkte Grundlers Überzeugung. Böhnke hatte mit allem gerechnet, nur nicht damit, dass sich der verschwundene Lipperich bei ihm meldete.

»Bevor Sie lamentieren, hören Sie mir zu«, schnitt ihm

Lipperich das Wort ab, ehe er überhaupt etwas sagen konnte. »Ich bin in Köln und hinter Roswitha Fabritius her.«

»Wer ist das denn?«

»Herr Böhnke, mit Verlaub, aber man merkt, dass Sie ein alter Mann sind. Roswitha Fabritius, das ist die ›Weiße Rose‹, mit der es der Bürgermeister getrieben hat. Roswitha Fabritius ist gewissermaßen der Künstlername von Ruth Friedrichs. Ich bin zum Teil über die Informationen auf dem Laptop darauf gekommen, und dann habe ich auch die Kontaktanzeigen in den Kölner Boulevardblättern überprüft. Danach hat Roswitha ihr intensives Liebesleben in dem Appartementhaus praktiziert. Sie war quasi rund um die Uhr ausgebucht. Bei ihr herrschte reger Verkehr und Stau in den Stoßzeiten.« Er lachte über seine witzige Bemerkung. »Aber sie wohnt nicht mehr am Rhein. Das haben mir Hausbewohner gesagt. Sie scheinen nicht unfroh darüber, dass das Röschen nicht mehr dort lebt. Sie muss wohl kurz nach dem Verschwinden von Kardinal ausgezogen sein.«

»Sie sind ja besser als mancher Privatdetektiv«, lobte Böhnke. Ob Lipperich wusste, in welcher Gefahr er sich befand? Die Polizei würde nicht lange fackeln und zupacken, wenn sie ihn entdeckte, und das Rotlichtmilieu, in dem der Mann offensichtlich herumschnüffelte, mochte es nicht sonderlich gern, wenn jemand zu neugierig war.

»Ich bin in einer kleinen Pension hinter dem Bahnhof untergetaucht. Die Pensionswirtin ist so blind und taub, die kriegt nichts mehr mit. Die Alte hat sich nur über die 200 Euro gefreut, die ich ihr im Voraus bezahlt habe. Ach, übrigens«, er räusperte sich, »den Laptop habe ich auf Reisen geschickt. Er ist als Paket unterwegs an die Kanzlei

Ihres Freundes. Und bevor ich es vergesse und Sie es herausfinden, ich habe mir von Ihnen die 300 Euro geliehen, die Sie zwischen den Suppentellern im Küchenschrank versteckt hatten. Mein Vater gibt Ihnen das Geld bestimmt sofort wieder. Ich hoffe, Sie zeigen mich nicht an.«

»Das kommt drauf an«, knurrte Böhnke verärgert. »Wenn das Geld sinnvoll investiert ist, überlege ich es mir. Dann verrechne ich es als Spesen. Also, warum haben Sie sich ausgerechnet in Köln eingenistet?«

»Um in der Nähe von Roswitha Fabritius zu sein. Sie ist in eine moderne Wohnung in der Jakordenstraße gezogen, direkt in meine Nähe. Das hatte sie ihren früheren Nachbarn verraten. Aber offensichtlich lebt sie dort allein und schafft auch nicht an. Entweder legt sie eine Schaffenspause ein oder sie hat ihren Nuttendienst eingestellt. Die geht nur noch shoppen und ins Fitnessstudio, sagen die Leute. Sieht verdammt gut aus, die Perle. Aber da kommt so ein armer Schlucker wie ich nicht ran. Keine Chance.«

»Bevor Sie in Selbstmitleid zergehen, haben Sie auch die Hausnummer?«

»Klaro, Sie unsentimentaler Mensch. Drei.«

Grundler nickte zufrieden. Das passte. Auch dieses Haus gehörte der Immobiliengesellschaft der dubiosen GmbH mit Sitz in Aachen. Es stand auf einer Liste, die Sabine inzwischen für ihn im Grundbuchamt ermittelt hatte.

31.

Der Firmensitz der GKI in Aachen bestand aus einem Postfach und einem Briefkasten an der Zufahrt zu einem unscheinbaren Betriebsgelände in Brand. Böhnke hatte nicht gezögert und war, mit Grundler im Schlepptau, dorthin gefahren.

»War wohl mal 'ne Tanke«, vermutete der Anwalt und klärte den staunenden Pensionär auf. »Tanke ist Tankstelle, so sprechen die unter 50-Jährigen. Und es gab wohl auch 'nen Reparaturbetrieb, wenn ich es richtig deute. Groß genug, um dort einen Fuhrpark abzustellen.« Grundler hatte sich gegen das nachträglich eingebaute Absperrtor in der mannshohen Ziegelsteinmauer gelehnt und beobachtete einen aus einem Anbau heranschlurfenden Greis.

»Was wollen Sie hier?«, fragte der vermutliche Hofmeister.

»Ein Auto leihen«, antwortete Grundler betont höflich. »Ich habe gehört, Sie verleihen hier auch Autos.«

»Wir nicht. Da irren Sie sich«, raunzte der Mann.

»Sind Sie alleine hier?« Grundler schaute sich um.

»Sehen Sie sonst jemanden?«, erhielt er zur Antwort. »Aber versuchen Sie nicht, auf das Gelände zu kommen. Sie machen keine drei Schritte unbeobachtet. Das Gelände ist kameraüberwacht und meine vierbeinigen Freunde haben seit Tagen nichts mehr zu fressen bekommen.« Der Greis pfiff kurz auf zwei Fingern. Kläffend rannte sofort ein Dutzend Hunde heran. »Die zerfetzen Sie schneller, als wie es Piranhas können, glauben Sie mir.«

Den Ratschlag von Böhnke, besser zu gehen, hätte Grundler nicht gebraucht. Langsam trotteten sie zu ihrem Wagen zurück.

»Da ist doch was faul in Alemannias Stadt«, meinte er. Damit veranlasste er Böhnke zu einer Replik: »Es stinkt gewaltig im Staate Karls des Großen. Aber haben wir irgendetwas gegen irgendjemanden in der Hand, mein Freund?«

War es Glück für Lipperich oder eher Pech?

»Sie haben mich erwischt«, sagte er überraschend gelassen in den Telefonhörer. »Die Polizei hat mich geschnappt, als ich die Pension verlassen habe. Die Alte war wohl doch nicht so taub und blind, wie ich gedacht habe. Und Ihre 200 Euro hat sie auch noch, Herr Böhnke.«

Die deutsche Polizei war wohl doch besser als ihr Ruf, dachte sich der Kommissar. »Ich werde Tobias Grundler informieren. Er wird sich mit Ihnen in Verbindung setzen. Behalten Sie die Ruhe und provozieren Sie niemanden, dann sind Sie jetzt wahrscheinlich sicherer als nachts auf den Straßen der Kölner Altstadt. Wir kommen, so schnell wir können.«

Bereitwillig reichte Lipperich den Hörer weiter an einen Polizeibeamten, der nicht schlecht staunte, als sich Böhnke als ehemaliger Kollege und Mordermittler vorstellte.

Lipperich habe sich gewaltlos festnehmen lassen und gemeint, es würde sich herausstellen, dass er unschuldig sei, berichtete er. »Sie müssen großen Einfluss auf ihn haben, er war echt von Ihnen beeindruckt, Herr Kollege.«

»Halten Sie ihn fest und behandeln Sie ihn gut«, bat Böhnke. Er schmunzelte. »Irgendwie ist es schon bedauerlich, dass Sie ihn erwischt haben.«

»Wieso?«

»Lipperich hätte uns vielleicht direkt zur Aufklärung der Mordsache Kardinal geführt.«

Der Beamte stutzte. »Dann glauben Sie also tatsächlich, dass Lipperich unschuldig ist?«

»Das weiß ich nicht 100-prozentig. Aber ich glaube, er war auf einem guten Weg, der uns bei der Lösung geholfen hätte. Oder wissen Sie, was die ›Weiße Rose‹ momentan treibt?«

»Wer?«

Böhnke lachte. »Sehen Sie. Dieses Röslein ist ein Hinweis zur Lösung. Und Lipperich war ihr auf der Spur.«

»Wo steckt Lipperich jetzt?«

»In Ossendorf in der JVA.«

Sie waren, so nahm jedenfalls der Kommissar an, auf dem Weg über die A4 nach Köln ins Justizzentrum in der Nähe des Eifeltores. Er finde es ohne Navi, hatte Grundler behauptet. »So groß ist Köln nun auch nicht.«

Es erging ihm wie vielen, die nach Köln hineinfuhren. Vom äußeren Autobahnring zum inneren Ring waren es weitaus mehr Kilometer, als sie annahmen. Und obendrein waren sie meistens über das Straßensystem des inneren Rings hinausgefahren und in Richtung Rhein unterwegs, bevor sie merkten, dass sie sich verfranzt hatten.

»Hier stimmt was nicht«, stellte Grundler erstaunt fest, als sei nicht er für das Verfahren verantwortlich, sondern irgendein ungewöhnlicher Umstand, für den er nichts konnte. »Ich wollte eigentlich woanders hin.«

»Ich wollte eigentlich immer noch mal zum Kölner Dom«, sagte Böhnke mit lässiger Beiläufigkeit und freute sich über den irritiert verwunderten Blick seines Fahrers.

»Wie wär's, wenn wir den Wagen einfach auf dem Parkstreifen abstellen und uns ein Taxi suchen?«

»Blödsinn«, schimpfte Grundler. »Ich lasse mich doch nicht vom Kölner Verkehrssystem in die Irre leiten. Als halbwegs vernünftiger Mensch werden wir doch den richtigen Weg zum Ziel finden.«

»Jeder halbwegs vernünftige Mensch benutzt ein Navigationssystem oder nimmt ein Taxi«, entgegnete der Ex-Kommissar mit wenig Hoffnung, tatsächlich auf Gehör zu stoßen.

Ehe sie sich versahen, hatte sie der Verkehrsfluss auf die Rheinuferstraße mitgezogen.

»Wenn du nicht aufpasst, fallen wir noch in den Rhein«, spottete Böhnke, derweil Grundler verunsichert umherschaute. »Wir verpassen den Termin mit Lipperich«, mahnte er. »Die werden nicht den ganzen Tag auf uns warten.«

»Wer redet denn von Lipperich?« Scheinbar unmotiviert fädelte Grundler sich auf eine Linksabbiegerspur ein, die vom Rhein wegführte.

Wenig später fuhren sie am Eigelsteintor vorbei durch eine belebte Straße mit Geschäften und Wohnungen.

»Hier kommst du nie mehr heraus«, meinte Böhnke, als Grundler in eine Einbahnstraße einbog. ›Jakordenstraße‹, las er gerade noch aus dem Augenwinkel auf dem Straßenschild.

»Ist das Absicht oder Zufall?«, fragte er zweifelnd.

Grundler grinste. »Denk, was du willst. Die Freunde bei der Staatsanwaltschaft wissen Bescheid, dass es etwas später werden kann. Lipperich kann warten. Der zuständige Staatsanwalt ist ein alter Kumpel von mir.«

Böhnke beäugte seinen Freund, aus dem er einmal

mehr nicht schlau wurde. Tat er nur so oder stimmte, was er sagte?

»Achtung!« Grundler unterbrach seine Gedanken. »Schau mal, wer da kommt!« Er hatte seinen Kleinwagen vor einer Toreinfahrt an den Straßenrand geklemmt und schaute einer schwarzen Limousine nach, die an ihnen vorbeifuhr und in der Jakordenstraße 3 verkehrsbehindernd auf der Straße hielt. Nur Sekunden später trat eine junge Blondine aus dem Haus, verstaute im Kofferraum des Wagens einen Karton und stieg an der Beifahrerseite ein. Sofort fuhr der schwere Wagen an und verschwand links hinter dem Wohnblock in eine Nebenstraße.

»Tja, damit hat sich wohl unser Besuch bei Roswitha erledigt.« Grundler schnaufte durch und startete den Wagen.

»Hast du das Kennzeichen?«, fragte ihn Böhnke.

»Klar doch.« Der Anwalt schien die Ruhe selbst und nannte die Buchstaben und die Zahlenfolge.

»Ist tatsächlich das Nummernschild von Müllers Wagen«, sagte Böhnke staunend nach dem Vergleich mit den Angaben, die sie vom Oberbürgermeister erhalten hatten.

»Dann rufe ihn im Rathaus über die Zentrale an«, forderte Grundler und reichte Böhnke sein Handy. »Brauchst nur die Wahlwiederholung zu drücken.«

Wenig später meldete sich Müller, nachdem er verbunden worden war. »Ich sitze hier mitten in einer Verhandlung mit dem niederländischen Kunstmäzen. Er wäre jetzt bereit, mein Alibi aus Aachen zu bestätigen. Und wenn Sie mein Auto suchen, dann werden Sie an der TÜV-Station fündig. Dort habe ich es heute Morgen abgeliefert. Es ist gerade durchgecheckt worden. Übrigens ohne Beanstandungen, wie ich eben per E-Mail erfahren habe.«

»Habe ich mir doch gedacht, dass Müller nichts damit zu tun hat«, sagte Grundler lakonisch. Er versuchte, der Limousine zu folgen, was ihm im dichten Straßenverkehr mit Leichtigkeit gelang. Auf der Autobahn von Köln in Richtung Aachen war es aber mit der Verfolgung umgehend vorbei. Der schnellere Wagen zog unaufhaltsam davon und verschwand schon bald in der mehrspurigen Wagenschlange aus dem Blickfeld von Böhnke und Grundler.

»Und nun?«, fragte der Kommissar.

»Jetzt können wir uns Zeit lassen«, antwortete Grundler ruhig. Er rollte in der Autokarawane mit. »Theoretisch könnten wird noch Lipperich besuchen. Aber das lassen wir heute.« Er lächelte vor sich hin. »Ich kann mir nicht vorstellen, dass das Pärchen direkt nach Aachen fährt. Die liefern erst den Karton ab.«

»Mit den Präservativen?«

»Mit den Präservativen.«

»Und nehmen dafür Drogen mit?«

»Glaube ich nicht. Das Risiko geht der Typ nicht ein.«

»Du meinst ›El Padrone‹, den Paten, despektierlich auch ›der Alte‹ genannt?«

Jetzt wirkte Grundler verblüfft. »Commissario, was weißt du wieder, was ich nicht weiß?«

Böhnke lachte. »Als ich mit den Kollegen geredet habe, die Lipperich bewachen, habe ich beiläufig gefragt, welches hohe Tier denn die Drogenszene und den Bordellbetrieb in der Region beherrscht. Da ist mir der Name genannt worden. Momentan scheint der Alte aber in einer Krise zu sein. Dem sind einige Leute abhanden gekommen, heißt es.«

»Deshalb muss er also selbst ran«, folgerte Grundler. »Ich habe mich schon gewundert. Kardinal war wohl sein Kurier.«

»Richtig. Davon gehe ich aus.«

»Und der musste sterben. Warum?«

»Was weiß ich? Vielleicht hat er versucht, den Alten zu übertölpeln. Der Alte hat dann Roswitha auf Kardinal angesetzt und die hat dann herausgefunden, dass seine Vermutung zutraf. Er hat daraufhin Josef Langenwang gedungen, der hintereinander Kardinal, Adamczik und Büchse das Lebenslicht ausgepustet hat.«

»Und anschließend wurde er selbst erledigt«, ergänzte Böhnke.

»Ich vermute, er wurde beim Kurierdienst abgefangen und eliminiert. Da der Alte von der früheren Beziehung zwischen Lipperich und Kardinal wusste, hat er dies zu seinen Gunsten ausgenutzt und den Verdacht auf Lipperich gelenkt. Es passte ihm auch gut in den Kram, dass Kardinal politische Feinde hatte. Wer weiß, was der Roswitha alles ausgeplaudert hat.«

»Dann war der Alte auch in der Wohnung in Aachen?«

»Bestimmt«, antwortete Grundler.

»Und warum?«

Der Anwalt lachte. »So blöd es sich vielleicht auch anhört, aber er brauchte den Karton mit Präservativen, den Kardinal dorthin gebracht hatte, um in Köln vom Tauschgeschäft mit seinen Drogenlieferanten abzulenken. Die Wohnung in Aachen war für Kardinal gewissermaßen ein Zwischenlager. Wahrscheinlich stand eine neue Lieferung an und der Alte hatte keine andere Möglichkeit.«

Böhnke schüttelte den Kopf. »Aber wir können rein gar nichts beweisen. Jeder Verteidiger wird uns in einem Prozess als Spinner bezeichnen, als Fantasten, die zu viele alte amerikanische Kriminalfilme gesehen haben.«

»Warten wir es ab«, sagte Grundler ungewohnt geduldig. »Der Alte läuft uns nicht weg.«

Er hatte seinen Astra gegenüber dem GKI-Gelände geparkt. »Ich wette mit dir, die beiden werden hier auftauchen.«

»Warum?«

»Ich habe da so eine Ahnung. Oder glaubst du etwa, der Alte hat in Köln noch einen zweiten Garagenhof? Ich habe von meinen Freunden in der Zulassungsstelle inzwischen herausbekommen, dass in Aachen nur eine der Luxuslimousinen gemeldet ist. Und weißt du, wer der Halter ist?«

»Du wirst es mir sagen«, brummte Böhnke. Er hatte sich in den engen Sitz zurückgelehnt und die Augen geschlossen. Warum machte es Grundler nur unnötig spannend, obwohl es keine Spannung mehr gab?

»Natürlich die GKI.«

»Natürlich«, bestätigte Böhnke. Was hätte er auch anderes sagen und erwarten können. Der Alte praktizierte anscheinend den doppelten Fälschertrick. Nicht nur, dass er bei den illegalen Touren statt des Aachener Nummernschilds eines aus Köln benutzte, er brachte darauf auch noch eine Nummer auf, die es tatsächlich gab. Die Polizeicomputer konnten allenfalls die zweite Fälschung erkennen, weshalb sie zwangsläufig auf Müllers Fahrzeug gestoßen waren.

32.

Es dämmerte bereits, als die Limousine auf das ehemalige Tankstellengelände fuhr. Böhnke wunderte sich, dass das schwere Metalltor nicht wieder geschlossen wurde. Dann erkannte er den Grund. Ein unauffälliger Kleinwagen, den die Blondine steuerte, näherte sich wenige Minuten später und parkte neben der Luxuskarosse.

»Wetten, dass die den Kleinen gegen den Karton getauscht haben?«, raunte Grundler Böhnke zu. »Ruf schon mal deine ehemaligen Kollegen an! Es gibt was für sie zu tun.«

Ehe sich der Kommissar versah, war sein Freund schon ausgestiegen. Er beeilte sich, ihm zu folgen, derweil er Kontakt zu einer Polizeistation aufbaute.

Von kläffenden Hunden war nichts zu hören oder zu sehen. Der alte Hofverwalter kniete vor der Limousine und entfernte das Kennzeichen.

»Jetzt kommt wieder das reguläre Schild aus Aachen drauf«, meinte Grundler aus dem Hintergrund.

Erschrocken drehten sich der Verwalter, die Blondine und der Mann, der offenbar alle Fäden in der Hand hielt, um.

»Schön, Sie kennen zu lernen«, fuhr Grundler freundlich fort, »auch wenn unsere Bekanntschaft nur von kurzer Dauer sein wird.«

»Was wollen Sie?«, bellte der elegant gekleidete Anführer herrisch, alles andere als ein alter Mann. Vielmehr stand ihnen ein großer, schlanker Mann mit kurzen, schwarzen Haaren gegenüber. Er war, das räumte Böhnke sofort ein, von hinten leicht mit dem Oberbürgermeister von Köln zu verwechseln.

»Sie sind hier auf einem Privatgelände, das Sie auf der Stelle verlassen!«, schnauzte sie der selbstsichere Mann an. So musste man wohl sein, wenn man zu den Großen der Unterwelt gehören wollte. »Verschwinden Sie, sonst hole ich die Polizei.« Wie zur Bekräftigung zückte er sein Mobiltelefon.

›Wie im Film‹, dachte sich Böhnke. ›Jetzt wird Tobias garantiert erwidern: ›Brauchen Sie nicht, die ist schon unterwegs.‹

Grundlers prompte Bemerkung entlockte dem Mann nur ein müdes Lächeln. »Warum sollte sie kommen?«

»Um Sie festzunehmen und Ihre attraktive Begleiterin Roswitha Fabritius ebenfalls.«

»Unfug.« Der Unterweltkönig, der eher einem seriösen Geschäftsführer eines mittelständischen Unternehmens ähnelte als einem skrupellosen Strippenzieher im Drogensumpf und Prostitutionsgeschäft, machte Anstalten, in seinen Wagen einzusteigen. »Komm, Rosi! Das ist mir einfach zu blöd hier.«

»Das nützt Ihnen doch überhaupt nichts mehr, wenn Sie jetzt abhauen«, sagte Grundler provozierend lässig. »Wir haben Sie doch am Schlafittchen wegen Drogenhandels und mindestens dreifachem Mord. Vermutlich kann ich Sie auch noch mit dem Mord an Josef Langenwang in Verbindung bringen. Denn ich glaube nicht, das der noch unter uns weilt.«

Spontan lachte die ›Weiße Rose‹ spitz auf.

Böhnke lächelte kurz. Das Überraschungsmoment wirkte bei Frauen immer noch viel besser als bei Männern.

Er mischte sich in das Gespräch ein. »Und glauben Sie etwa, Sie kommen ungeschoren davon?«, sprach er den perplexen Rentner an, der das Gelände bewachte. »Sie sind dran wegen Beihilfe zum Mord. Immerhin haben Sie das Fahrzeug manipuliert, in dem Kardinal von Langenwang befördert wurde.« Er schaute dem schweigenden Padrone streng ins Gesicht. »So skrupellos wie Sie kann eigentlich kein Mensch sein. Sie räumen alle aus dem Weg, die Sie nicht mehr gebrauchen können.« Er wandte sich der Begleiterin zu. »Das gilt auch für Sie, Frau Fabritius oder Frau Friedrichs. Oder glauben Sie, Sie werden alt an der Seite dieses Mannes?« Er konnte sich den Satz nicht verkneifen. »Irgendwann welkt jede Rose.«

Zwietracht säen, Unsicherheit verbreiten; wenn es gelang, den Kerl zu isolieren, schafften sie es vielleicht, ihn zu überführen.

»Ich kann Ihnen sagen, wie das mit Kardinal gelaufen ist. Sie haben ihn für seine Kurierdienste mit Koks honoriert, wenn er Ihnen die Drogen aus Holland holte. Sie hatten für ihn ja einen schönen Vertreterjob geschaffen. Kardinal hat seinen Anteil auf eigene Rechnung verkauft. Dann sind Sie dahintergekommen, dass er sie hinterging, indem er das Kokain mit Traubenzucker streckte und er sich mehr nahm, als ihm zustand. Im wahren Leben nennt man das Betrug, in Verbrecherkreisen unehrenhaft. Deshalb haben Sie ihn bestraft. Mit Ihrer Höchststrafe.«

»Blödsinn!«, schnaubte der Alte, der gar nicht so alt war. Er war höchstens 50.

»Wir haben für alles Beweise.« Unbeeindruckt fuhr Grundler fort. »Was Sie wahrscheinlich nicht wussten oder dank des körperlichen Einsatzes Ihrer Rose erst sehr spät erfuhren, war der Ordnungswahn oder Gründlichkeitsfimmel von Kardinal. Er hat in seiner Wohnung in Aachen alles auf seinem Computer vermerkt. Aus seinen Notizen musste man nur die richtigen Schlüsse ziehen.«

»Wieder Blödsinn!«, fauchte der Mann. »Was faseln Sie von einer Wohnung in Aachen? Davon weiß ich nichts.«

»Stimmt nicht«, hielt Grundler, immer noch freundlich, dagegen. »Rosi, wie Sie Ihre Geliebte nennen, hat garantiert mit Raffinesse und engagiertem körperlichen Geschick alle Geheimnisse aus Kardinal herausgekitzelt. Woher sollte der Tölpel auch wissen, dass Sie Ihre schärfste Waffe auf ihn angesetzt haben? Er hat wahrscheinlich geglaubt, es sei Liebe gewesen, die Frau Fabritius in seine Arme und in sein Bett getrieben hat.«

Zunehmend lauter werdend, näherte sich mindestens ein Streifenwagen. Es konnten auch mehrere sein, deren Signalhörner ineinander verschwammen.

»Außerdem habe ich Sie im Hausflur in Aachen gesehen, als Sie aus der Wohnung von Kardinal einen Karton mit Präservativen holten.« Böhnke stutzte. Wieso gab Grundler vor, dort gewesen zu sein, obwohl es nicht den Fakten entsprach?

»Kann nicht sein.«

»Ist aber«, lächelte Grundler wissend. »Die Spurensicherung hat in der Wohnung eindeutige Hinweise auf einen bislang Unbekannten gefunden, die erst nach Ihrem Besuch vorhanden waren und die garantiert Ihnen zugeordnet werden können.«

»Warum sollte die Spurensicherung danach suchen und warum sollten diese Spuren Hinweise auf mich zulassen?« Der Unterwelt-Alte schien seine Souveränität wiederzugewinnen.

»Weil Sie in der Wohnung von Kardinal waren. Dessen Schlüssel haben Ihre Helfershelfer an sich genommen, als sie ihn ermordeten. Sie sind dann persönlich nach Aachen gekommen und haben die Türe aufgeschlossen, die schon vorher von der Polizei durchsuchte Wohnung selbst durchwühlt und sind mit den Präservativen abgezogen.«

Jetzt war es für Böhnke sonnenklar, was passiert war und was Grundler in die Wege geleitet hatte.

»Sie haben nach Ihrer Durchsuchung die Wohnungstür von Kardinal nur zugezogen. Daher wussten wir, dass jemand drin gewesen sein musste, denn die Tür war zuvor von der Polizei nach Abschluss der Spurensicherung verschlossen worden. Das war Ihr Fehler.« Grundler lachte böse. »Mehr noch: Das war Ihr Kardinalfehler in Ihrem diabolischen Pokerspiel.«

NACHSPANN

Die KGB beschloss die Vereinsauflösung mit Ablauf der Wahlperiode.

Regina Engelen erklärte ihren Austritt aus dem Europaparlament und ihren Rücktritt von allen politischen Ämtern aus gesundheitlichen Gründen, nachdem der AZ-Reporter Sümmerling einen anonymisierten Artikel über den Missbrauch von Geldern für Fördervereine veröffentlicht hatte und sie eine Stellungnahme dazu verweigert hatte.

Die Informationen für seine Berichterstattung hatte Sümmerling mit Böhnkes Billigung von Grundler erhalten.

Der Sprecher der sozialdemokratischen Fraktion im Europaparlament aus der Städteregion Aachen bedauerte lauthals das Ausscheiden der engagierten Politikerin und würdigte ihre Verdienste um die deutsch-türkischen Beziehungen.

Der liberale Ratsherr Bückenfänger ging eine eheähnliche Gemeinschaft mit einem homosexuellen Zeitungsredakteur aus Köln ein und zog sich aus der Politik zurück.

Die Kommunalpolitikerin Pohlke wunderte sich nach wie vor über all die Schlechtigkeiten um sie herum.

Die nächsten Reisen, die von den Energieversorgungsunternehmen gesponsert wurden, führten Politiker, Verwaltungsmitarbeiter und deren Partner in die USA, wo ein neuartiger Windpark besichtigt wurde, und auf die Malediven, wo die Auswirkungen der Erderwärmung auf das Ansteigen des Meeresspiegels thematisiert wurden.

Ringelzweig und Schlingenheim waren, ebenso wie ihre Ehefrauen, jedes Mal sehr beeindruckt.

Das Verfahren gegen Josef Lipperich wegen seiner Flucht aus Polizeigewahrsam wurde stillschweigend eingestellt, nachdem er sich verpflichtet hatte, niemals etwas über die Umstände seiner Flucht zu berichten.

Böhnke unterstützte ebenso wie Grundler mit dem Honorar von Müller und Lipperich die von Sabine gegründete Stiftung zum Bau und Betrieb von Kindergärten und Schulen in den ärmsten Ländern Afrikas.

Und er kam endlich dazu, sich wieder um die Früchte aus Brasilien zu kümmern. Über die Papaya las er: ›Sie ist harntreibend und die Verdauung anregend und eine gute Quelle von Faserstoffen, die den Darmtransit verbessern.‹

Kommentar von Lieselotte Kleinereich dazu: »Jeden Tag im angemessenen Tempo eine Runde durch Huppenbroich hat die gleiche Wirkung, Commissario.«

ENDE

Dank an René Stein für das beharrliche und
konstruktiv-kritische Lektorat

Weitere Krimis finden Sie auf den folgenden Seiten und im Internet: www.gmeiner-verlag.de

KLAUS ERFMEYER

Drahtzieher

324 Seiten, Paperback.
ISBN 978-3-8392-1245-5.

GIER NACH MACHT Für die Staatsanwaltschaft ist die Unfallakte »Lieke van Eyck« schnell geschlossen, doch ihre Schwester glaubt nicht an ein Eigenverschulden der als zuverlässig und diszipliniert geltenden Vorstandssekretärin. Der Dortmunder Rechtsanwalt Stephan Knobel soll die Umstände des Todes untersuchen und trifft dabei auf den Journalisten Gisbert Wanninger, der hier die ganz große Story wittert: Der Konzern ThyssenKrupp, für den Lieke gearbeitet hat, soll einem geheimen Kartell zur Beschaffung Seltener Erden angehören. Stand Lieke als Mitwisserin im Weg?

SABINE TRINKAUS

Schnapsleiche

322 Seiten, Paperback.
ISBN 978-3-8392-1228-8.

WO IST WALTER? Walter Hutschendorf ist weg! Und mit dem Verschwinden des Bonner Schnapsfabrikanten ist es auch mit der Ruhe für Britta Brandner vorbei, wird sie doch mit der Suche nach ihrem Arbeitgeber beauftragt.

Dass ihr die trinkfeste, rheinische Frohnatur Margot zur Seite steht, die mangelnden Sachverstand durch großen Enthusiasmus wettzumachen sucht, erleichtert die Lage nicht wirklich. Dennoch kommt das ungleiche Gespann mit seinen unkonventionellen Ermittlungsansätzen dem dunklen Familiengeheimnis der Hutschendorfs schon bald gefährlich nahe …

GMEINER

Wir machen's spannend

MAREN SCHWARZ
Treibgut

230 Seiten, Paperback.
ISBN 978-3-8392-1232-5.

ABGRUNDTIEF Elena Dierks gibt sich die Schuld am Tod ihrer Tochter Lea, die an einem stürmischen Wintertag im Kinderwagen über die Klippen der Kreidefelsen auf Rügen ins Meer gestürzt ist. Sie verliert darüber den Verstand und wird in die Psychiatrie eingeliefert. Jahre später glaubt sie, ihre Tochter im Fernsehen in einem Bericht aus Amerika erkannt zu haben. Das Schicksal der jungen Frau geht einer in der Psychiatrie beschäftigten Schwester derart unter die Haut, dass sie dem pensionierten Kommissar Henning Lüders davon erzählt. Er nimmt sich der Sache an und macht eine unglaubliche Entdeckung …

BERNWARD SCHNEIDER
Todeseis

276 Seiten, Paperback.
ISBN 978-3-8392-1252-3.

DIE NACHT DES UNTERGANGS Die Flucht vor dem Mörder ihres Geliebten führt die schöne Gladys auf die Titanic, als diese am 10. April 1912 von Southampton aus zu ihrer Jungfernreise nach New York in See sticht. An Bord des mondänen Schiffes begegnet Gladys einer illustren Reisegesellschaft aus Bankiers und Millionären, Aristokraten und Prominenten, für die die Jungfernfahrt des Meeresgiganten einen der gesellschaftlichen Höhepunkte des Jahres darstellt. Doch für ihre Feinde ist Gladys eine gefährliche Zeugin und selbst auf dem Schiff nicht sicher …

GMEINER

Wir machen's spannend

Alle Gmeiner-Autoren und ihre Romane auf einen Blick

GARDENER, EVA B.: Lebenshunger **GEISLER, KURT**: Friesenschnee • Bädersterben **GERWIEN, MICHAEL**: Isarbrodeln • Alpengrollen **GIBERT, MATTHIAS P.**: Menschenopfer • Zeitbombe • Rechtsdruck • Schmuddelkinder • Bullenhitze • Eiszeit • Zirkusluft • Kammerflimmern • Nervenflattern **GOLDAMMER, FRANK**: Abstauber **GÖRLICH,HARALD**: Kellerkind und Kaiserkrone **GORA, AXEL**: Die Versuchung des Elias • Das Duell der Astronomen **GRAF, EDI**: Bombenspiel • Leopardenjagd • Elefantengold • Löwenriss • Nashornfieber **GUDE, CHRISTIAN**: Kontrollverlust • Homunculus • Binärcode • Mosquito **HÄHNER, MARGIT**: Spielball der Götter **HAENNI, STEFAN**: Scherbenhaufen • Brahmsrösi • Narrentod **HAUG, GUNTER**: Gössenjagd • Hüttenzauber • Tauberschwarz • Höllenfahrt • Sturmwarnung • Riffhaie • Tiefenrausch **HEIM, UTA-MARIA**: Feierabend • Totenkuss • Wespennest • Das Rattenprinzip • Totschweigen • Dreckskind **HENSCHEL, REGINE C.**: Fünf sind keiner zu viel **HERELD, PETER**: Die Braut des Silberfinders • Das Geheimnis des Goldmachers **HOHLFELD, KERSTIN**: Glückskekssommer **HUNOLD-REIME, SIGRID**: Die Pension am Deich • Janssenhaus • Schattenmorellen • Frühstückspension **IMBSWEILER, MARCUS**: Schlossblick • Die Erstürmung des Himmels • Butenschön • Altstadtfest • Schlussakt • Bergfriedhof **JOSWIG, VOLKMAR / MELLE, HENNING VON**: Stahlhart **KARNANI, FRITJOF**: Notlandung • Turnaround • Takeover **KAST-RIEDLINGER, ANNETTE**: Liebling, ich kann auch anders **KEISER, GABRIELE**: Engelskraut • Gartenschläfer • Apollofalter **KEISER, GABRIELE / POLIFKA, WOLFGANG**: Puppenjäger **KELLER, STEFAN**: Totenkarneval • Kölner Kreuzigung **KINSKOFER, LOTTE / BAHR, ANKE**: Hermann für Frau Mann **KLAUSNER, UWE**: Engel der Rache •Kennedy-Syndrom • Bernstein-Connection • Die Bräute des Satans • Odessa-Komplott • Pilger des Zorns • Walhalla-Code • Die Kiliansverschwörung • Die Pforten der Hölle **KLEWE, SABINE**: Die schwarzseidene Dame • Blutsonne • Wintermärchen • Kinderspiel • Schattenriss **KLIKOVITS, PETRA M.**: Vollmondstrand **KLUGMANN, NORBERT**: Die Adler von Lübeck • Die Tochter des Salzhändlers • Schlüsselgewalt • Rebenblut **KOBJOLKE, JULIANE**: Tausche Brautschuh gegen Flossen **KÖSTERING, BERND**: Goetheglut • Goetheruh **KOHL, ERWIN**: Flatline • Grabtanz • Zugzwang **KOPPITZ, RAINER C.**: Machtrausch **KRAMER, VERONIKA**: Todesgeheimnis • Rachesommer **KREUZER, FRANZ**: Waldsterben **KRONECK, ULRIKE**: Das Frauenkomplott **KRONENBERG, SUSANNE**: Kunstgriff • Rheingrund • Weinrache • Kultopfer • Flammenpferd **KRUG, MICHAEL**: Bahnhofsmission **KRUSE, MARGIT**: Eisaugen **KURELLA, FRANK**: Der Kodex des Bösen • Das Pergament des Todes **LADNAR, ULRIKE**: Wiener Herzblut **LASCAUX, PAUL**: Mordswein • Gnadenbrot • Feuerwasser • Wursthimmel • Salztränen **LEBEK, HANS**: Todesschläger **LEHMKUHL, KURT**: Kardinalspoker • Dreiländermord • Nürburghölle • Raffgier **LEIMBACH, ALIDA**: Wintergruft **LEIX, BERND**: Fächergrün • Fächertraum • Waldstadt • Hackschnitzel • Zuckerblut • Bucheckern **LETSCHE, JULIAN**: Auf der Walz **LICHT, EMILIA**: Hotel Blaues Wunder **LIEBSCH, SONJA / MESTROVIC, NIVES**: Muttertier @n Rabenmutter **LIFKA, RICHARD**: Sonnenkönig **LOIBELSBERGER, GERHARD**: Mord und Brand • Reigen des Todes • Die

GMEINER

Wir machen's spannend

Alle Gmeiner-Autoren und ihre Romane auf einen Blick

Naschmarkt-Morde **MADER, RAIMUND A.**: Schindlerjüdin • Glasberg **MARION WEISS, ELKE**: Triangel **MAXIAN, JEFF / WEIDINGER, ERICH**: Mords-Zillertal **MISKO, MONA**: Winzertochter • Kindsblut **MORF, ISABEL**: Satzfetzen • Schrottreif **MOTHWURF, ONO**: Werbevoodoo • Taubendreck **MUCHA, MARTIN**: Seelenschacher • Papierkrieg **NAUMANN, STEPHAN**: Das Werk der Bücher **NEEB, URSULA**: Madame empfängt **NEUREITER, SIGRID**: Burgfrieden **ÖHRI, ARMIN / TSCHIRKY, VANESSA**: Sinfonie des Todes **OSWALD, SUSANNE**: Liebe wie gemalt **OTT, PAUL**: Bodensee-Blues **PARADEISER, PETER**: Himmelreich und Höllental **PARK, KAROLIN**: Stilettoholic **PELTE, REINHARD**: Abgestürzt • Inselbeichte • Kielwasser • Inselkoller **PFLUG, HARALD**: Tschoklet **PITTLER, ANDREAS**: Mischpoche **PORATH, SILKE / BRAUN, ANDREAS**: Klostergeist **PORATH, SILKE**: Nicht ohne meinen Mops **PUHLFÜRST, CLAUDIA**: Dunkelhaft • Eiseskälte • Leichenstarre **PUNDT, HARDY**: Bugschuss • Friesenwut • Deichbruch **PUSCHMANN, DOROTHEA**: Zwickmühle **RATH, CHRISTINE**: Butterblumenträume **ROSSBACHER, CLAUDIA**: Steirerherz • Steirerblut **RUSCH, HANS-JÜRGEN**: Neptunopfer • Gegenwende **SCHAEWEN, OLIVER VON**: Räuberblut • Schillerhöhe **SCHMID, CLAUDIA**: Die brennenden Lettern **SCHMÖE, FRIEDERIKE**: Rosenfolter • Lasst uns froh und grausig sein • Wasdunkelbleibt • Wernievergibt • Wieweitdugehst • Bisduvergisst • Fliehganzleis • Schweigfeinstill • Spinnefeind • Pfeilgift • Januskopf • Schockstarre • Käfersterben • Fratzenmond • Kirchweihmord • Maskenspiel **SCHNEIDER, BERNWARD**: Todeseis • Flammenteufel • Spittelmarkt **SCHNEIDER, HARALD**: Blutbahn • Räuberbier • Wassergeld • Erfindergeist • Schwarzkittel • Ernteopfer **SCHNYDER, MARIJKE**: Stollengeflüster • Matrjoschka-Jagd **SCHÖTTLE, RUPERT**: Damenschneider **SCHRÖDER, ANGELIKA**: Mordsgier • Mordswut • Mordsliebe **SCHÜTZ, ERICH**: Doktormacher-Mafia • Bombenbrut • Judengold **SCHUKER, KLAUS**: Brudernacht **SCHWAB, ELKE**: Angstfalle • Großeinsatz **SCHWARZ, MAREN**: Treibgut • Zwiespalt • Maienfrost • Dämonenspiel • Grabeskälte **SENF, JOCHEN**: Kindswut • Knochenspiel • Nichtwisser **SKALECKI, LILIANE / RIST, BIGGI**: Schwanensterben **SPATZ, WILLIBALD**: Alpenkasper • Alpenlust • Alpendöner **STAMMKÖTTER, ANDREAS**: Messewalzer **STEINHAUER, FRANZISKA**: Sturm über Branitz • Spielwiese • Gurkensaat • Wortlos • Menschenfänger • Narrenspiel • Seelenqual • Racheakt **STRENG, WILDIS**: Ohrenzeugen **SYLVESTER, CHRISTINE**: Sachsen-Sushi **SZRAMA, BETTINA**: Die Hure und der Meisterdieb • Die Konkubine des Mörders • Die Giftmischerin **THIEL, SEBASTIAN**: Wunderwaffe • Die Hexe vom Niederrhein **THADEWALDT, ASTRID / BAUER, CARSTEN**: Blutblume • Kreuzkönig **THÖMMES, GÜNTHER**: Malz und Totschlag • Der Fluch des Bierzauberers • Das Erbe des Bierzauberers • Der Bierzauberer **TRAMITZ, CHRISTIANE**: Himmelsspitz **TRINKAUS, SABINE**: Schnapsleiche **ULLRICH, SONJA**: Fummelbunker • Teppichporsche **WARK, PETER**: Epizentrum • Ballonglühen **WERNLI, TAMARA**: Blind Date mit Folgen **WICKENHÄUSER, RUBEN PHILLIP**: Die Magie des Falken • Die Seele des Wolfes **WILKENLOH, WIMMER**: Eidernebel • Poppenspäl • Feuermal • Hätschelkind **WÖLM, DIETER**: Mainfall **WOLF, OLIVER**: Netzkiller **WUCHERER, BERNHARD**: Die Pestspur **WYSS, VERENA**: Blutrunen • Todesformel